Cristina Alger hat einen Abschluss vom Harvard College und der NYU Law School. Bevor sie Autorin wurde, hat sie als Finanzanalystin und als Wirtschaftsanwältin gearbeitet. Sie lebt mit ihrem Ehemann und ihren Kindern in New York.

Außerdem von Cristina Alger lieferbar:
Das Kartenhaus. Macht ist ein gefährliches Spiel. Thriller

Cristina Alger

SAFE PLACE

Du denkst, hier bist du sicher

Thriller

Aus dem Englischen
von Sabine Thiele

PENGUIN VERLAG

Die amerikanische Originalausgabe erschien 2019 unter dem Titel *Girls like us* bei G. P. Putnam's Sons, New York.

FSC www.fsc.org MIX Papier aus verantwortungsvollen Quellen FSC® C014496

Klimaneutral* Druckprodukt ClimatePartner.com/14044-1912-1001

Penguin Random House Verlagsgruppe FSC® N001967

1. Auflage 2022

Umschlag: www.buerosued.de
Umschlagmotiv: © Getty Images / Oleg Smirnov
Redaktion: Christine Neumann
Satz: Buch-Werkstatt GmbH, Bad Aibling
Druck und Bindung: GGP Media GmbH, Pößneck
Printed in Germany
ISBN 978-3-328-10693-7
www.penguin-verlag.de

Für mein Mädchen. Für jedes Mädchen.

Denn sein Wunsch, dem Geschehen, dem er angehörte, einen Anfang zu setzen, begegnete derselben Schwierigkeit, auf welche ein solches Bemühen immer stößt: der Schwierigkeit eben, daß jeder einen Vater hat und daß kein Ding zuerst und von selber ist, Ursache seiner selbst, sondern ein jedes gezeugt ist und rückwärts weist, tiefer hinab in die Anfangsgründe, die Gründe und Abgründe des Brunnens der Vergangenheit.

Thomas Mann

Eins

Am letzten Dienstag im September verstreuen wir die Asche meines Vaters vor der Küste von Long Island.

Zu viert fahren wir mit Glenn Dorseys Fischerboot raus, im Gepäck haben wir die Urne und eine Kühltasche mit Guinness. Wir steuern gen Westen, auf Orient Point zu, wo Dad und Dorsey samstags immer Weißen Thunfisch und Seebarsch geangelt haben. An einem ruhigen Punkt bei Orient Shoal ankern wir. Dorsey sagt ein paar Worte über Dads Loyalität: seinem Land gegenüber, seiner Gemeinschaft, seinen Freunden, seiner Familie. Er fragt mich, ob ich auch etwas sagen möchte, doch ich schüttele den Kopf. Die Männer glauben, dass ich gleich anfange zu weinen, aber in Wahrheit habe ich nichts zu sagen. Ich hatte meinen Vater seit Jahren nicht gesehen. Ich bin nicht traurig. Nur taub.

Nachdem Dorsey fertig gesprochen hat, neigen wir eine Minute lang unsere Köpfe in respektvollem Schweigen. Ron Anastas, ein Detective der Mordkommission des Suffolk County Police Departments, kämpft gegen die Tränen an. Vince DaSilva, Dads erster Partner, bekreuzigt sich und murmelt leise etwas vom Heiligen Geist. Alle drei Männer besuchen jeden Sonntag die Messe in St. Agnes in Yaphank. Oder zumindest haben sie das früher getan. Wir waren auch immer dort. Abgesehen von ein paar Hochzeiten habe ich keinen Fuß mehr in eine Kirche gesetzt, seit ich die Insel vor zehn Jahren verlassen habe. Ich bin froh, dass wir heute im Freien sind. Die Luft in St. Agnes war immer abgestanden und stickig, auch nachdem die Sommerhitze abgeklungen war. Ich höre immer noch das Surren des alten Ventilators beim Eingang, spüre immer noch in meiner verschwitzten Handfläche die Kante des verknitterten Dollarscheins, den ich auf den Sammelteller legen werde. Bei der Erinnerung krümme ich mich innerlich.

Es ist ein ruhiger Tag. Ein Sturm ist vorhergesagt, aber noch ist der Himmel klar und wolkenlos. Dorsey schweigt ein bisschen länger als notwendig. Er hat die Hände vor dem Körper verschränkt, und seine Lippen bewegen sich wie im leisen Gebet. Die Jungs werden unruhig. Vince räuspert sich, und Ron verlagert sein Gewicht von einem Fuß auf den anderen. Wir sollten es hinter uns bringen. Dorsey blickt auf, reicht mir die Urne. Ich öffne sie. Die Männer sehen zu, wie die Asche meines Vaters vom Wind verweht wird.

Ich glaube, meinem Vater hätte dieses Begräbnis gefallen. Kurz und inbrünstig. Ohne offizielle Zeremonie. Er ist draußen auf dem Wasser, an dem einzigen Ort, an dem er je Frieden gefunden hat. Während des Gottesdienstes rutschte Dad immer wie ein Schuljunge herum. Wir saßen ganz hinten, damit wir vor dem Abendmahl hinausschlüpfen konnten. Dad hat immer gesagt, dass er den Geschmack der alten Hostien und des schlechten Weins nicht mochte. Schon damals wusste ich, dass er log. Er wollte einfach nicht beichten.

Als alles vorbei ist, verteilt Dorsey das Guinness, und wir sprechen einen Toast. Auf das kurze Leben von Martin Daniel Flynn. Dad war gerade zweiundfünfzig geworden, als er auf einem seiner Motorräder vom Montauk Highway abgekommen ist. Es ist kurz nach zwei Uhr morgens passiert. Wahrscheinlich war er stark betrunken, auch wenn niemand das laut ausgesprochen hätte. Schuldzuweisungen bringen jetzt nichts mehr. Laut Dorsey waren Dads Reifen abgefahren, die Straße nass, der Nebel hat seine Sicht behindert. Ende der Geschichte.

Dorsey gibt den Ton an bei den Jungs. Von allen vieren ist er die Karriereleiter am schnellsten hochgeklettert. Er hat als Erster seine goldene Marke bekommen und dann rasch Dad und Ron Anastas zur Mordkommission geholt. Nachdem er Chief geworden war, sorgte er dafür, dass Vince DaSilva zum Inspektor des dritten Bezirks befördert wurde. Das Revier ist für einige der härteren Ecken der Insel zuständig: Bay Shore, Brentwood, Brightwaters, Islip. Dort haben alle vier Männer ihre ersten Jahre als Streifenpolizisten verbracht. Und dort hat mein Vater auch meine Mutter kennengelernt, Marisol Reyes Flynn. Dad hat den dritten Bezirk immer ein Kriegsgebiet genannt. Für ihn war er das auch.

Dorsey und Dad kannten sich schon ihr Leben lang. Unsere Familien sind seit drei Generationen im Suffolk County ansässig. Wir sind aus Schull eingewandert, einem kleinen Dorf an Irlands zerklüfteter Südwestküste. Sie haben immer gewitzelt, dass wir wahrscheinlich alle irgendwie miteinander verwandt sind. Die Männer sehen auf jeden Fall so aus. Beide waren groß und dunkelhaarig, mit grünen Augen und kantigen, harten Gesichtern. Mein Vater trug sein Haar das ganze Leben lang militärisch kurz geschoren. Dorsey hatte im Lauf der Jahre viele verschiedene Frisuren, darunter auch einen Schnurrbart und Koteletten. Doch wenn er die Haare, wie jetzt, kurz trägt, könnte man ihn aus der Entfernung für meinen Vater halten.

Wir werfen die Angeln aus, und die Jungs erzählen Geschichten von ihren Anfängen auf dem dritten Revier. Die guten, alten Zeiten. Als Officer in Zivilkleidung tauchten sie unrasiert und in Vans und Led-Zeppelin-T-Shirts bei der Arbeit auf. Wenn sie am Abend zuvor zu viel getrunken hatten, duschten sie nicht, sondern rollten sich nur aus dem Bett und fuhren mit ihren Schrottkarren herum, auf der Suche nach Ärger. Der ließ nicht lange auf sich warten. Gangs beherrschten damals wie heute das kriminelle Geschehen im dritten Bezirk. Die Zahl der Gewalttaten ist hoch, Drogen sind überall. Das Suffolk County an sich ist wohlhabend, aber im dritten Bezirk lebt fast die Hälfte der Leute an oder nur wenig über der Armutsgrenze. Dad hat immer gesagt, dass es keinen besseren Übungsplatz für einen Cop gäbe als dieses Revier, weshalb auch so viele der hohen Tiere im Suffolk County Police Department sich von dort hochgearbeitet haben.

Dorsey sagt, dass Dad der härteste Cop des dritten Reviers war und der beste Lehrer, den ein junger Streifenpolizist sich wünschen konnte. Die Jungs nicken zustimmend. Vielleicht ist es wahr. Dad hatte einen unerschütterlichen, fast schon biblischen Sinn für Gut und Böse. Doch er verhielt sich auch widersprüchlich. Er verabscheute Zigaretten und Drogen, aber legte seine Leber gern in Scotch ein. Er kassierte regelmäßig Spieler ein, veranstaltete jedoch eine monatliche Pokerrunde, an der Bezirksstaatsanwälte und ein paar bekannte Richter von der ganzen Insel teilnahmen. Von allen

Verbrechern verabscheute er am meisten Menschen, die Frauen und Kinder missbrauchten, aber einmal sah ich, wie er meine Mutter so fest ins Gesicht schlug, dass sein Handabdruck danach rot auf ihrer Haut leuchtete. Dad hatte seinen eigenen Kodex. Ich habe früh gelernt, ihn nicht infrage zu stellen. Oder zumindest nicht laut.

Dads Gerechtigkeitsempfinden war von der harten Sorte. Seine Lektionen vergaß man nicht so schnell. Dorseys Lieblingsgeschichte von meinem Vater war, wie er einmal Anastas befahl, sich in der Gerichtsmedizin auf eine Bahre unter ein Laken zu legen. Ein Grünschnabel namens Rossi, frisch von der Academy, war seit Kurzem bei ihnen. Sein Vater war Richter, und Rossi hielt sich dadurch für etwas Besseres. Er trug immer Designerklamotten zur Arbeit – Armani und Hugo Boss –, und das passte Dad überhaupt nicht. Er nahm Rossi also mit in die Gerichtsmedizin und ließ ihn das Laken zurückschlagen. Anastas erhob sich mit einem Aufschrei, und Rossi pinkelte seine Sechshundert-Dollar-Hosen voll. Danach kaufte er wie alle anderen bei JCPenney ein.

Dorsey hat die Geschichte schon hundert Mal erzählt, aber er trägt sie noch mal vor, und wir lachen alle, als hätten wir sie noch nie gehört. Es ist schön, mich an die lustigen Seiten meines Vaters zu erinnern, weil er tatsächlich so sein konnte. Er konnte den ganzen Abend schweigen und dann eine auf den Punkt gebrachte Bemerkung raushauen. Dorsey und ich lächeln uns an. Ich nicke dankbar. So will ich mich heute an meinen Vater erinnern. Nicht wegen seines Jähzorns. Nicht wegen seiner Traurigkeit. Und nicht wegen des Alkohols, der ihn sich schließlich nachts auf einem ruhigen Abschnitt des nassen Highways geholt hat.

Irgendwann geht die Sonne am Horizont unter, und der Himmel färbt sich pflaumenblau. Dorsey beschließt, nach Hause zu fahren. Als wir in den Hafen in Hampton Bays einlaufen, ist es dunkel. Wir transportieren deutlich mehr als unser zulässiges Kontingent an Seebarsch, aber mit drei Cops an Bord – vor allem diesen drei Cops, die, wie mein Vater, alle hier im County geboren wurden und wahrscheinlich auch hier sterben werden – wird keiner einen Ton über Fangbeschränkungen sagen. Diese Männer sind das, was Lokalhelden in Hampton Bays noch am nächsten kommt, vor allem Dorsey.

Die Jungs haben ordentlich getankt. Sie reden laut und wiederholen sich, und auf dem Parkplatz umarmen sie mich fest, nicht nur einmal, sondern zwei-, dreimal. Anastas lädt mich zum Abendessen zu ihm ein. Ich lehne ab, sage, ich bin müde, brauche Zeit für mich, um alles zu verarbeiten. Er wirkt erleichtert. Ron hat eine Frau, Shelley, und drei Kinder. Er braucht keine mürrische Achtundzwanzigjährige in seinem Haus. DaSilva steckt mitten in einer Scheidung. Ich schätze mal, dass er in der nächsten Bar verschwindet, wenn wir hier fertig sind.

Nach einer letzten Runde Witze stolpern Anastas und DaSilva in verschiedene Richtungen davon. Beide fahren in Minivans weg, Wagen mit Platz für Kindersitze und Lacrosse-Schläger und Fahrgemeinschaften zur Schule. Dorsey deutet auf die silberne Harley-Davidson Sportster, mit der ich hergefahren bin. Sie war Dads Lieblingsmaschine. Er hat sie vor Jahren günstig gekauft und sie im Lauf der Zeit restauriert. Vor dem Unfall hatte Dad vier Motorräder. Jetzt sind es nur noch drei. Seine Babys, wie er sie immer genannt hat.

Jedes akribisch hergerichtet und penibel instand gehalten. Sie haben seine Freizeit verschlungen wie hungrige Küken.

»Heißer Ofen.« Dorsey legt mir den Arm um die Schultern und drückt mich väterlich. Er hat seine Highschoolliebe geheiratet und sie ein paar Jahre später bei einem Autounfall verloren. Er hat nie wieder geheiratet, hat keine Kinder. Auf Dads Wunsch hin wurde er mein Patenonkel, eine Aufgabe, die er sehr ernst nimmt. Meine vier Großeltern sind bereits tot. Meine Eltern waren Einzelkinder, wie ich. Dorsey ist jetzt das, was von meiner Familie noch übrig ist. Trauer durchzuckt mich. Ich wünschte, wir wären enger in Kontakt geblieben.

»Ja«, sage ich und lege den Kopf an seine Schulter. »Ein schönes Motorrad. Ich vermisse das Fahren.«

»Hast du keines in D. C.?«

»Ich bin nicht oft genug dort, um mich darum zu kümmern.«

»Du bist bei jedem neuen Fall woanders, hm.«

»Ich kann super packen. Seit der Academy lebe ich aus dem Koffer.«

»Dein Dad war genauso. Deshalb mochte er Camping wahrscheinlich so gern.«

»Er hat mir viel beigebracht.« Ich mache einen Schritt auf das Motorrad zu.

»Fühlst du dich fit genug für so eine schwere Maschine? Ich kann dich auch heimfahren.«

Ich winke ab. »Mach dir keine Gedanken.«

»Es ist dunkel. Die Straße könnte nass sein.«

»Mir geht's gut, wirklich.« Ich weiß, was er denkt. Er ist betrunken, und ich habe auch genug intus, um über der

Promillegrenze zu sein. Im Gegensatz zu meinem Vater weiß ich aber, wann ich aufhören muss. Ich trinke nie so wie Dad. Zumindest nicht in der Öffentlichkeit. Wie viele Agents hebe ich mir das Trinken für zu Hause auf.

»Du weißt, dass ich schon immer mit diesem Bike fahren wollte.« Ich lächele, versuche, die Stimmung aufzuheitern. »Dad hat mich immer gezwungen, an den Wochenenden daran zu arbeiten, aber ich hatte zu viel Angst, ihn zu fragen, ob ich es mal fahren dürfte.« Wir lachen beide.

»Marty hat seine Bikes geliebt.«

»O ja. Bei einem Brand hätte er sicher zuerst sie gerettet und dann erst mich geholt.«

»Sag das nicht.« Dorsey schüttelt tadelnd den Kopf. »Dein Dad hat dich mehr geliebt, als dir klar ist.«

»Weißt du, was mit dem Motorrad passiert ist? Mit dem er in der Nacht gefahren ist, meine ich.« Das wollte ich schon länger fragen, hatte aber noch nicht den richtigen Moment gefunden. Es kam mir immer so oberflächlich vor, nachdem ich gerade meinen Vater verloren hatte. Aber es ist eines der vielen Dinge, die ich noch klären möchte, bevor ich endgültig von hier abhaue.

Dorsey überlegt mit gerunzelter Stirn. »Man hat es auf den Abschlepphof gebracht. Wahrscheinlich ist es noch dort. Ich kann das überprüfen.«

»Nicht ins Kriminallabor?«

»Nein. Es war ja ziemlich eindeutig ein Unfall. Ich habe die Freigabe unterschrieben. Tut mir leid, ich habe nicht daran gedacht, es zu dir bringen zu lassen. Es ist sowieso Schrott.« Er verzieht das Gesicht, als ihm klar wird, wie das klingt. »Sorry. Ich meinte nur …«

»Ich weiß, was du sagen wolltest. Schon okay. Dann hole ich es am besten am Abschlepphof ab, oder?«

»Ich kann veranlassen, dass sie es für dich zum Schrottplatz bringen, wenn du möchtest. Spart dir Zeit.«

»Nein, schon gut. Ich würde das gern selbst erledigen.«

»Nell, es ist nicht zu retten. Das Bike. Es ist schlimm zugerichtet. Ich weiß nicht, ob du so was sehen willst.«

»Ich bin ein großes Mädchen. Ich weiß, was nach einem tödlichen Unfall übrig bleibt.«

»Natürlich weißt du das. Aber es ist etwas anderes, wenn es die Familie betrifft.« Dorsey wendet den Blick ab. Seine Augen sind feucht vor Tränen.

Ich nicke nachdenklich. »Du hast recht. Ich rufe morgen beim Abschlepphof an. Ist Cole Haines immer noch der Chef?«

»Ja. Cole wird sich um alles kümmern. Ich melde mich morgen früh bei dir.« Er sieht zu, wie ich mich auf das Motorrad setze. »Hör mal, hast du dich bei Howie Kidd gemeldet?«

»Dads Anwalt? Ja. Er kommt morgen vorbei, um das Erbe zu besprechen. Gut, dass du mich erinnerst. Ich hatte es vergessen.«

»Soll ich dabei sein? Wäre kein Problem. Ich könnte mit dir den Papierkram durchgehen.«

»Nein, schon gut. Danke. Es wird sicher nicht kompliziert.«

»Okay. Also, ruf an, wenn du was brauchst. Diese Sachen können einem ganz schön über den Kopf wachsen.«

»Danke. Für alles.« Er legt zwei Finger an die Stirn zum Gruß und geht davon. Ich starte den Motor, und er dreht sich noch mal mit einem letzten traurigen Lächeln um.

»Hey, Schatz?«

»Ja?«

»Habe dich lieb.«

»Ich habe dich auch lieb«, erwidere ich mit rauer Stimme. Es ist lange her, dass ich diese Worte zu jemandem gesagt habe.

Ich fahre vor Dorsey vom Parkplatz. Nach so vielen Stunden auf dem Boot tut es gut, sich zu bewegen. Die kalte Luft macht mich wieder wach. Ich knattere den Sunrise Highway entlang, über die Ponquogue Bridge, bis zum Haus am Ende der Dune Road.

Das Haus gehört jetzt mir, auch wenn es mir schwerfällt, es so zu sehen. Das wird sowieso nicht lange so bleiben. Ich kann mir nicht leisten, es zu behalten, und muss es verkaufen. Und selbst wenn, wäre es sinnlos. Seit dem Collegeabschluss vor sechs Jahren habe ich keinen Urlaub gemacht. Ich brauche kein altes Haus auf der South-Fork-Halbinsel von Long Island, in einem County, das ebenso viele schlechte wie gute Erinnerungen für mich bereithält.

Mein Großvater, Darragh Flynn, den ich Pop genannt habe, hat das Haus damals in den 1950ern gebaut, als man hier noch mit einem Polizistengehalt ein Stück Land mit Meerblick kaufen konnte. Heute würde es mindestens eine halbe Million Dollar kosten. Das Haus ist in etwa so charmant und geräumig wie ein Wohnmobil. Ich weiß, dass jeder potenzielle Käufer wahrscheinlich nur an dem Land darunter interessiert ist. Es ist ein gedrungener, verwitterter Kasten mit verblichenen grauen Schindeln und billigen Schiebetüren. Dennoch hat es einen gewissen Charme. Eine Veranda verläuft um das ganze Haus mit Blick auf die Shinnecock Bay im Norden und Wiesen mit Gräsern zu allen Seiten. Ich hasse die Vorstellung, dass jemand dieses Stück Marschland plattmacht, um eine Protzvilla mit Pool und Tennisplatz daraufzustellen. Ich weiß, dass mein Vater das auch furchtbar fände.

Vor über einer Woche bin ich hergekommen, nachdem Dorsey mir am Telefon das mit Dad erzählt hatte. Ich habe keine Ahnung, wann ich wieder fahre. Immerhin habe ich keinen Job, zu dem ich zurückkehren müsste. Ich wohne in einem kleinen Apartment ohne Fahrstuhl in Georgetown, das mir nicht fehlt, mit einer unzuverlässigen Klimaanlage, aus der es auf den Küchenboden tropft. Aus dem indischen Restaurant im Erdgeschoss riecht es ständig nach Curry. Meine Nachbarn sind junge Doktoranden, die gern Gras rauchen und nach Mitternacht laut Techno hören, bei dessen Bass meine Wände vibrieren. Manchmal streiten sie auch oder haben lautstarken Sex. Ich überlege oft, mich zu beschweren, mache es aber nie. Ich schlafe ja sowieso nicht viel. Wenn wir uns im Flur sehen, nicken sie höflich und gehen weiter. Sie haben garantiert keine Ahnung, was ich so mache. Wenn sie wüssten, dass ich in der Strafverfolgung arbeite, würden sie mit dem Gras vorsichtiger sein. Doch woher hätten sie es auch wissen sollen. Ich bin oft wochenlang weg. Wenn ich zu Hause bin, komme und gehe ich zu ungewöhnlichen Uhrzeiten, verlasse die Wohnung frühmorgens und kehre oft erst weit nach Mitternacht zurück. Ich habe keine Haustiere, keine Pflanzen, keinen Partner. Ein Großteil meines Besitzes passt in eine große Reisetasche. Ich frage mich, wann es ihnen auffallen wird, dass ich weg bin. Vielleicht nie.

Als Einziger hat mich bisher mein Boss beim FBI, Sam Lightman, angerufen, der Leiter der Behavioral Analysis

Unit, der Einheit für Verhaltensanalyse. Letzten Monat habe ich jemanden bei einem Einsatz erschossen. Sein Name war Anton Reznik. Er war ein Mitarbeiter von Dmitri Nowak, einem der umsatzstärksten Schmuggler der russischen Mafia, der Drogen und Frauen in die Vereinigten Staaten schleust. Reznik wurde aus offensichtlichen Gründen unter seinen Freunden der Schlächter genannt. Niemand, den ich vermissen werde. Dennoch ist es nie schön, einen Menschen zu töten, und dieses Mal hat es mich besonders mitgenommen. Zum einen hat mich bei dem Schusswechsel eine Kugel an der Schulter erwischt. Genau genommen hatte ich Glück. Ein paar Zentimeter weiter rechts, und sie hätte die Oberarmarterie getroffen und mich quasi umgehend getötet. Stattdessen habe ich meine Marke und meine Waffe gegen ein paar Stiche eingetauscht, Krankschreibung bei vollem Gehalt und die Visitenkarte eines auf posttraumatisches Belastungssyndrom spezialisierten Therapeuten, den das Bureau empfiehlt. Die Ärzte sagen, dass meine Schulter mittlerweile verheilt sein müsste, und das ist sie auch so gut wie. Manchmal fühlt sie sich noch wund an, vor allem am Abend, aber das liegt wahrscheinlich daran, dass ich keine Zeit hatte, die Physiotherapie zu machen, um die Muskeln unter der Wunde zu stärken. Das Bureau denkt, mein Kopf sollte mittlerweile auch wieder in Ordnung sein. Das ist er aber noch nicht. Vielleicht war er es auch nie.

Der Tod meines Vaters hat mir ein wenig Aufschub verschafft. »Nimm dir die Zeit, die du brauchst«, sagte Lightman, als ich es ihm erzählt habe. Wir wussten beide, dass er eigentlich meinte: »so wenig Zeit wie möglich«. Ich merke, dass Lightman langsam die Geduld verliert. Ziemlich sicher machen ihm die höheren Ränge Druck, mich entweder wieder zu einem Fall zu schicken oder aus der Abteilung zu befördern. Mittlerweile glaube ich, dass Letzteres das Beste wäre.

Ich schenke mir ein ordentliches Glas von Dads Macallan ein und ziehe mich mit einer Wolldecke auf die Vorderveranda zurück. Ich trinke leise und allein, so wie er wahrscheinlich an vielen Abenden, bis die Sterne am Himmel stehen. Ich horche auf das Rauschen des Meeres und die leise Musik, die aus einer der Bars auf der anderen Seite der Bay dringt.

Es ist vorbei. Nichts wird mich je mehr hierher zurückziehen, nach Hause. Keine Feiertage oder Geburtstage oder Hochzeiten von Menschen, die vor langer Zeit mal Freunde waren, an die ich jetzt aber nicht mehr denke. Ich werde mich nicht mehr verpflichtet fühlen, meinen Vater anzurufen, und ich werde keine Schuldgefühle mehr haben, wenn ich es nicht mache. Ich kann seine Sachen verbrennen, das Haus verkaufen, muss nie wieder ins Suffolk County zurückkehren. Zum ersten Mal seit Jahren muss ich nicht nachhelfen, um schlafen zu können. Ich strecke mich auf der Verandacouch aus, lege die Füße auf den Tisch aus Treibholz, schließe die Augen und lasse mich von der Dunkelheit mitreißen.

Zwei

Das Schreien einer Möwe weckt mich. Ich schlage die Augen auf. Es ist hell, und ein paar Sekunden lang muss ich mich orientieren. Erschrocken setze ich mich auf und mustere meine Umgebung. Die ausgeblichene graue Veranda. Die Weite um mich herum. Ich habe ganz vergessen, was für ein einzigartiges Vergnügen es ist, unter dem endlosen Himmel aufzuwachen.

Die Luft ist anders als noch vor ein paar Tagen, beißender. Ich rieche Salz und Torf und zum ersten Mal noch etwas anderes: Feuerholz. Aus einem Kamin ein paar Häuser weiter steigt Rauch auf. Ich stehe auf und sehe den grauen Wolken nach, wie sie im schieferfarbenen Himmel verschwinden.

Der Herbst ist da. Meine Lieblingsjahreszeit auf der Insel. Die Farben verblassen von lebhaften Grün- und Blautönen zu sanfterem Braun und Grau. Licht sprenkelt die Marsch. Hinter der Veranda steht ein Schmuckreiher bewegungslos in einem Meer aus Sumach und Rutenhirse. Blitzschnell stößt der Vögel den Schnabel ins Wasser und fängt einen Killifisch. Der Reiher legt den Kopf in den Nacken und schluckt seine Beute am Stück. Dann verwandelt er sich wieder in eine Statue und wartet geduldig auf sein nächstes Opfer. Als ich klein war, habe ich sie stundenlang beobachtet, die strahlend weißen Federn bewundert und die langen, anmutigen Hälse. Ich fand, sie sahen wie Ballerinas aus. Pop hat mir erzählt, dass sie vor Jahren fast ausgestorben waren, weil Frauen ihr Gefieder so sehr mochten, dass sie sie töten und daraus Hüte anfertigen ließen. Das hat mir mein kleines Herz gebrochen.

Reiher sind rücksichtslose Killer, hat Pop mir auch erzählt. Sie wissen, wie sie ihre Flügel ausbreiten müssen und dabei ihren Schnabel verstecken, damit kleinere Fische im Schatten Schutz vor der Sonne suchen. Manchmal kann man sehen, wie sie ihre schilfrohrdünnen Beine auf rhythmische, hypnotische Art bewegen. Es sieht aus, als ob sie tanzen. Doch in Wahrheit scheuchen sie damit Beute vom Grund unter ihren Füßen auf. Wenn sich etwas bewegt, schlagen sie zu. Mit diesem Wissen ging es mir besser. Wir töten sie. Sie töten dafür kleine Fische.

Bald wird das Wasser hier kalt werden. Die Reiher, wie die Regenpfeifer und die Möwen, werden nach Süden ziehen müssen, um überleben zu können. Eines Morgens werde ich aufwachen, und sie werden weg sein. Als Kind habe ich an diesem Tag immer getrauert. Der Vogelzug bedeutete das Ende der Freiluftsaison und den Beginn eines langen Winters, währenddem ich mit Dad im Haus eingesperrt war. Die Winter auf Long Island sind kalt und dunkel. Wer sie hier verbringt, trinkt meistens während der harten Monate mehr, und mein Vater war da keine Ausnahme. Ich frage mich, ob ich noch hier bin, wenn die Vögel aufbrechen, oder ob ich da auch schon im Süden bin. Wahrscheinlich sollte ich ans Packen und Abreisen denken.

Ich öffne die Schiebetür und gehe zurück ins Haus. Im Badezimmer drehe ich den Wasserhahn auf und spritze mir kaltes Wasser ins Gesicht. Ich fülle ein Glas bis zum Rand und trinke es aus, versuche, zu viel Scotch auf nüchternen Magen gestern Abend entgegenzuwirken. Ich mustere mein Spiegelbild. Ich habe abgenommen. Meine Wangenknochen stechen hervor. Die haselnussbraunen Augen scheinen tiefer in ihren Höhlen zu liegen. Ich koche mir schon seit einer Weile nichts Vernünftiges mehr. Ich weiß nicht mehr, wann ich das letzte Mal geduscht habe. Mit der Schulter ist alles anstrengend. Ich ermüde leicht, selbst wenn ich mir nur die Haare wasche. Der Verband wird nass und muss gewechselt werden, und das ist im Moment ganz schön viel Aufwand. Ich erwarte ja sowieso nicht viel Gesellschaft. Dennoch bin ich über meinen Anblick erschrocken. Man sieht, dass ich mich nicht um mich kümmere.

Ich stelle die Dusche an. Ich muss mich zusammenreißen, bevor Howard Kidd am Nachmittag vorbeikommt. Ich muss Dokumente unterschreiben, Konten auflösen. Ein Haus verkaufen, Rechnungen bezahlen. Meine Kleider lasse ich auf den Fliesenboden fallen. Es rumpelt in der Leitung, dann ergießt sich bourbonfarbenes Wasser aus dem Duschkopf. Rost. Die Leitungen müssen ausgetauscht werden. Ebenso wie das Dach, die Veranda, die angeschlagenen Fliegengittertüren. Eines der Fenster ist beim letzten Hurrikan zersplittert, und niemand hat sich die Mühe gemacht, es zu ersetzen. Wenn die Hurrikansaison anfing, hat mein Vater die Fenster immer mit Brettern zugenagelt. Die Spuren der Nägel sind noch in den Holzrahmen zu sehen. Jeder Makler wird mir sagen, dass ich sie übermalen soll, wenn ich das Haus verkaufen will. Aber ich liebe die kleinen Löcher. Als Kind habe ich mit den Fingern immer jede Erhebung und jede Niete befühlt. Sie sind Narben von Kämpfen, die dieses Haus ausgefochten und gewonnen hat.

Eigentlich müsste man das ganze Haus ersetzen, das ist mir klar. Es bringt nichts, es zu streichen und neue Fliegengitter einzubauen, wenn ein Käufer es sowieso mit großer Wahrscheinlichkeit abreißen wird. Vielleicht muss ich nur aufräumen, damit alles ordentlich aussieht. Persönliche Besitztümer wegräumen, die Jagdtrophäen meines Vaters abnehmen: den Hirschkopf mit den glänzenden, toten Augen. Den Speerfisch über der Eingangstür. Ich muss dafür sorgen, dass die Klimaanlage nicht leckt und dass der Kühlschrank nicht mehr dieses seltsame, rasselnde Geräusch von sich gibt, als pfiffe er aus dem letzten Loch. Ich habe immer noch nicht die Kleider meines Vaters aus seiner Kommode geräumt. Seine Bürotür ist abgesperrt, ebenso wie sein Waffenschrank. Die Waffen müssen weg. Seine Zahnbürste auch, deren struppige Borsten über den Rand seines Waschbeckens ragen. Die Asche meiner Mutter steht wahrscheinlich immer noch ganz hinten im Büroschrank, in der Urne mit dem Messinghals, der schon lange nicht mehr poliert wurde. Ich weiß nicht sicher, ob die Urne noch da ist, aber ich würde darauf wetten. Noch habe ich es nicht übers Herz gebracht, nachzusehen.

Ich will Dads Bike vom Abschlepphof holen. Wenn es überhaupt zu reparieren ist, will ich es behalten. Wenn nicht, bringe ich es selbst zum Schrottplatz. Das ist etwas Persönliches, nichts, was ich an Cole Haines delegieren möchte. Das Motorrad verdient, genau wie mein Vater, einen ordentlichen Abschied.

So viel Verwaltungskram muss noch erledigt werden. Allein der Gedanke daran erschöpft mich. Ich habe ihn ignoriert, gehofft, er würde einfach verschwinden, wie der Nebel, der frühmorgens über dem Haus hängt. Aber das wird er natürlich nicht. Außer mir kann sich niemand darum kümmern.

Das Wasser aus dem Duschkopf wird klar, und ich trete darunter. Es ist kalt, aber das ist gut, es vertreibt die Spinnweben in meinem Kopf, und ich werde wach. Das Wasser hier im Haus war immer schon heikel. Mein Vater, Soldat durch und durch, hat auf kalte Duschen geschworen. Als Teenager habe ich ihn dafür gehasst, dass ich mich mit kaltem Wasser waschen sollte. Er selbst hat zwei Minuten geduscht, vielleicht drei. Es wirkte immer wie eine Bestrafung, als würde er Buße für die Sünden der vorherigen Nacht tun. Kurze, harte, eiskalte Duschen. Er verstand nicht, wie lange ein Teenagermädchen brauchte, um sich die Haare zu waschen, sie mit Spülung zu behandeln, die Beine zu rasieren. Oder vielleicht kapierte er es, wollte mich aber auch bestrafen. Als ich fünfzehn war, habe ich mir die Haare abgeschnitten, mit meiner eigenen Schere. Mein Vater fand es gut, applaudierte geradezu. Er hielt Föhn und Lockenstab für Oberflächlichkeiten, vor allem für ein Mädchen, das Sport trieb und sich nicht besonders um sein Aussehen kümmerte. Da hatte er recht. Seither trage ich die Haare kurz.

Ich trete aus der Dusche und trockne mich ab, hole den letzten Verband aus der Schachtel unter dem Waschbecken und verbinde meine Schulter. Dann schlüpfe ich in Jeans und ein langärmeliges T-Shirt, mit Löchern für die Daumen, damit die Ärmel nicht verrutschen. Ich schlüpfe in mein Schulterholster und ziehe darüber eine alte Fleeceweste vom FBI, die ich mal von Lightman geborgt und nicht wieder zurückgegeben habe.

Aus der Nachttischschublade hole ich meine Smith & Wesson. Es ist meine eigene Waffe, die ich trage, seit das Bureau meine Dienstpistole letzten Monat konfisziert hat. Ich schiebe sie in den Schultergurt, den die lange Weste verdeckt. Ich werde sie noch eine Weile mitführen, zumindest so lange, bis Dmitri Nowak – der Mann, den wir verhaften wollten, als ich Anton Reznik erschossen habe – in Gewahrsam ist. Nowak ist sicher nicht gerade glücklich darüber, dass ich seinen Lieblingsschlächter getötet habe. Ich bin erst sicher, wenn er hinter Gittern sitzt, und vielleicht selbst dann nicht. Außer Nowak habe ich mir in sechs Jahren beim FBI viele Feinde gemacht. Feinde mit gutem Gedächtnis und gewalttätiger Veranlagung. Ich werde wahrscheinlich immer eine Waffe bei mir tragen. Dad hat es auch so gemacht. Er bewahrte ein ganzes, wohlgepflegtes Arsenal in seinem Schrank im Büro auf, natürlich verschlossen. Wenn er wach war, trug er eine Waffe, und er schlief mit einer in Reichweite; meistens lag sie in seiner Nachttischschublade. Er wäre gar nicht auf den Gedanken gekommen, es anders zu machen. In seiner Welt war man entweder Jäger oder Beute. Reiher oder Killifisch.

In der Küche setze ich Kaffee auf. Dann suche ich die Nummer des Abschlepphofes des SCPD in Westhampton heraus und wähle. Ich weiß, dass Cole nicht da sein wird, dafür ist es zu früh, und ich bin froh, dass ich mich nicht über Dads Tod unterhalten muss, was für ein toller Cop er war, wie es mir jetzt geht. Ich hinterlasse eine kurze Nachricht mit meinem Namen und meiner Mobilnummer und sage, dass ich gern so bald wie möglich vorbeikommen und Dads Motorrad abholen würde. Ich will es schnell hinter mich bringen, ohne viel Aufhebens. Hoffentlich ist das Bike wenigstens noch in einem Stück. Bei der Vorstellung, dass es entzweigerissen ist oder nur noch ein Haufen Schrott, verkrampft sich mein Magen. Im nüchternen Licht des Morgens betrachtet hat Dorsey recht. Ich habe zwar schon viele Tatorte gesehen, aber es ist etwas anderes, wenn die Familie betroffen ist.

Sobald genug Kaffee durchgelaufen ist, gieße ich mir eine Tasse ein und gehe nach draußen auf die hintere Veranda. Nach einem Schluck klingelt mein Handy. Ich stelle die Tasse ab, überprüfe die Nummer. Sam Lightman. Ich knirsche mit den Zähnen, und nach einem Moment nehme ich ab.

»Flynn.«

»Wie geht es dir, Nell?«

»Verdammt großartig.«

»Wie geht's der Schulter?«

»Nur ein Kratzer.«

»Und wie war die Beerdigung deines Vaters?«

»Ist vorbei.«

»Klingt, als könntest du jetzt wieder heimkommen.«

»Willst du mich denn heimholen?«

Lightman räuspert sich, wie immer, bevor er eine schlechte Nachricht überbringt. »Nun, ich habe deswegen mit Maloney gesprochen.«

Paul Maloney ist der stellvertretende Direktor des Office of Professional Responsibility, eine Abteilung des FBI, von deren Existenz ich bis vor einem Monat nichts gewusst hatte und mit der ich hoffentlich auch nie wieder etwas zu tun haben werde. Nach der Schießerei hat Maloney darauf bestanden, dass ich bei Dr. Ginnis in Therapie gehe, einem Psychiater, der für das FBI arbeitet. Ginnis berichtet an Maloney, und Maloney entscheidet letztendlich, ob ich wieder dienstfähig bin. Ich habe das Gefühl, dass er mich erst wieder gesundschreibt, wenn ich getan habe, was er von mir will, und das heißt ziemlich viel Therapie, der ich bisher aus dem Weg gegangen bin.

»Und?«

»Maloney macht sich Sorgen. Er hat gesagt, dass du deine Termine nicht einhältst.«

»Ich brauche keine Physiotherapie. Es geht mir gut.« Ich lege meine Hand auf die Schulter, taste mit den Fingern, ob die Wunde noch empfindlich ist. Ist sie. Ich höre auf.

»Nicht nur die Physiotherapie. Du musst auch zu Dr. Ginnis gehen.«

»Ich habe mit Ginnis gesprochen.«

»Nell, jetzt komm schon. Du kannst nicht einfach nur einmal vorbeischauen und dann alles für erledigt erklären.«

»Es ist nicht meine Schuld, dass ich aus D. C. wegmusste.«

»Natürlich nicht. Aber ihr hättet die Sitzungen am Telefon abhalten können. Ginnis muss einen umfassenden Bericht über deine mentale Verfassung abliefern. Erst dann kannst du mit einer positiven Bewertung deiner Dienstfähigkeit rechnen.«

»Schon verstanden.«

»Wir brauchen dich hier, Nell. Ich brauche dich.«

»Bettelst du?«

»Das würde ich, wenn es etwas helfen würde.«

»Kannst du Ginnis nicht dazu bringen, dass er ein Formular unterschreibt oder so was? Ich will nicht auf einer Couch liegen und über meine Kindheit sprechen.« Ich klinge störrisch, was sogar mich selbst ärgert.

»Das verlangt auch niemand von dir.«

»Doch, genau das will er. Er hat eine Couch. Ich habe sie gesehen. Ich habe darauf gelegen. Einmal. Das hat mir gereicht.«

Lightman lacht widerwillig. »Nun, er ist Psychiater. Das gehört zu seinem Job. Vielleicht geht es dir danach tatsächlich besser.«

»Wie wäre es, wenn wir die Typen finden, die mir die Schulter zerschossen haben? Dann ginge es mir wirklich besser.«

»Uns allen, Nell. Wir arbeiten daran.«

»Strengt euch mehr an. Oder lasst mich zurückkommen, und ich übernehme das für euch. Ich habe Nowak acht Monate gejagt. Niemand ist näher an dem Fall als ich.«

Lightman seufzt. »Ich mache mir Sorgen um dich, Nell. Du hattest einen höllischen Monat. Ich kann dich nicht guten Gewissens auf so einen gefährlichen Auftrag schicken. Das weißt du. Du musst dich um dich selbst kümmern. Ich kann dir andere Namen beschaffen, wenn Ginnis nicht der Richtige ist.«

»Ginnis ist schon in Ordnung.«

»Dann sprich mit ihm. Dafür ist er da. Ginnis hat als Kind auch seine Mom verloren. Er ist auf einer Militärbasis aufgewachsen. Nur er und sein Vater.«

»Und?«

Lightman seufzt wieder. »Und daher denke ich, dass ihr einiges gemeinsam habt.«

»Na gut. Ich rede mit ihm. Aber erwarte keine Wunder.«

»Mache ich nicht. Ich gebe ihm deine Handynummer. Du kannst mich auch anrufen. Ich weiß, wie es ist, wenn man jemanden tötet. Es ist brutal, Nell. Es lässt einen nicht los, und es kann einen echt verkorksen, wenn man nicht aufpasst.«

Ein Auto nähert sich auf der Dune Road, dann höre ich das Knirschen von Rädern auf dem Schotter vor dem Haus.

»Danke für die Aufmunterung. Da kommt gerade jemand. Ich muss aufhören.«

Ich lege auf, bevor Lightman protestieren kann. Meine Hand gleitet zur Pistole. Es ist Tag. Die Auffahrt ist in der Nähe des Parkplatzes, der zum Strand gehört. Manchmal verwechseln Leute die beiden Wege. Trotzdem – ich erwarte niemanden, vor allem nicht so früh. In meiner Situation sind Überraschungsbesucher nicht gerade willkommen.

Ich gehe über die Veranda und presse mich an die Hausecke. Die Holzschindeln drücken sich in meine Schulterblätter. Eine Fliege, die zwischen dem Gitter und dem Fenster gefangen ist, surrt aufgeregt herum. Ich wappne mich, die Waffe bereit in der Hand. Ein kleiner Vogelschwarm, den der Besucher aufgeschreckt hat, flattert aus dem Strandhafer empor. Sie sind so scheu wie ich und genauso wenig an Gäste gewöhnt.

Ich zähle die Schritte. Fünf bis zum Treppenabsatz. Ein großer Mann ist zu sehen. Einen kurzen Moment gerate ich in Panik. Von hinten sieht er aus wie Dmitri Nowak.

Mein Herzschlag beschleunigt sich. Der Zeigefinger legt sich auf den Abzug. Ich trete aus dem Schatten.

Ich muss nichts sagen, der Mann hebt von sich aus langsam die Hände. »Ich bin's, Nell, Lee.« Er dreht sich vorsichtig um.

Als ich sein Gesicht sehe, senke ich die Waffe.

»Lee Davis. Himmel noch mal. Du hast mich zu Tode erschreckt.«

»Hallo, Kleine.« Lee hat mich immer *Kleine* genannt, auch

wenn wir im selben Alter sind. Wahrscheinlich liegt es daran, dass er gute dreißig Zentimeter größer ist als ich. Er kommt zu mir und umarmt mich so fest, dass ich vor Schmerzen stöhne.

»Was ist los?« Er gibt mich frei und sieht mich besorgt an.

»Nichts, nur eine Fleischwunde.« Ich tippe auf meine Schulter und spüre, wie die Farbe in mein Gesicht zurückkehrt. »Eine Kugel hat mich vor einem Monat leicht gestreift. Die Stelle ist immer noch ein wenig wund.«

»Leicht gestreift! Das hätte auch dein Dad sagen können. Ich bin froh, dass du sonst in Ordnung bist.«

»Mir ging's nie besser.«

Er nickt, und wir mustern uns gegenseitig von oben bis unten. Er hat sich seit unserer gemeinsamen Zeit an der Hampton Bays Highschool kaum verändert. Groß und zaundürr. Seine Schultern runden sich nach vorne, als könne er die Menschen, die kleiner sind als er, schlecht hören. Sein früher pechschwarzes Haar ist jetzt von ein paar grauen Strähnen durchzogen. Er findet es wahrscheinlich furchtbar, aber meiner Meinung nach sieht er sehr erwachsen damit aus. Sein jungenhaftes Gesicht ist immer noch sommersprossig und faltenlos. Er ist auf zurückhaltende Weise attraktiv, und das gefällt mir. Ich schiele zu seiner Hand. Kein Ring, was mich überrascht. Er hat immer wie jemand gewirkt, der mit Anfang dreißig seine Kinder zum Fußball kutschiert.

Lee war auf der Highschool mit netten Mädchen zusammen, Hockeyspielerinnen und Cheerleaderinnen, die dauernd gelächelt und ihre Haare beim Lachen nach hinten geworfen haben. Die so getan haben, als gäbe es mich nicht. Ich habe mich bemüht, sie genauso offen zu ignorieren, aber es war sowieso allen egal, was ich von ihnen hielt. Ich war nur die Ruhige, Dünne, die eine schwarze Lederjacke in der Schule trug und in der neunten Klasse Matheunterricht auf Collegeniveau erhielt. Die, deren Vater bei der Mordkommission und deren Mutter ein Mordopfer war. Der brutale Mord an meiner Mutter war ein großes Gesprächsthema in unserer Gegend gewesen. Noch Jahre später wurde darüber getuschelt, über sie, über uns. Unnötig zu sagen, dass man mir in der Schule weiträumig aus dem Weg ging.

»Tut mir leid wegen der Begrüßung«, sage ich und fahre mir mit der Hand durchs Haar. »Berufsrisiko.«

Lee winkt ab, als sei am frühen Morgen eine Pistole vor der Nase keine große Sache. »Wie war die Beerdigung? Dorsey hat erzählt, dass es schön war.«

»Das war es auch. Ich glaube, Dad hätte es so gewollt.«

Lee lächelt angespannt. Ich frage mich, ob wir ihn hätten einladen sollen. Als frischgebackener Detective der Mordkommission war Lee Dads letzter Partner gewesen. Nach der Highschool haben wir den Kontakt verloren. Ich hatte gehört, dass er auch in D. C. lebt und dort Jura an der George Washington studiert. Im dritten Jahr erfuhr er von der Parkinsonerkrankung seiner Mutter. Er zog auf die Insel zurück und wurde ein Cop. Ähnlich wie mein Vater. Dad war ein Marine, der meine Mutter auf Heimaturlaub geschwängert hat. Er hat getan, was er für das Richtige hielt: Er hat sie geheiratet und ist nach Ende seiner Dienstzeit nach Suffolk County zurückgekommen. Sie haben ein kleines Haus mit einem weißen Zaun gekauft, und Dad ist zum SCPD gegangen. Ich habe mich immer gefragt, was wohl gewesen wäre,

wäre meine Mom nicht schwanger geworden. Wahrscheinlich wäre er beim Militär geblieben und hätte nie wieder zurückgeschaut.

Lee wirkt eher wie ein Anwalt als wie ein Cop. Ich bin überrascht, dass er es in die Mordkommission geschafft hat. Diese Detectives lassen einen nur schwer in ihren exklusiven Kreis. Lee wirkt zu jung und zu eifrig, um sich Respekt bei der Truppe zu verschaffen. Dad hat kaum von ihm gesprochen, und ich hatte ganz vergessen, dass sie Partner waren, bis Dorsey es letzte Woche erwähnt hat. Trotzdem hätte ich daran denken sollen, ihn einzuladen. Aber vielleicht war Lee auch ganz froh, dass er sich nicht einen Nachmittag mit einem Haufen verwitterter, saufender Cops volllaufen lassen musste, die alle kurz vor der Rente stehen. Das muss er wahrscheinlich sowieso oft genug machen.

»Hast du ein paar Minuten Zeit?«

»Klar.«

Wir setzen uns an den Holztisch auf der hinteren Veranda. Lee verschränkt die Hände hinter dem Kopf, lehnt sich zurück und nimmt den Ausblick in sich auf. Ein Fischerboot gleitet unter der Ponquogue Bridge hindurch, und er sieht ihm nach, bis es außer Sicht ist. Sein Knie wippt nervös unter dem Tisch. Das ist kein Freundschaftsbesuch, dafür ist es zu früh am Morgen und zu bald nach Dads Beerdigung.

»Wie lange wirst du in der Stadt bleiben?«, fragt er.

»Ich weiß es nicht. Ein paar Tage bestimmt noch.«

»Hat das Bureau dich beurlaubt?«

»So in etwa.« Ich werde langsam ungeduldig. »Also, was ist los, Lee? Du bist doch sicher nicht nur hier, um mal nach mir zu sehen.«

Lees Kiefer spannt sich ein wenig an. »Heute früh ist etwas passiert, draußen im Shinnecock County Park. Eine Hundespaziergängerin hat eine Leiche gefunden. Eine junge Frau lag vergraben in den Dünen.«

»Was für ein Pech.«

»Die Leiche war zerstückelt und in Jute gewickelt.«

»Ah.« Unsere Blicke treffen sich. Er muss nicht mehr sagen. Im letzten Sommer war eine Siebzehnjährige tot in den Pine Barrens gefunden worden, einem weitläufigen, dicht bewaldeten Naturschutzgebiet in der Mitte von Suffolk County. Sie war ebenfalls zerstückelt und in Jute eingehüllt worden. Mein Vater hat den Fall bearbeitet. Soweit ich weiß, war er bei seinem Tod immer noch nicht abgeschlossen.

»Derselbe Täter?«

»Ich nehme es an. Oder ein Nachahmer.«

»Name der Toten?«

»Noch nicht. Das Opfer hat eine Metallplatte im Kiefer, das hilft sicher weiter.«

»Wird gerade jemand vermisst?«

»Um Labor Day herum ist eine junge Frau aus der Gegend verschwunden. Vielleicht handelt es sich bei der Leiche um sie, aber wir wissen es nicht.«

»Okay.«

»Das Revier hat nicht viel zu dem Fall in den Pine Barrens. Ich weiß aber, dass dein Dad immer noch dran war. Ich habe mich gefragt, ob er seine Unterlagen vielleicht daheim aufbewahrt hat. Notizbücher, einen Laptop, irgendwas.«

»Er hat ein Büro. Ich habe es noch nicht betreten. Du darfst dich gern darin umsehen.«

»Das wäre super. Vielleicht kann ich später noch mal vorbeikommen oder morgen.« Er sieht auf die Uhr. »Ich muss zurück zum Tatort.«

»Das war's?«

Lee zögert. »Na ja, ich habe gehofft, dass du mitkommen könntest. Mich bei den Ermittlungen unterstützen.«

Meine Schulter beginnt zu pochen, als ob sie mich daran erinnern will, in welchem schlechten Zustand ich bin. Ich lege eine Hand darauf und ziehe die Füße auf den Stuhl. »Oh, ich weiß nicht. Ich muss noch einiges erledigen. Howard Kidd kommt nachher mit Papierkram vorbei.«

»Wann?«

»Nach dem Mittagessen, glaube ich.«

»Komm schon, Nell. Das ist in … fünf Stunden. Ich verspreche, dass du bis dahin wieder zurück bist. Wir könnten deine Hilfe wirklich brauchen. Wenn das hier ein Serientäter ist …« Er schüttelt den Kopf, will den Satz nicht beenden.

»Warum ruft Dorsey nicht das FBI? Also, offiziell?«

»Unter uns? Weil er kurz vor der Rente steht und da ganz bestimmt keine Massenhysterie wegen eines potenziellen Serienkillers in seinem County gebrauchen kann.«

»Vielleicht wäre ein bisschen Hysterie aber angebracht.«

»Vielleicht. Aber nicht, solange Dorsey das Sagen hat. Also kein FBI. Nur dich. Ich habe ihn schon gefragt, ob du als Beraterin helfen darfst. Keine Verpflichtungen. Nur, solange du in der Stadt bist.«

»Und er war damit einverstanden?«

»Er sagte, das wäre in Ordnung, wir sollten es nur nicht an die große Glocke hängen.«

»Was zahlt ihr mir?«

Er braucht einen Moment, um zu begreifen, dass ich

einen Scherz gemacht habe. Er wirft mir ein schiefes, peinlich berührtes Lächeln zu. »Himmel, Flynn. Kurz habe ich dir geglaubt.«

Ich seufze. Es ist ja nicht so, dass ich sonst viel zu tun hätte. Die Vorstellung, unser Haus zum Verkauf fertig zu machen, reicht mir schon. Ich würde lieber an einem Tatort herumschnüffeln. Zumindest müsste ich dann für ein paar Stunden wieder mein Gehirn einschalten. Überprüfen, dass es noch funktioniert. Ich trinke meinen Kaffee aus. »Shinnecock County Park East oder West?«

»East. Komm, ich nehme dich mit. Ich kaufe dir sogar einen Bagel auf dem Weg. Du siehst aus, als könntest du einen vertragen.«

Drei

Lee fährt, und ich schaue aus dem Fenster. Wir überqueren die Ponquogue Bridge und fahren durch Hampton Bays. Es hat sich kaum verändert. Die Häuser sind klein und unauffällig. Es gibt keinen richtigen Ortskern, nur ein paar Tante-Emma-Läden am Highway und einige billige Kneipen unten am Wasser. Keine Restaurants von großen Ketten oder Touristenläden, in denen man stöbern könnte. Nur Fischmärkte und Geschäfte für Angelbedarf und Tankstellen und Trödelläden, die ihre Waren auf dem fleckigen Rasen vor dem Haus präsentieren.

Mittlerweile gibt es immerhin eine kleine Einkaufsstraße mit einem Starbucks und einem King-Kullen-Supermarkt und einer Ampel davor. Dad fand das alles sicher grässlich. Er war kein großer Fan davon, dass sich »unser Teil« der Insel weiterentwickelte. Sonst ist alles noch wie früher. Wir fahren an einem halben Dutzend Schildern für das jährliche Pancake-Frühstück bei der Feuerwehr vorbei. Mein Herz macht einen Sprung beim Anblick des Parks, in dem meine Mutter mich nach der Schule immer auf einem Karussell herumwirbelte, während sie mir vorgesungen hat. Es war leicht schief und hat gequietscht. Ich setze mich auf und erhasche einen Blick darauf, als wir daran vorbeirollen. Es ist immer noch da, so rostig und schief wie eh und je.

Am Stadtrand kommen wir am Hafen vorbei, wo Dorseys Boot liegt. Daneben ist eine Kneipe namens Hank's, wo Dad und die Jungs nach der Arbeit immer noch auf ein paar Bier hingegangen sind. Dahinter teilt der Shinnecock Canal das Land. Die Einheimischen nennen das den Schnitt. Der Highway verengt sich zu einer Brücke, die sich wie ein Druckverband über den Schnitt legt. Wenn man es sich auf einer Landkarte anschaut, wird einem klar, dass die Brücke die einzige Verbindung zwischen der Ostspitze der South Fork und der Hauptinsel ist. Der Schnitt ist so psychologisch wie physisch. Es ist die Demarkationslinie zwischen den Sommerbesuchern und allen anderen.

Nachdem wir die Brücke hinter uns gelassen haben, sind wir in den Hamptons. Die Veränderung wird sofort deutlich. Östlich des Schnitts gibt es keine Pfandhäuser oder Angelläden. Die Main Street in Southampton wird von Geschäften mit Designerklamotten und Schmuck dominiert. Die Restaurants servieren überteuerte Meeresfrüchte und französischen Wein. Hier sind die Vorgärten manikürt. Hundertjährige Ulmen säumen die Straßen wie Wachposten. Die Sommerbesucher haben ihre Städte gern perfekt. Gott weiß, dass sie auch genug dafür bezahlen. Es ist seltsam, dass auch diese Gegend zum Suffolk County gehört. Die Menschen, die hier wohnen, wissen nicht, dass es noch ein anderes County gibt. Für sie ist unser Teil der Insel nur ein Gebiet, das sie auf dem Weg zum Strand durchqueren müssen.

Wir fahren an einem Gärtner auf einer Leiter vorbei, der den oberen Rand einer Hecke mit chirurgischer Präzision kürzt. Er hantiert mit einer langen, silbernen Kettensäge, deren Sägeblatt in der Sonne aufblitzt. Der Mann sieht zu uns, verfolgt misstrauisch mit dem Blick unseren Wagen. Er ist wahrscheinlich illegal im Land, wie viele der Gärtner hier in der Gegend. Mein Großvater mütterlicherseits war einer von ihnen. Er und meine Großmutter überquerten die Grenze bei Juárez gerade noch rechtzeitig, dass meine Mutter in den Vereinigten Staaten geboren werden konnte. Sie blieben eine Weile in Texas, bevor sie weiter nach Norden zogen und sich schließlich in Central Islip niederließen. In Mexiko hatte mein Großvater eine kleine Farm besessen. Hier fand er Arbeit als Gärtner. Meine Großmutter putzte Zimmer in einem Altersheim. Sie lebten mit meiner Mutter und einer anderen Familie in einem Trailer. Das Leben im dritten Bezirk war hart für sie, aber immer noch besser als Juárez.

Ich lasse das Fenster herunter und atme einen Hauch von Meerluft ein. Die Kettensäge verstummt. Heuschrecken zirpen. Auf der anderen Straßenseite schalten sich Rasensprenger ein und wässern das bereits feuchte, üppige Gras. Zwei Mädchen in Tenniskleidung und denselben Windjacken fahren nebeneinander auf ihren Fahrrädern her, nach Süden, Richtung Strand. Meine Schule begann immer in der Woche vor dem Labor Day, doch die Privatschulen in Manhattan öffnen erst Ende September wieder. Die schlanken Beine der Mädchen treten im Einklang. Gerade, als wir an ihnen vorbeifahren wollen, hebt eine die Arme über den Kopf und nimmt die Füße von den Pedalen. Das Rad gerät ins Schlingern, und einen Moment fürchte ich, dass sie gleich stürzt. Sie schwenkt auf uns zu und fängt sich wieder, kurz bevor sie mit der Beifahrertür kollidiert. Ich hole scharf Luft; Lee tritt auf die Bremse. Ich höre das Wischen ihres Pferdeschwanzes an der Scheibe. Sie trägt eine rosa Schleife im Haar, die sich wie ein Kuss an mein Fenster drückt.

»Was zur Hölle«, murmelt Lee.

Die Mädchen radeln lachend weiter. Beide sehen sich zu uns um, die sonnengebleichten Pferdeschwänze wehen im Wind, sie schütteln ungläubig die Köpfe über den Beinahezusammenstoß. Ich erwarte, dass Lee Gas gibt und die beiden anhält. Ihnen einen Vortrag über Sicherheit im Straßenverkehr hält. Doch er lässt sie weiterfahren. Mädchen aus der Gin Lane passiert wahrscheinlich nie etwas.

Wir passieren die Abfahrt nach Cooper's Beach und biegen rechts auf die Meadow Lane ab. Diese Straße ist auch als Billionaire's Row bekannt. Sie ist ein dünner Streifen Land mit der Shinnecock Bay auf der einen und dem Atlantik auf der anderen Seite. Die Villen, die hier stehen, sind gigantisch und lassen die anderen Häuser in der Gegend wie Gästecottages wirken, was schon was heißt. Sie haben zum Meer hin gerichtete Pools und Tennisplätze. Die Gärten sind riesig. In einem stehen große, bizarre Skulpturen. Ein massiver Ballonhund aus glänzendem, magentafarbenem Metall. Eine nackte, fette Frau aus Bronze. Es sieht aus wie ein Freilichtmuseum – eines, das ich nicht unbedingt besichtigen muss. Am Ende der Straße ist ein Rechteck in den Sand gezogen und mit einem H gekennzeichnet. Ein Helikopter hebt gerade ab, als wir ankommen, und seine schlanke Silberform verschwindet am bedeckten Himmel.

Ironischerweise mündet die Billionaire's Row in den Shinnecock County Park East, ein öffentliches Naherholungsgebiet, in dem man für dreißig Dollar über Nacht sein Wohnmobil parken kann. Die Anlage ist ein beliebter Ort für die Einheimischen, um Barsche zu angeln und mit ihren geländegängigen Wohnmobilen am Strand entlangzufahren. Mein Vater hat es hier geliebt, vor allem in der Nebensaison. Hier hat er mir das Angeln beigebracht. In der Highschool sind meine Klassenkameraden hergefahren, um in den Dünen Bier zu trinken und zu rauchen. Ab und zu habe ich sie begleitet, nicht weil mir Partys Spaß gemacht haben, sondern weil alles besser war, als den Abend bei Dad zu verbringen, wenn er betrunken war. Wir warfen Flaschen und Kippen so weit wir konnten in Richtung der Meadow Lane. Es war ein kleines »Fuck you« an die Sommergäste, die sich aufführten, als gehörte der Teil der Insel einzig und allein ihnen.

Jetzt sind hier die Tatortermittlungen im vollen Gange. Ich sehe die Schlagzeilen schon vor mir. Die Boulevardzeitungen werden sich darauf stürzen: eine tote junge Frau, zerstückelt und neben den millionenschweren Villen an der Küste vergraben. Einen glamouröseren Friedhof kann man sich kaum vorstellen. Sobald die Presse eine Verbindung zwischen diesem Fall und der Leiche in den Pine Barrens herstellt, werden sich die Schleusen öffnen. Ein einzelner Mord ist eine Sache. Serienmorde dagegen erregen nationales Interesse. Internetforen werden geradezu explodieren vor Spekulationen. Verschwörungstheoretiker und True-Crime-Junkies werden darauf aufmerksam werden. Eventuell wird sich sogar der Mörder sehen lassen, weil er sich nicht von dem Medienzirkus fernhalten kann. Es könnte ihn – oder jemand anderen – dazu inspirieren, wieder zu töten.

Es wäre nicht das erste Mal. Long Island war schon immer ein Brutplatz für Männer, die Frauen jagten. Joel Rifkin hat in den Neunzigern mindestens neun Frauen getötet, Robert Shulman fünf. Der Long-Island-Serienkiller – angeblich für zehn bis sechzehn Morde in den letzten zwanzig Jahren verantwortlich – ist immer noch auf freiem Fuß. Ganz zu schweigen von den Unmengen an ungelösten Fällen, deren Akten noch in Kisten im Hauptquartier des SCPD stehen, und den Leichen, die nie gefunden wurden.

»Wie ist es, wieder zu Hause zu sein?«, fragt Lee.

Ich sehe zu ihm. »Das hier ist nicht mein Zuhause.«

»Ich meine die Insel. Hast du sie vermisst?«

»Nein.«

»Wie lange warst du weg?«

»Zehn Jahre.«

Lee pfeift. »Du bist aufs College gegangen und nie wiedergekommen?«

»Ja.«

»Was ist aus Tommy Street geworden?«

Ich muss ihn schockiert angesehen haben, denn Lee errötet. »Tut mir leid. Zu persönlich?«

Ja, das ist es, aber das weiß Lee nicht. Er versucht nur, Konversation zu betreiben. Tom war mein Freund auf der Highschool. Die erste und wahrscheinlich wichtigste Beziehung in meinem Leben. Wir kamen am Anfang der zehnten Klasse zusammen und trennten uns am Ende des Abschlussjahres, nachdem ich versehentlich schwanger geworden war. Tom wollte heiraten. Ich hatte überlegt, mein Stipendium fürs Massachusetts Institute of Technology aufzugeben und hierzubleiben, damit wir heiraten konnten. Dad hatte mir gesagt, er würde mich enterben, wenn ich das tun sollte. Lee weiß nicht, dass ich trotz des Zorns meines Vaters beschlossen hatte, das

Baby zu behalten, nur um es ein paar Wochen später zu verlieren. Er weiß nicht, dass all das mein Leben unwiderruflich verändert hat. Ich brach den Kontakt zu Tom ab, auch wenn nichts davon seine Schuld war. Ich sprach auch nicht mehr mit meinem Vater. Ich packte meinen gebrauchten Honda Civic voll und fuhr ohne Abschied zum MIT.

»Ich weiß nicht, was Tommy so treibt. Wir haben keinen Kontakt«, sage ich, auch wenn das nur die halbe Wahrheit ist. In den letzten zehn Jahren habe ich Tommy im Auge behalten. Er lebt immer noch in der Gegend. Er ist mit einer Frau namens Beth verheiratet, die aussieht wie ich, aber immer lächelt. Sie haben Zwillinge, Hannah und Ellie, die sie gleich anziehen. Er ist wie sein Vater Versicherungsmakler geworden. Am Wochenende trainiert er ein Kinderbaseballteam der Little League. Sie haben einen Hund aus dem Tierheim adoptiert, Hester. Zumindest in den sozialen Medien sehen sie gefestigt und glücklich aus. Manchmal frage ich mich, wie es wohl geworden wäre, wenn ich geblieben wäre. Wäre ich Mrs. Thomas Street geworden? Was, wenn wir jetzt eine zehnjährige Tochter oder einen Sohn hätten? Hätte ich mich gefangen gefühlt, wie mein Vater? Oder würde ich wie Beth vielleicht auf jedem Foto lächeln?

»Ich habe immer gedacht, ihr zwei würdet heiraten«, sagt Lee. »Alle dachten das damals.«

»Das war die Highschool. Eine Jugendliebe.«

Lee wirft mir einen Blick zu. »Auf mich hat es echt gewirkt.«

»Das war vor zehn Jahren.«

»Du und dein Dad habt den Kontakt zueinander verloren, wenn ich es richtig verstanden habe.«

»So was in die Richtung.«

»Hat er jemals über den Pine-Barrens-Fall gesprochen?«

»Er hat nie viel gesprochen, egal über was. Zumindest nicht mit mir.«

»Er hat über dich geredet.«

Überrascht drehe ich mich zu ihm. »Ach wirklich?«

»Ja. Er war stolz auf dich. Auf deine Arbeit. Bei jeder sich bietenden Gelegenheit hat er von dir gesprochen.«

Wir schweigen. »Nachdem ich weggegangen bin, hatten wir jahrelang keinen Kontakt«, sage ich leise. »Ich wollte nichts mit ihm zu tun haben.«

»Und doch bist du Gesetzeshüterin geworden, wie er.«

»Das stimmt. Es liegt mir wahrscheinlich im Blut. Dad kam vor ein paar Jahren nach D. C., und da haben wir uns einigermaßen ausgesöhnt. Ab und zu haben wir dann telefoniert. In letzter Zeit allerdings nicht mehr. Wir hatten seit Monaten nicht mehr miteinander gesprochen.«

Lee nickt, als würde ihn das nicht überraschen. »Das letzte Jahr war hart für deinen Dad. Pine Barrens hat ihm schwer zugesetzt. Es war ein schrecklicher Fall. Das Mädchen war jung, gerade siebzehn geworden. Dein Vater hat es echt persönlich genommen. Er hat mir einmal gesagt, dass er das Gefühl hat, als wäre er der Einzige, dem ihr Tod nicht egal sei.«

»War er denn noch jemandem wichtig?«

Lee zuckt mit den Schultern. »Es gab nicht gerade einen großen Aufschrei in den Medien. Sie war eine Prostituierte aus einem üblen Viertel. Du weißt schon. Die alte Geschichte.«

»Woher kam sie?«

»Brentwood.«

»Latina?«

»Ja.«

»Und wurde genauso getötet wie das Opfer von heute?«

»Direkt in den Kopf geschossen, dann zerstückelt, wie ein verdammter Weihnachtsbaum, in Jute gewickelt und da draußen im Nirgendwo vergraben. Sie hieß Ria Sandoval.«

»Wurde sie sexuell missbraucht?«

Lee verzieht das Gesicht. »Schwer zu sagen. Die Tiere haben ziemlichen Schaden angerichtet. Sie war schon über einen Monat tot, bis ein paar Wanderer sie gefunden haben.«

»Seit wann war sie verschwunden?«

»Letzten Sommer, nach dem vierten Juli. Sie hatte einer Freundin gesagt, dass sie einen Auftrag im Osten hätte. Sie kam nie zurück. Und niemand hat sich die Mühe gemacht, sie als vermisst zu melden.«

»Klar. Weil sonst die Einwanderungsbehörde an die Tür klopfen würde.«

»Ihr Verschwinden schien aber niemandem richtig aufgefallen zu sein. Man hat fast zwei Monate gebraucht, um sie zu identifizieren.«

»Was ist mit ihren Eltern?«

»Der Vater unbekannt, die Mutter völlig unfähig, verschwindet manchmal wochenlang am Stück. Das Mädchen wurde herumgereicht. Manchmal blieb sie bei den Nachbarn. Mit einer gewissen Luz Molina war sie eng befreundet. Beide haben als Escorts gearbeitet. Manchmal brachte ein Fahrer sie zu Motels oder Häusern von Kunden. Ein Ex-Sträfling namens Giovanni Calabrese. Er betreibt einen Chauffeurservice in Wyandanch. Hält sich für einen Zuhälter. Fährt einen aufgemotzten Cadillac Escalade mit speziellen Felgen.« Lee verdreht die Augen.

»Wie sind sie an einen Fahrer gekommen?«

»Keine Ahnung. Vielleicht übers Internet? Nachdem Ria Calabrese kennengelernt hatte, hat sie nicht mehr auf Craigslist und Backpage inseriert. Er hat direkt den Kontakt zu den Kunden hergestellt. Reiche Typen, laut deinem Vater. Calabrese bedient die Luxusklasse.«

»Hat er Ria in der Nacht ihres Verschwindens gefahren?«

»Ja. Er hat gesagt, er hätte sie auf einem Motelparkplatz abgesetzt. Die GPS-Daten haben das bestätigt, und der Motelangestellte hat das Auto gesehen, wie es auf das Gelände fuhr, kurz hielt und dann wieder verschwand. Ria sollte die Nacht mit einem Kunden verbringen und Calabrese dann am Morgen anrufen, damit er sie abholt. Er hat nie wieder von ihr gehört.«

»Ich vermute, er hatte ein Alibi?«

»Hatte er, und es ist sicher. Er war die ganze Nacht unterwegs und hat mit Freunden gefeiert.«

»Und der Kunde?«, hake ich nach.

»Man hat nie herausgefunden, wer er war.«

»Hatte das Motel denn keine Gästeverzeichnisse? Überwachungskameras?«

»Die Kameras waren seit Monaten kaputt. Die meisten Gäste haben bar bezahlt. So ein Schuppen ist das.«

»Gab es überhaupt irgendwelche Hinweise?«

Lee seufzt. »Ein Landschaftsgärtner. Alfonso Morales. Er lebt in Brentwood, in derselben Straße wie die Sandovals. Rias Freundin Luz hat gesagt, dass er Ria immer angeglotzt hat, wenn sie vorbeiging. Ist ihr auch ein paarmal gefolgt. Luz hat gesagt, dass sie einmal spätnachts Schritte um das Haus gehört hat, als Ria bei ihr schlief. Sie glaubte, einen Mann zu sehen, der durchs Fenster zu ihnen hineinstarrte.«

»Und sie dachte, das sei Morales?«

»Sie hat es vermutet, aber sie hat weder die Polizei gerufen noch sonst etwas unternommen.«

»Wohnt Morales immer noch in Brentwood?«

»Als ich es das letzte Mal überprüft habe, ja.«

»Und was ist mit Luz?«

»Sie arbeitet jetzt in einer Bar unten am Hafen. Hank O'Gormans Schuppen. Weißt du noch? Dort sehe ich sie ab und zu. Ich hoffe, dass das, was Ria zugestoßen ist, sie zur Vernunft gebracht hat.«

»Zur Vernunft gebracht hat?«

»Dass sie aufhört, sich zu verkaufen.«

Ich stocke kurz. »Dir ist aber schon klar, dass die meisten Frauen sich dieses Leben nicht aussuchen, oder?«

»Jeder trifft eine Wahl.«

Ich atme tief durch und antworte nicht.

»Oh.« Lee schnippt mit den Fingern. »Da war etwas mit einem roten Truck. Morales fährt einen weinroten Pick-up. Der Motelangestellte glaubt, in der Nacht, in der Ria dort war, einen roten Truck auf dem Parkplatz gesehen zu haben, aber er war sich nicht sicher. Und er konnte Morales nicht eindeutig identifizieren.«

»Habt ihr mit Morales gesprochen?«

»Wir haben ihn mehrmals verhört. Er ist definitiv seltsam. Sieht einem beim Reden nicht in die Augen. Er wurde nervös, als wir Fragen zu Ria gestellt haben. Zunächst hat er behauptet, sie nie vorher gesehen zu haben.«

»Vielleicht hat er Angst vor Cops.«

»Vielleicht. Ich hatte trotzdem ein schlechtes Gefühl. Er arbeitet ab und zu für die South Fork Preservation Society. Hast du von denen gehört?«

»Die Regenpfeiferleute?«

Lee schnaubt. »Genau. Die Regenpfeifer sind ihnen wirklich wichtig. Sie haben Naturschutzprojekte auf der ganzen Insel. Der Verein wird hauptsächlich von einem Haufen gelangweilter Hedgefonds-Ehefrauen geleitet, die zu viel Zeit und definitiv zu viel Geld haben. Sie kaufen Land zur Erhaltung auf und bepflanzen die Sanddünen. Letzten Sommer hat Morales an einem der Projekte in Pine Barrens gearbeitet, nicht weit vom Fundort der Leiche entfernt. Er hat dort Bäume gepflanzt. Und rate mal, worin die Baumwurzeln eingewickelt waren?«

Ich hebe die Augenbrauen. »Jute.«

»Richtig. Das Zeug lag meterweise in seinem Truck. Dasselbe Fabrikat, alles hat gestimmt. Allerdings ist es auch ziemlich verbreitet. Man findet es in den meisten Gärtnereien auf der North-Fork-Halbinsel.«

»Habt ihr sonst noch was gefunden? Haare, Blut?«

»Nein. Wir haben das Auto durchsucht, sein Haus. Nichts.«

»Was ist mit DNA?«

»Die Leiche war zu sehr verwest, um noch fremde DNA finden zu können. Morales hatte Kratzer an den Händen und einen großen, böse aussehenden Riss am Bein. Er war schon halbwegs verheilt, also wahrscheinlich ein paar Wochen alt. Vom Zeitablauf her hätte es gepasst.«

»Hatte er eine Erklärung?«

»Sagt, er hätte sich bei der Arbeit verletzt.«

»Klingt plausibel.«

»Schätze schon. Letztendlich mussten wir ihn gehen lassen. Dein Dad fand, wir hätten nicht genug gegen ihn in der Hand.«

»Und was war mit dir?«

Lee seufzt. »Ich dachte, dass er es gewesen sein könnte. Zumindest hätten wir ihn der Einwanderungsbehörde übergeben müssen, damit die ihn ausweisen. Um auf der sicheren Seite zu sein, nicht wahr? Aber was wusste ich schon? Ich war erst seit zwei Wochen bei der Mordkommission. Und dein Vater war nicht gerade offen für freundliche Ratschläge.«

»Wem sagst du das.«

Lee fährt auf den sandigen Seitenstreifen und hält an. »Er hat dich hart rangenommen, was?«

»Das kannst du laut sagen. Er hatte einen gut entwickelten Sinn für Richtig und Falsch.«

»Es war sicher nicht einfach, mit ihm aufzuwachsen. Ich meine, er war ein guter Mann, klar. Aber er hat mir eine Höllenangst eingejagt.«

»So ging es den meisten Menschen.« Ich öffne die Beifahrertür.

Ein Übertragungswagen eines Fernsehsenders parkt hinter einem SCPD-Streifenwagen.

»Verdammt.« Lee schüttelt den Kopf. »Diese Typen sind wie Geier. Riechen das Blut und sind sofort da.«

»Was hast du erwartet? Man sieht den Tatort von der Ponquogue Bridge. Und hey, vielleicht ist es dieses Mal ein reiches, weißes Mädchen.«

Lee reicht mir eine Baseballkappe mit SCPD-Logo vom Rücksitz. »Setz die auf. Eine Großaufnahme in den Fünf-Uhr-Nachrichten brauchst du jetzt ganz bestimmt nicht.«

Vier

Wir steigen aus. Sand rieselt in meine Sneakers, zwischen meine Zehen. Ich bleibe stehen, als eine Frau aus einem Jeep am Straßenrand klettert. Lee sagt etwas, doch ich höre ihm nicht zu. Ich beobachte die Frau, wie sie die Autotür schließt und sich ihre kirschroten Lippen zu einem Lächeln verziehen, als sie einen vorbeigehenden Officer begrüßt.

Vor einundzwanzig Jahren war Ann-Marie Marshall Jungreporterin bei *Newsday*. Ich war sieben Jahre alt. Während mein Vater und ich im Sears Bellows County Park beim Campen waren, wurde meine Mutter in unserem Haus in Hampton Bays ermordet. Als wir zurückkamen, wimmelte unser Block vor Cops und Reportern, unter anderem Ann-Marie Marshall. Ich kann mich zwar nicht an die Details der Nacht erinnern, in der meine Mutter starb, aber ein Bild vom nächsten Morgen hat sich tief in mir verankert. Ich wusste, dass etwas nicht stimmte, als wir uns unserem Haus näherten und überall die Blaulichter blinkten. Bis heute verkrampfe ich mich, wenn ich Blaulichter im Nebel sehe. Dad befahl mir, im Wagen zu bleiben, während er nachsehen ging, was los war. Ich erinnere mich, dass die Scheibenwischer noch liefen; ich höre sie, wenn ich von diesem Tag träume. Ich rieche den leichten Geruch der Zigaretten, die Dad im Wagen geraucht hat, wenn er wütend war, und den Lufterfrischer mit Kieferduft, mit dem er alles überdecken wollte. Ich presste mein Gesicht ans Fenster, als die Spurensicherung die Leiche meiner Mutter auf einer Bahre die Auffahrt entlangrollte. Sie war mit einem Laken bedeckt, aber ich wusste, es war sie. Dorsey war da. Dad rannte zu ihm, brach in seinen Armen zusammen. Das war eines der wenigen Male, dass ich die beiden Männer habe weinen sehen.

Dorsey nahm uns mit aufs Revier. Eine Stunde oder so hielt er mich von meinem Vater getrennt. Er brachte mir eine Limo und stellte mir Fragen zum vergangenen Abend. Wo hatten wir gezeltet? Was hatten wir abends gegessen? Wann waren wir ins Bett gegangen? Hatte ich die Nacht durchgeschlafen? Waren Dad und ich die ganze Zeit zusammen gewesen?

Ich beantwortete die meisten seiner Fragen bloß mit einem Nicken oder Kopfschütteln. Ich wusste, meine Aussage war wichtig, und meine Hände zitterten so stark, dass ich mich daraufsetzen musste. Schließlich klopfte mir Dorsey auf die Schulter und sagte mir, ich könne nach Hause gehen. *Hat sie gut gemacht,* flüsterte er meinem Vater im Flur zu. Dad wirkte erleichtert. Er legte mir die Hand auf die Schulter und drückte sie liebevoll. Dorsey zwinkerte mir lächelnd zu.

Kurz darauf gestand ein Siebzehnjähriger aus dem Viertel. Es war nicht Sean Gilroys erster Zusammenstoß mit dem Gesetz, aber es würde sein letzter sein. Im Jahr davor hatte eine Nachbarin ihn beschuldigt, sie von einem Baum vor ihrem Fenster aus in der Dusche beobachtet zu haben. Über ihn waren alle möglichen Gerüchte im Umlauf. Die Leute erzählten sich, er hätte Katzen und Kaninchen getötet, sie gehäutet und ihre Felle im Keller aufbewahrt. Ich habe nie herausgefunden, ob das stimmte oder nur böses Gerede über einen ruhigen, seltsamen Jungen war, der nie richtig dazu gepasst hat. Laut seines ursprünglichen Geständnisses – das er später während der Gerichtsverhandlung und seiner Gefängnisstrafe noch diverse Male umformulieren würde – sah Gilroy durch das Fenster, wie meine Mutter Geschirr spülte. Sie trug ihr langes schwarzes Haar offen, ein tief ausgeschnittenes Oberteil und einen Rock, der eng an ihren schlanken Hüften anlag. Sie war sonnengebräunt, und Gilroy sagte, sie lächelte, als hätte sie ein Geheimnis. Sein sexuelles Verlangen nach ihr überwältigte ihn. Er klopfte an die Tür, und sie ließ ihn bereitwillig herein, bot ihm sogar etwas Kaltes zu trinken an. Er griff sie in der Küche an, sie wehrte sich. Sie zog ein Messer aus dem Messerblock auf der Arbeitsfläche, um sich zu verteidigen. Gilroy überwältigte sie, packte das Messer und stach es ihr in die Brust. Nicht einmal, sondern achtmal, genau durchs Herz. Dann duschte er im Bad meiner Eltern, zog sich saubere Kleidung von meinem Vater an und kehrte nach Hause zurück, als sei nichts passiert. Als ihn die Polizei befragen wollte, saß er auf der Couch und schaute Baseball. Er trug immer noch T-Shirt und Jeans meines Vaters. Seine Turnschuhe waren mit ihrem Blut verschmiert.

Gilroy wurde ohne Chance auf Bewährung zu lebenslänglich verurteilt. Am Morgen der Urteilsverkündung wartete eine kleine Gruppe Reporter vor unserem Haus auf mich und meinen Vater. Dad sagte mir, ich solle sie ignorieren, was ich auf dem unendlich langen Weg die Auffahrt entlang auch tat, bis zu dem Streifenwagen des SCPD, der auf uns am Straßenrand wartete. Ich hielt den Blick gesenkt und zählte die Risse im Asphalt. Ich war fast im Auto, als Ann-Marie Marshall nach mir rief. »Nell!« Ich blickte auf, und einen Moment lang sahen wir einander in die Augen. Dann ging mein Vater dazwischen und zischte ihr zu, dass er sie wegen Belästigung verhaften lassen würde, sollte sie sich uns noch einmal nähern. In dieser Nacht träumte ich nicht von meiner Mutter, sondern von Marshall, wie ihre roten Lippen meinen Namen riefen. Kurz darauf zogen wir in Pops Haus in der Dune Road. Unser Haus wurde verkauft und abgerissen. Niemand wollte in dem Gebäude leben, in dem die Frau eines Detectives ermordet worden war, vor allem nicht wir.

Ann-Marie würde mich heute nicht mehr erkennen. Damals war ich noch ein Kind. Aber ich erkenne sie wieder. Auch nachdem Sean Gilroy ins Shawangunk-Gefängnis gebracht worden war und sich keiner mehr dafür interessierte, schrieb sie immer wieder über ihn und den Fall. Sie argumentierte, dass Gilroy zurückgeblieben wäre und die Fragen der Polizei nicht verstanden hätte. Sie schrieb, wie er stundenlang ohne Anwalt festgehalten worden war, ohne Essen und Trinken, und wie er schließlich ein Geständnis abgelegt hatte, das voller Widersprüche und Ungenauigkeiten war. Sie sagte, er wäre mit einem frisch gebrochenen Finger aus dem Verhörraum gekommen. Sie behauptete, er habe nur gestanden, weil er nach Hause wollte. Auch wenn er ihr gegenüber Jahre später bekannte, meine Mutter tatsächlich umgebracht zu haben, wurde Sean Gilroy zu Marshalls Prüfstein. Immer wieder veröffentliche sie Artikel über ihn, eine Erinnerung, eine Warnung und ein Mahnmal, dass etwas faul war im Suffolk County. Wenn man einen armen, zurückgebliebenen weißen

Jungen so behandelte, schien sie damit sagen zu wollen, wie würde man dann mit allen anderen umgehen.

Ich bin überrascht, wie ähnlich sie ihrem Foto aus der Zeitung sieht. Das silbergraue Haar ist kurz, sie trägt einen Pony. Ein scharf geschnittenes, ernstes Gesicht, die Brauen sind in ständiger Konzentration zusammengekniffen. Sie blickt auf, und einen Moment denke ich, dass sie mich erkennt. Sie hebt das Kinn, ihre Augen verengen sich. Doch dann winkt sie einem Auto zu, das sich gerade nähert. Meine Schultern entspannen sich wieder.

»Alles okay?«, fragt Lee und legt mir sanft die Hand auf den Rücken. Ich zucke unter seiner Berührung zurück, und er versteht den Hinweis, macht einen Schritt nach hinten und gibt mir Raum.

»Ja. Tut mir leid. Ich dachte, ich hätte jemanden gesehen, den ich kenne.«

Wir marschieren den langen Weg um die Absperrungen herum, die man am Eingang zur Anlage aufgestellt hat. Eine Kamera blitzt auf, als wir vorbeigehen. Ich halte den Kopf gesenkt und bleibe hinter Lee. Dieser nennt einem Officer mit Klemmbrett in der Hand leise unsere Namen. Mir fällt ein, dass ich wahrscheinlich mit Lightman hätte sprechen sollen, bevor ich einen inoffiziellen Beraterjob beim SCPD annehme. Er hätte Nein gesagt, was natürlich auch die richtige Antwort gewesen wäre. Ich habe keine gesteigerte Lust, Dmitri Nowak und seinen Killern meinen Aufenthaltsort mitzuteilen, geschweige denn, mich mit Vorladungen der Staatsanwaltschaft und Verteidigern auseinanderzusetzen, ob und wann ein Verdächtiger in Gewahrsam genommen wurde.

Doch es ist zu spät, um sich jetzt darüber Gedanken zu machen. Der Tatortprotokollant hat meinen Namen in seinem offiziell aussehenden Notizbuch notiert. Und Ann-Marie Marshalls Anwesenheit hat mich in einen dunklen Teil meiner Vergangenheit zurückversetzt. Ich werde erst nach D.C. zurückgehen, wenn ich mit ihr geredet habe, beschließe ich. Meine Unsicherheit, was in dieser Nacht wirklich geschehen ist – und das Gewicht, das Dorsey auf meine Aussage gelegt hatte –, hat immer an mir genagt. Ein Feuer, das mich über die Jahre langsam, aber beständig verzehrt hat. Seit ich zu Hause bin, lodert es stärker denn je. Das wird vielleicht mein letzter Aufenthalt im Suffolk County sein. Wenn ich den Nachlass meines Vaters geregelt und das Haus verkauft habe, gibt es keinen Grund mehr für mich, zurückzukommen. Ich muss mehr über Sean Gilroy erfahren, darüber, was in den dunklen Stunden passiert ist, in denen ich tief und fest in meinem Zelt im Sears Bellows County Park geschlafen habe. Ann-Marie Marshall hat öfter mit Gilroy gesprochen als jeder andere. Sie hat ihm in die Augen gesehen, hat seine Version der Ereignisse gehört. Wenn ich mit ihr spreche, kann ich vielleicht endlich mit allem abschließen.

Lee und ich gehen durch den Sand hinauf in die Dünen. Es ist ein Wunder, dass dieses Land über all die Jahre hinweg nicht erschlossen wurde. Es ist wunderschön. So etwas denke ich natürlich nicht gern über einen Tatort, aber es stimmt. Wir sind rundum von Wasser umgeben. Im Süden rollen die Wellen des Ozeans an den Strand, so beständig wie ein Herzschlag. Im Norden ruht die Bay dunkel und still und schimmert im Morgenlicht.

Im Gegensatz zu vielen Stränden in den Hamptons ist dieser hier unberührt. Der Strandhafer wächst hoch und wild. An manchen Stellen reicht er mir über die Knie, fast bis zu den Hüften. Über uns kreisen Möwen am Himmel und werfen Krabben auf die Felsen, um ihre Schalen aufzubrechen. Eine schwebt siegreich mit einem ganzen Fisch in den Krallen davon. Ich atme tief durch, fülle meine Lungen mit frischer, salziger Luft. Wenn ich irgendwo begraben werde, dann an einem Ort wie hier. Wo es wild und wunderschön ist.

Die Dünen vibrieren geradezu vor Aktivität. Die Southampton Town Police errichtet noch weitere orangefarbene Absperrungen am Strand und erregt damit Aufmerksamkeit. Der Van der Gerichtsmedizin steht auf dem Parkplatz am Fuß der Dünen. Ein Mitarbeiter der Spurensicherung unterhält sich daneben wohl mit einer Kollegin. Ein Lichtblitz am Fundort der Leiche sagt mir, dass der Fotograf bei der Arbeit ist. Polizisten suchen in Menschenketten die Dünen nach Beweisstücken ab. In einiger Entfernung schlägt ein Leichenhund an. Einen Moment erstarren alle.

»Nur ein toter Vogel!«, ruft jemand, und die Dünen erwachen wieder zum Leben.

Eine rote Flagge steckt an der Straßenseite im Sand. Lee bedeutet mir, ihm dorthin zu folgen. Die Düne ist steil und etwa fünf bis sechs Meter hoch. Oben angekommen ringe ich nach Atem. Das Gelände ist dicht mit Sumach und Dornen bewachsen, die ein Vorankommen behindern. Als Kind hätte mich mein Vater vor einem solchen Ort gewarnt. Zecken fühlen sich in hohem Gras wie diesem viel zu wohl. Ein Holzzaun umgibt das Gebiet, vermutlich, um Leute abzuhalten. Ein etwa drei Meter langer Abschnitt ist umgeworfen. Ich stapfe hinüber und gehe daneben in die Hocke. »SFPS« steht in kleinen Buchstaben am Rand.

»Lee!«, rufe ich und winke ihn zu mir. Er dreht um und kniet sich neben mich. »South Fork Preservation Society. Scheint ein weiteres ihrer Naturschutzprojekte zu sein.«

Lee schüttelt den Kopf. »Ich sag's dir doch. Morales.«

Wir stehen auf und gehen bis zu einer Lücke im Dorngestrüpp. Eine rechteckige Grube wurde aus dem Sand gehoben, wie ein riesiges Regenpfeifernest. Sie ist knapp zwei Meter lang und einen Meter fünfzig breit. Stecken und Absperrband formen ein schiefes Fünfeck darum. Zu meinen Füßen liegen Strandhaferbüschel, die an den Wurzeln ausgerissen wurden.

Ich gehe in die Hocke und mustere einen Stapel aufgeschichteter Steine. Sie sind klein und flach und etwa so dick und groß wie meine Handfläche. Es sind sieben, aufeinandergestapelt wie ein Kartenspiel.

»Ein Steinmännchen«, murmele ich und drehe den Kopf, um mir den Stapel genauer anzusehen.

»Eine Wegmarkierung?«

»So in etwa. Man benutzt Steinmännchen seit Jahrhunderten für viele verschiedene Dinge. Wege, Nahrungsverstecke. Sie können aber auch zeremoniell sein und eine Begräbnisstätte kennzeichnen.«

»Hier.« Lee gibt mir ein Paar Latexhandschuhe. Er zieht selbst ein Paar an und dehnt sie über seinen langen, knochigen Fingern.

»Schau dir den hier an. Die Steine wurden mit Absicht hier aufgeschichtet, sie liegen genau aufeinander. Und ich bin mir nicht sicher, ob sie aus der Gegend stammen. Sie sollten untersucht werden. War so was auch beim Fundort von Ria Sandoval?«

»Nicht, dass ich mich erinnern könnte. Aber es ist gut möglich, dass wir es übersehen haben.«

»Das Steinmännchen könnte auch zerstört worden sein, bevor ihr dort angekommen seid. Vielleicht erinnern sich die Wanderer, die die Leiche gefunden haben, noch an etwas.«

»Du denkst, es könnte noch dort sein?«

Ich zucke mit den Schultern. »Es lohnt sich zumindest, sich dort noch einmal umzuschauen.« Ich stehe auf und bürste etwas Sand von meiner Jeans. »Ich habe eine Freundin beim Bureau, Sarah Patel. Sie arbeitet in Miami und leitet die Task Force zur Bekämpfung von Menschenhandel. Wenn hier zwei junge Sexarbeiterinnen mit einem Jahr Abstand ermordet wurden, auf dieselbe auffällige Weise, dann solltet ihr euch überlegen, ob ihr ihr Team miteinbezieht. Oder jemanden von der BAU, unsere Verhaltensanalyseeinheit.«

»Du bist doch von der BAU.«

»Du weißt, was ich meine. Das hier ist kein Fall für die örtliche Polizei, Lee. Ihr müsst alles mit den landesweiten Datenbanken abgleichen.«

Lee bohrt die Schuhspitze in den Sand. »Ich spreche noch mal mit Dorsey darüber.«

»Oder du könntest mich einfach Sarah Patel anrufen und sie entscheiden lassen.«

»Nein.« Er schüttelt nachdrücklich den Kopf. »Auf keinen Fall. Dorsey wird ausflippen. Er will nicht, dass sich jemand von außen einmischt. Und er hat den Oberbefehl, nicht Sarah Patel.«

Ich sehe das anders, aber es bringt nichts, ihm das unter die Nase zu reiben. Wir schweigen, bis ich mich schließlich räuspere. »Wer hat noch mal die Leiche gefunden?«

»Grace Bishop. Sie lebt unten an der Straße. Ist mit Eliot Bishop verheiratet.«

»Dem Vorsitzenden des Vereins?«

»Ja. Sie ist im Vorstand. Sicher weiß sie mehr über das Naturschutzprojekt hier. Sie geht jeden Morgen mit ihrem Hund am Strand spazieren. Der Hund ist abgehauen, hierhergerannt und hat die Leiche ausgebuddelt. Hat ihr dabei das Sprungbein herausgerissen, und Grace musste es ihm erst abnehmen. Als ich hier ankam, war sie hysterisch.«

»Ein menschlicher Fuß vor sieben Uhr morgens? Da wäre ich auch hysterisch.«

Lee wird blass, als wir vor dem Grab stehen, und ich frage mich, ob er sich gleich von seinem Frühstück verabschiedet. Wahrscheinlich hat er noch nicht allzu viele Mordopfer in seiner Zeit beim SCPD gesehen. Weniger als ich auf jeden Fall. Autounfälle, ja. Vielleicht auch mal einen Selbstmord. Aber Mordschauplätze haben immer etwas besonders Verstörendes an sich. Eine Dunkelheit, die noch in der Luft hängt, lange nachdem der Täter verschwunden ist. Ich kenne sie nur allzu gut.

Diese hier fühlt sich ganz besonders grausam an. Die Leiche in dem Grab ist in Jute gehüllt. Sie erinnert mich an die Fahrt, die Dad und ich jeden Dezember zu einer Gärtnerei auf der North Fork unternommen haben. Dort suchten wir einen Weihnachtsbaum aus – meistens einen kleinen, damit ich ohne viel Hilfe die Spitze erreichen konnte –, und der Gärtner half uns, ihn in Jute einzuwickeln. Dann hob Dad sich den Baum auf die Schulter und band ihn auf dem Autodach fest. Wir fuhren schweigend nach Hause und wussten beide, dass Dad kaum die Energie haben würde, den Baum zu schmücken. Während der Feiertage trank er heftiger als sonst. Schon eine verknotete Lichterkette ließ ihn ausflippen. Er brüllte mich genervt und frustriert an und warf mit Sachen um sich. Dann verschwand er, und wenn er zurückkam, war er zu betrunken, um zu bemerken, dass ich in der Zwischenzeit die Lichterkette entwirrt, die kaputten Birnen ausgetauscht und sie am Baum befestigt hatte.

Am unteren Ende ist die Jute aufgerissen, und ein brauner Stumpf ist zu sehen. Wahrscheinlich das Schienbein. Der Hund hat den Fuß glatt abgebissen. Die zerkauten Überreste liegen wie Müll am Rand des Grabs.

»Kann ich sie sehen?«

Lee nickt. Er bückt sich und zieht die Jute zurück. Der Geruch wird stärker. Lee zuckt zurück. An den Gestank menschlicher Verwesung gewöhnt man sich nie so richtig. Er ist schwer und ranzig, setzt sich in den Poren fest und kriecht unter die Haut. Er fühlt sich unheilig an, als würde er einen schon befallen, wenn man ihm nur zu nahe kommt. Als ich das erste Mal eine Leiche gesehen habe, wurde ich den Geruch tagelang nicht los. Immer wieder duschte ich und wusch mir die Hände, doch der Gestank hatte sich wie Schießpulver in meine Nasenlöcher eingebrannt. Aus dem Augenwinkel sehe ich, wie Lee nach Luft schnappt und sich die Nase zuhält.

Die Überreste des Mädchens sind verfault und geschrumpft. Wenigstens sind die Maden schon weg, doch es ist noch Haut da. Die Leiche ist noch nicht vollständig skelettiert. Ich schätze, sie ist ein paar Wochen alt. Die Haut ist wie Leder und schließt sich eng um den Knochen. Ihre Zähne sind entblößt wie die eines Tieres. Als ich das Gewicht verlagere, blitzt die Metallplatte in ihrem Kiefer im Sonnenlicht auf. *Du hast Glück, Mädchen,* denke ich mir. Eine Platte ist das goldene Ticket für die Gerichtsmedizin zur Identifizierung.

»Die Augen«, stöhnt Lee. »Himmel, die machen mich fertig.«

Die Augenhöhlen sind leer. Auch ein Teil ihres Schädels fehlt. Es sieht aus, als hätte man ihr mitten in die Stirn geschossen. Ich hege leisen Respekt für den Schützen. Als Jäger hat mein Vater mich darauf trainiert, mit einem Schuss töten zu können, am besten in den Kopf, damit das Leiden auf ein Minimum reduziert wird. Dieser Schuss ist in etwa so perfekt, wie man ihn sich nur wünschen kann.

Nach der Hinrichtung hat der Mörder die Gliedmaßen abgetrennt und sie mit Schnur an den Körper gebunden. Eine surreale, makabre Präsentation; blutig und gleichzeitig präzise. Meiner Erfahrung nach sagt die Art, wie ein Mensch zu Tode gekommen war, viel über den Täter aus.

»Ria Sandoval wurde auch in den Kopf geschossen, nicht wahr?«

»Ja«, bestätigt Lee heiser. »Mitten in die Stirn. Und dann …« Er gestikuliert zu der Leiche und schluckt, als steckte ihm das Wort »zerstückelt« in der Kehle.

»Seltsame Art, eine Prostituierte zu töten.«

»Warum?«

»So sauber.«

»Das nennst du sauber?« Lee starrt mich ungläubig an.

»Professionell, meine ich. Wie eine Hinrichtung.«

»Vielleicht war eine Gang darin verwickelt?«

»Möglicherweise. Es ist so akribisch. Fast schon rituell.«

Das Licht verfängt sich an etwas im Sand. Ich mache Lee darauf aufmerksam. »Da ist etwas. Aus Metall, glaube ich.«

Lee geht in die Knie und holt einen Stift aus der hinteren Hosentasche. Damit hebt er ein dünnes Goldarmband aus dem Sand.

Er hält es höher ins Licht. »Cartier.«

»Steck es in einen Beweisbeutel.«

»Es gehört Grace Bishop. Schau. Auf der Innenseite stehen ihre Initialen.« Er holt einen Beweisbeutel aus der Tasche und lässt das Armband hineinfallen. »Wir sollten es ihr zurückgeben. Die arme Frau.«

Ich beiße mir auf die Zunge und schweige. Es ärgert mich, wenn die Cops hier draußen den Sommergästen in den Hintern kriechen. Vor allem Lee. Früher, während der Highschool, war er auch hier und warf mit uns anderen Bierdosen auf die Meadow Lane. Das Armband sollte als Beweis gelten. Ich würde die Vermutung wagen, dass Grace Bishop in der Zwischenzeit ein anderes tragen kann, während sie auf das hier wartet. Wahrscheinlich weiß sie nicht einmal, dass sie es verloren hat. Aber es nicht mein Fall. Nicht mein Problem.

»Ich nehme es«, sage ich zu ihm und halte die Hand nach dem Beutel auf. »Ich möchte sowieso mit ihr reden. Du hast gesagt, sie ist im Vorstand der Preservation Society?«

»Genau. Und ich glaube, sie kennt Morales. Dein Dad hat sie letzten Sommer zu ihm befragt.«

»Wo ist der Gerichtsmediziner? Ich würde mich gern noch mit ihm unterhalten, bevor ich gehe.«

»Es ist eine Sie. Und sie ist hier irgendwo.« Lee dreht sich um und deutet auf eine junge Frau, die auf uns zustapft. Sie trägt Jeans, Wanderstiefel und einen Rucksack. Ihr dickes, blondes Haar ist zu einem Zopf geflochten, der ihr den Rücken hinabreicht. Sie ist unheimlich attraktiv, groß, schlank und hat ein perfekt herzförmiges Gesicht. »Das ist sie.«

Ich starre erst sie an, dann Lee.

»Du machst Witze.«

»Nein, das ist Jamie Milkowski. Sie ist jung, aber gut.«

»Wie jung?«

»Hat dieses Jahr angefangen.«

»Das ist also ihr erster Serienmörder. Vielleicht sogar ihr erster Mordfall überhaupt. Wie aufregend für sie.«

Lee wirft mir einen Blick zu. »Alle sagen, sie sei brillant. Sei nicht so voreingenommen, Flynn. Du solltest doch besonders gut wissen, dass eine attraktive, junge Frau ihren Job genauso gut machen kann wie ein grauhaariger, alter Mann.«

Ich ignoriere das Kompliment, doch meine Wangen röten sich. »Du kannst nicht jemanden an den Fall lassen, der so grün hinter den Ohren ist«, wende ich ein. »Das weißt du. Du musst die Leiche nach New York schicken, wenn das hier ordentlich erledigt werden soll.«

Lee seufzt. Auch wenn er es nicht zugeben würde, stimmt er mir zu. Unsere Arbeit lernen wir durch das langsame und beständige Ansammeln von Erfahrung. Die Auswertung eines Tatortes ist eine Wissenschaft, aber auch eine Kunst. Der beste Lehrer ist eine Leiche. Wenn es nach mir ginge, würden wir die menschlichen Überreste zu Nicole Prentice schicken. Nikki ist eine landesweit anerkannte forensische

Anthropologin, die ein Team in der Gerichtsmedizin von New York City leitet. Ich habe schon früher mit ihr gearbeitet. Sie ist die Beste. Natürlich geht es nicht nach mir oder nach Lee. Es ist Dorseys Entscheidung, und er wird ganz sicher alles so lange vor Ort behalten wie möglich. Alles andere würde als mangelndes Vertrauen in seine Leute hier im Suffolk Country interpretiert werden. Außerdem würde es ein Signal aussenden: Das ist kein simpler Mord. Sondern ein Serientäter. Es ist Zeit, die Feds hinzuzuziehen.

»Dorsey will, dass sich die örtliche Gerichtsmedizin erst einmal alles ansieht. Wenn es für sie zu viel wird oder die Leiche sehr stark verwest ist, wird sie nach New York zur DNA-Analyse geschickt.« Lee spricht entschieden, als ob man intern schon darüber diskutiert und es so beschlossen hätte.

»Die Leiche *ist* verwest. Himmel noch mal, Lee. Sie hierzubehalten ist Zeitverschwendung.«

Lee nickt mit dem Kinn in meine Richtung. Ich drehe mich um. Milkowski steht hinter mir und streckt mir die Hand entgegen. »Jamie Milkowski, Gerichtsmedizinerin des Suffolk County«, stellt sie sich ohne einen Hauch Feindseligkeit vor.

»Nell Flynn, FBI.«

»Freut mich, dass ihr hier seid.«

»Nicht wir. Ich bin allein«, sage ich.

»Nell ist Marty Flynns Tochter«, erklärt Lee. »Ich habe sie gebeten, uns bei dem Fall zu beraten. Sie ist bei der Behavioral Analysis Unit.«

»Tut mir leid wegen Ihres Vaters. Er war ein guter Mann.«

Ich nicke, unfähig zu einer Antwort. Langsam bereue ich es, Teil der Ermittlungen zu sein.

»Es ist gut, dass Sie hier sind«, sagt Milkowski diplomatisch. »Wir können die Hilfe gebrauchen. Und ich bin Ihrer Meinung – also, dass man die Leiche nach New York schicken sollte. Wenn Nikki Prentice sie sich ansehen könnte, umso besser.«

»Tut mir leid. Ich wollte nicht respektlos sein.«

»Sie waren ehrlich.« Sie nickt mir kurz zu. »Es wird bald regnen. Wir sollten die Leiche abtransportieren.«

»Natürlich.« Ich sehe nach oben. Die Farbe ist aus dem Himmel gewichen, als wolle er sich auf den Regen vorbereiten. Dunkle Wolken ziehen am Horizont auf. Eine kühle Feuchtigkeit liegt in der Luft, die in meine Hand- und Fußgelenke schneidet. Ich frage mich, wie viele Stürme die Leiche hier draußen überstanden hat. Wie angegriffen sie von den Elementen schon ist. Als ob sie nicht schon übel genug zugerichtet wäre.

Ich ziehe mich zurück, gebe Milkowski Raum. Ich bedeute Lee, dasselbe zu tun. Er bleibt noch einen Moment stehen und mustert sie von oben bis unten. Sobald er bei mir ist, boxe ich ihm fest in den Oberarm.

»Was zum Teufel?« Er umfasst seinen Arm mit der Hand. »Aua.«

»Glaubst du wirklich, dass ein Tatort der beste Ort ist, einer Frau auf den Hintern zu starren?«

»Ich habe nicht gestarrt.«

»Lee.« Ich werfe ihm einen entrüsteten Blick zu.

»Eine Sekunde lang vielleicht«, wehrt er sich. »Oder zwei. Höchstens.«

Ich drehe ihm den Rücken zu und konzentriere mich auf die Landschaft. Unten am Strand lungern zwei Gestalten an den Absperrungen herum. Sie sehen nicht wie Reporter aus, eher wie neugierige Einheimische auf ihrem Morgenspaziergang. Auch wenn dieses Eck so abgelegen wirkt, befinden wir uns an einem öffentlichen Ort. Der umgestürzte Zaun ist keine große Abschreckung. Ich weiß nicht, ob man deutlich sieht, wo der Strand endet und die Parkanlage beginnt. Zweifellos sind Menschen durch die Dünen spaziert, haben vielleicht hier geraucht, gepicknickt, sind gewandert. Was heißt, dass wahrscheinlich alles, was wir finden – Fußabdrücke, Zigarettenstummel, Haare – nutzlos ist.

Doch immerhin ist die Stelle, an der die Leiche vergraben wurde, schwer zu erreichen. Wir stehen in unwegsamem Gestrüpp, durch das sich nur die eifrigsten Hunde hindurchwühlen würden. Hier ist der Dünenbewuchs am dichtesten. Gut, um Leichen zu verstecken, aber ein höllischer Aufwand, sie zu verscharren.

Ich beschatte meine Augen gegen die Sonne und sehe nach unten zum Van der Gerichtsmedizin. Wir sind eine Viertelmeile vom Parkplatz entfernt. Ich versuche mir vorzustellen, wie ein Mann eine Leiche hier hochschleppt und dann den Strandhafer herausreißt, der lange, widerspenstige Wurzeln hat. Danach muss er noch ein Loch graben, das groß genug für eine menschliche Leiche ist, also mindestens einen Meter fünfzig tief und einen Meter breit. Oder sogar mehr, wenn er sichergehen will, dass sie nicht entdeckt wird.

Für einen einzelnen Mann wäre das eine außergewöhnliche, fast schon übermenschliche Anstrengung, die einige Stunden in Anspruch genommen hätte. Selbst in der Nacht wäre er vom Parkplatz unten gut zu sehen gewesen. Warum würde jemand das Risiko eingehen, von einem Spaziergänger entdeckt zu werden? Es gibt genügend abgeschiedene Orte in der Gegend, die besser geeignet sind. Auf der anderen Straßenseite befindet sich außerdem die Bay. Ein paar Meter Seil und ein Betonklotz hätten die Leiche genauso gut verschwinden lassen und mit sehr viel weniger Mühe.

»Die Parkanlage ist seit Monaten geschlossen. Wegen der Sanderosion«, sagt Lee, als ob er meine Gedanken lesen könne. »In der Nacht ist hier also kein Verkehr.«

»Aber der Strand ist immer noch allgemein zugänglich.«

»Das stimmt.«

»Viele Naherholungsgebiete hier in der Gegend sind total abgelegen.«

»Ja.«

»Warum also hier?«

»Vielleicht weil der Mörder hier gearbeitet hat und sich gut auskennt?«

»Nun, dann müssen wir herausfinden, ob die Preservation Society in den letzten paar Wochen hier Arbeiter beschäftigt hat. So wie der Zaun aussieht, wahrscheinlich schon.«

»Okay, ich kümmere mich darum.«

»Hat jemand einen Botaniker dazugeholt?«

»Keine Ahnung«, erwidert Lee. »Wir brauchen einen Botaniker?«

Ich gehe in die Knie und nehme ein Büschel Strandhafer hoch. »Es sieht aus, als hätte sich jemand die Mühe gemacht, das hier extra auszugraben. Die Wurzeln sind noch intakt. Wenn man sie über dem Grab neu eingepflanzt hat, hat niemand den Unterschied bemerkt. Wäre es unter Zeitdruck oder von jemandem gemacht worden, der keine Ahnung davon hat, hätte man die Wurzeln wahrscheinlich einfach durchtrennt und nicht mühsam ausgegraben.«

»Interessant. Das hier ist auch nicht der Ort, an dem die Frau getötet wurde. Keine Blutspritzer, keine Anzeichen für einen Kampf. Dieses Begräbnis war also geplant. Wer auch immer das getan hat, hat sich alles genau überlegt und sich die Zeit dafür genommen.«

Frustriert schüttele ich den Kopf. »Ein wirklich seltsamer Ort, um jemanden loszuwerden. Es wäre viel sicherer, die Leiche ins Wasser zu werfen. Oder sie im Wald zu verstecken, wo sie viel schneller verwest – wie Ria Sandoval.«

»Sandoval wurde aber gefunden. Vielleicht hat er seine Lektion gelernt.«

»Möglich. Oder vielleicht hat dieser Ort eine Bedeutung für ihn. Weshalb er immer wieder zurückkommt. Vielleicht wurde der Strandhafer deshalb so sorgfältig wieder eingepflanzt. Es ist zwar ein öffentlicher Ort, aber er will auch sichergehen, dass niemand sie findet. Außer ihm. Das würde auch das Steinmännchen erklären.«

»Als Markierung, wo er seine Trophäe aufbewahrt?«

»Das ist nicht ungewöhnlich bei Serienmördern.«

»Morales ist Gärtner«, sagt Lee. »Er wüsste das mit den Wurzeln.«

»Das stimmt. Und er hätte auch Zeit gehabt, den Platz hier auszukundschaften, vor allem, wenn er an der Neubepflanzung der Dünen beteiligt war. Vielleicht hat er sogar alles vorbereitet. Das Grab vorab ausgehoben.«

Aus dem Augenwinkel bemerke ich eine Bewegung. Ich blicke auf. Das Haus neben uns hat einen kleinen Balkon mit Aussicht auf die Dünen. Das Fenster ist dunkel. Vielleicht habe ich es mir nur eingebildet, aber ich könnte schwören, dass ich dort etwas gesehen habe.

»Wer wohnt in dem Haus?«, frage ich und deute auf den Balkon.

»James Meachem, arbeitet im Finanzwesen. Grace Bishops Haus ist das auf der anderen Seite.«

»Hat schon jemand mit ihm gesprochen?«

»Er ist nicht da. Wie meistens.«

»Wo ist er dann?«

Lee zuckt mit den Schultern. »Er hat Häuser in Manhattan und Palm Beach. Und eine Insel bei den Britischen Jungferninseln.«

»Wirklich?«

»Ja, eine private Insel. Man sagt, sie sei nach ihm benannt. Little Saint James. Wie findest du das?«

»Macht ihn ausfindig. Eine Leiche wurde hundert Meter von seinem Grundstück entfernt gefunden. Wir brauchen eine vollständige Liste aller, die für ihn arbeiten. Wenn jemand da war, hat er oder sie vielleicht etwas gesehen oder gehört.«

»Bin schon dran.«

»Ich werde mich mal mit Grace Bishop unterhalten.«

»Soll ich mitkommen?«

»Lass mich erst allein mit ihr sprechen. Kümmert euch um einen Botaniker und sucht nach James Meachem. Besorgt euch eine Liste aller Angestellten und befragt sie. Wir treffen uns wieder hier. In einer Stunde oder so muss ich nach Hause.«

Ich gehe an den Absperrungen vorbei und halte nach Ann-Marie Marshall Ausschau. Sie steigt gerade in ihren Jeep. Ich laufe schneller, doch da schließt sie schon die Tür und fährt die Meadow Lane entlang. Ihre Reifen wirbeln den Sand auf.

Fünf

Ich streiche eine Weile um James Meachems Haus herum. Die Hecken, die das Grundstück umgeben, sind dicht und hoch. Durch die polierten Edelstahlstäbe des Tors sehe ich einen weitläufigen Garten. Das Haus selbst ist ebenfalls aus Stahl und Glas und thront hoch über den Dünen. Der Ausblick von dort ist sicher spektakulär, doch der Ort hat eine verstörende Kälte an sich.

Ein Surren lässt mich aufblicken. Eine Überwachungskamera auf dem Torpfosten ist auf mich gerichtet. Ich mache einen Schritt nach links. Die Kamera bewegt sich. Ich winke, und sie vibriert, ahmt mich nach. Ich würde ihr gern den Mittelfinger zeigen, beherrsche mich aber. Stattdessen gehe ich die Auffahrt entlang zurück, während mir die Kamera folgt und mein Bild an irgendeinen Computer übermittelt. An der Straße biege ich zum Bishop-Grundstück nebenan ab, und die Kamera erstarrt. Ich frage mich, ob mich jemand beobachtet und wenn ja, wer.

Das Haus der Bishops ist auch mit einem großen Tor gesichert, wie die meisten Häuser auf der Meadow Lane. Ich gehe zum Tastenfeld und drücke eine Taste, um im Haus anzurufen.

»Mein Name ist Nell Flynn, und ich würde gern mit Grace

Bishop sprechen«, sage ich in den Lautsprecher, nachdem jemand am anderen Ende abgenommen hat. »Ich komme vom FBI.«

Das Tor öffnet sich. Das Anwesen ist genauso groß wie das von Meachem, aber weniger antiseptisch. Der Garten ist sorgfältig angelegt. Hortensienbüsche und Garteneibisch säumen die Auffahrt. Es gibt einen Gemüse- und einen Obstgarten. Zwischen den Bäumen tritt eine Frau hervor, die Gartenhandschuhe von ihren Händen abzieht. Sie trägt einen breitkrempigen Hut, ein zerknittertes Leinenhemd und Jeans. Ihr Gesicht ist gerötet, als hätte sie sich gerade angestrengt.

»Hallo!«, ruft sie. Sie spricht mit leichtem Südstaatenakzent. »Ich bin Grace Bishop.«

Wir gehen aufeinander zu und treffen uns auf halbem Weg zwischen Obstgarten und Auffahrt. Grace Bishop ist eine wunderschöne Frau. Groß, schlank, elegant. Als sie mir die Hand entgegenstreckt, bemerke ich einen einfachen Goldring an ihrem Finger; die Nägel sind kurz geschnitten und unlackiert. Nicht das, was ich erwartet hätte. Ich entspanne mich ein wenig.

»Ich hoffe, ich störe Sie nicht, Mrs. Bishop.«

»Bitte nennen Sie mich Grace. Nein, Sie stören mich nicht. Ich habe gerade im Garten gearbeitet, um mich abzulenken. Der Tag war wirklich fürchterlich.«

»Ich weiß, das tut mir leid. Dürfte ich Ihnen ein paar Fragen stellen?«

»Natürlich. Warum setzen wir uns nicht? Ich könnte sowieso eine Pause gebrauchen.« Zarte Schweißtropfen glitzern an ihrem Haaransatz. Sie wischt sie mit dem Handrücken ab und bedeutet mir dann, ihr zu folgen.

Das Haus hat ein Mansardendach und weiße Holzfensterläden sowie umlaufende Veranden. Zaunwinden ranken sich an den Geländern hinauf. Im Hintergrund ist das leise Rauschen des Ozeans zu hören. Solche Häuser sieht man in Filmen und Zeitschriften. Dieses hier wirkt majestätisch und altehrwürdig und hervorragend gepflegt. Grace beugt sich über eine weiße Weidencouch auf der Vorderveranda, die mit einem fröhlichen, sonnengelb gestreiften Stoff bezogen ist, und klopft die Kissen zurecht. Über uns flattert eine dazu passende Markise im Wind.

»Möchten Sie etwas trinken? Limonade? Eistee? Oder Sweet Tea? Mein Sweet Tea ist großartig. Einmal aus den Südstaaten, immer aus den Südstaaten.« Sie lächelt traurig. Ich sehe, wie nervös sie ist. Wie ein Kolibri flattert sie über die Veranda, während sie spricht, schüttelt Polster auf und zupft braune Blätter von den Pflanzen. Das erlebe ich oft bei Zeugen von Verbrechen. Eine Leiche zu finden, ist ein Schock, wie ein Autounfall oder ein Raubüberfall. Es hat eine körperliche Auswirkung auf Menschen. Manche brechen zusammen und müssen sich ausruhen. Andere, wie Grace, sind voller Adrenalin und können ihre angeschlagenen Nerven nicht beruhigen.

»Nein, aber vielen Dank.« Ich ziehe den Beweismittelbeutel mit ihrem Armband aus der Tasche. »Detective Davis hat das hier am Strand gefunden. Er bat mich, es Ihnen zurückzubringen.«

»Oh!«, sagt sie und bleibt stehen. Sie nimmt vorsichtig die Tüte, als sei sie sich unsicher, ob sie sie berühren dürfe.

»Darf ich?«

»Ja, natürlich.«

Sie lässt das Armband aus dem Beweismittelbeutel gleiten und setzt sich. »Könnten Sie mir vielleicht mit dem Verschluss helfen? Ich bin heute ein wenig zittrig. Ich konnte den ganzen Morgen nichts essen.«

»Sehr gern.« Ich setze mich neben sie und schließe das Armband um ihr schlankes Handgelenk mit den blauen Adern.

Sie streicht mit dem Finger über das Schmuckstück. »Es muss heute Morgen abgefallen sein, als ich mit Jasper gerungen habe«, sagt sie leise. »Ich habe überall danach gesucht. Ich hatte schon Angst, es könnte in den Abfluss gefallen sein. Die Kette wird langsam alt. Es war ein Geschenk meiner Mutter, kurz bevor sie gestorben ist. Ich nehme es nie ab und bin so dankbar, dass ich es jetzt wiederhabe.«

»Es muss ein Schock gewesen sein. Also, was heute Morgen passiert ist.«

Ein Schatten legt sich auf ihr Gesicht. »Es war schrecklich. Jasper ist ein Jagdhund. Oder zumindest glaube ich, dass er es ist. Wir haben ihn von einer Tierschutzorganisation. Er erinnert mich an die Coonhounds, die wir in Texas hatten. Lange Beine, hervorragende Nase. Haben nur Unsinn im Kopf, wenn man sie nicht richtig trainiert.«

»Sie sind in Texas aufgewachsen?«

»Ja, auf einer alten Ranch südlich von San Antonio. Mein Daddy war in der Ölindustrie tätig. Leidenschaftlicher Jäger. Schon mit sechs habe ich Tontauben geschossen. Jetzt schieße ich im Mattituck Gun Club. Kennen Sie ihn?«

»Sehr gut sogar«, antworte ich überrascht. Man sieht nicht viele Bentleys auf dem Parkplatz des Mattituck Gun Clubs, sondern hauptsächlich SUVs oder Pick-ups, wie den meines

Vaters. Dort gehen die Einheimischen hin, Cops, Feuerwehrleute und Farmer. »Dort habe ich schießen gelernt.«

»Wie alt waren Sie da?«

»Jung. Vielleicht sechs oder sieben.«

Grace nickt wohlwollend. »Mein Daddy hat immer gesagt, ein Mädchen muss sich in dieser Welt zu verteidigen wissen.«

»Kluger Mann.«

»Ehrlich gesagt gefällt es mir dort sehr viel besser als in den langweiligen Country Clubs, in denen wir Mitglied sind.«

»Gehen Sie mit Jasper jagen?«

»Gütiger Himmel, nein. Ich mag keine Vögel oder Rehe schießen. Es ist grausam, ein hilfloses Wesen zu töten. Ich schieße nur Tontauben. Außerdem beobachte ich gern Vögel. Hier draußen auf Long Island geht das großartig, vor allem, wenn der Zug beginnt. Was haben Sie gleich noch mal gefragt? – Oh, Jasper, richtig. Ich stehe heute wirklich neben mir. Ich glaube, jemand hat ihm beigebracht, etwas zu bringen. Er rennt immer davon und kommt mit einer Beute zurück, meistens tote Vögel. Einmal hat er sogar eine tote Schildkröte zurückgebracht! Gott, der Geruch war furchtbar, das können Sie sich nicht vorstellen. Ganz stolz hat er sie auf die Türschwelle gelegt. Ich glaube, so will er sich bei uns bedanken. Er war nur Haut und Knochen, als ich ihn aufgenommen habe. Wenn keine Hauptsaison ist, lasse ich ihn am Strand von der Leine. Er erforscht gern die Gegend. Als ich ihn graben gesehen habe, dachte ich nur …« Sie atmet schaudernd aus. »Ich hätte ihn nicht da hochlaufen lassen sollen. Ich weiß, dass man das nicht soll. Um Himmels willen, ich bin im Vorstand der Preservation Society. Ich habe geholfen, den verdammten Zaun zu errichten!«

»Doch dann hätten wir das Mädchen vielleicht nie gefunden.«

Sie schüttelt den Kopf. »Nur ein Tier würde so etwas tun. Ich hoffe, Sie finden ihn.«

»Das werden wir.«

»Arbeiten Sie für das Police Department?«

»Ich bin beim FBI und berate in diesem Fall.«

Grace' Gesicht entspannt sich. »Oh, gut. Ich bin froh, dass man Sie hinzugezogen hat. Bitte sagen Sie es nicht weiter, aber ich habe kein großes Vertrauen in die hiesige Polizei.«

»Warum?«

»Letztes Jahr gab es einen ähnlichen Fall. Ein junges Mädchen. Ein Schuss zwischen die Augen mit einer .22er, dann wurde sie zerstückelt. Ihre Leiche war in Jute gewickelt, genau wie diese.«

»Der Pine-Barrens-Fall.«

»Ja. Ich glaube, ein paar Wanderer haben sie gefunden. Können Sie sich das vorstellen? Was für eine Überraschung das gewesen sein muss, da draußen, mitten im Nirgendwo. Ich sage Ihnen, so erschrocken wie heute Morgen habe ich mich noch nie. Wenigstens war ich gleich zu Hause. Bin den ganzen Weg zurückgerannt und habe Jasper hinter mir hergezerrt.«

»Es tut mir wirklich leid.«

»Der Fall wurde nie aufgeklärt. Und ich bin mir nicht sicher, ob sie es überhaupt versucht haben.«

Ich würde gern etwas einwerfen. Meinen Vater irgendwie verteidigen oder ihr zumindest versichern, dass sich jemand bemüht hat. Doch ich beiße mir auf die Lippe und nicke höflich. »Haben Sie die Ermittlungen verfolgt?«

»Ein wenig. Die Leiche war auf einem Stück Land vergraben worden, das die Preservation Society nach einem Waldbrand wieder aufgeforstet hat. Ein Detective hat mit mir über Alfonso Morales gesprochen. Das ist ein Gärtner, der für unseren Verein arbeitet. Ich habe dem Beamten gesagt, dass er den falschen Mann hat. Alfonso ist anständig. Bescheiden. Arbeitet hart. Er würde keiner Fliege etwas zuleide tun.«

»Sie kennen Mr. Morales persönlich?«

»Gut genug. Ich habe ihn angestellt. Gelegentlich arbeitet er auch hier.« Sie deutet auf den Garten.

»Die Preservation Society ist an der Sanierung der Dünen im Shinnecock County Park beteiligt, nicht wahr?«

»Ja. Ich habe ein Jahr lang Geld für das Projekt gesammelt, und dann hat es noch ein Jahr gedauert, die Stadt Southampton davon zu überzeugen, dass wir beginnen durften. Sie wären überrascht, wie viel Gegenwind man vom Stadtrat bekommen kann, auch wenn man etwas plant, das der ganzen Gemeinde dient.« Sie seufzt und lehnt sich gegen die Sofapolster, als wäre sie immer noch erschöpft von den langwierigen Verhandlungen.

»Was gehört denn alles zu einer Dünensanierung dazu, außer einer Neubepflanzung?«

»Nun, das ist komplexer, als es klingt. Sanddünen sind fragile Ökosysteme. Sie bieten Lebensraum für hoch spezialisierte Fauna und Flora. Die hier wachsende Vegetation hat sich an ziemlich brutale Lebensbedingungen angepasst. Wechselnde Temperaturen, ein Untergrund in Bewegung.« Sie errötet und verstummt. »Oh je, das ist zu viel Fachsprache, nicht wahr?«

»So was mag ich.«

»Seit Jahren beschäftige ich mich schon damit. Für mich ist das Thema so wichtig, dass ich manchmal vergesse, dass nicht jeder umfassendes Fachwissen in Küstenökologie haben möchte.«

»So geht es mir mit Serienmördern.«

Grace lacht überrascht auf. »Wissen Sie, was mich immer wieder verwundert? Dass die meisten Frauen es sich erlauben, so langweilig zu werden. Hier draußen werde ich zu vielen Cocktailpartys eingeladen. Die Ehefrauen waren alle in Harvard, Yale und Stanford. Dann heiraten sie einen Hedgefonds-Manager und bekommen Kinder, und dann ist es, als hätte man sie einer Gehirnwäsche unterzogen. Sie wollen nur noch über Tennisturniere reden und Inneneinrichtung. Sie dagegen sind anders. Das ist erfrischend.«

»So wie Sie«, gebe ich zurück.

»Nun, ja. Ich schätze, ich bin tatsächlich anders. Aber wir konnten keine Kinder bekommen, und ich musste etwas anderes finden, das ich aufziehen konnte.«

»Das tut mir leid.« Ich runzele die Stirn; mir ist peinlich, dass wir so persönlich geworden sind.

Sie winkt ab. »Oh, ist schon gut, ich gehe sehr offen damit um. Eliot auch. Nachdem wir es endlich akzeptiert hatten, haben wir unter anderem beschlossen, uns anderweitig für sinnvolle Dinge einzusetzen.«

»Ihre Naturschutzprojekte sind sehr sinnvoll.«

»Für mich ist das nur eine Beschäftigung. Eliots Arbeit ist viel wichtiger.«

»Er ist der Vorsitzende des Vereins?«

»Ja. Vor ein paar Jahren hat er die Finanzwelt aufgegeben. Er wollte der Gesellschaft etwas zurückgeben. Es ist nicht immer leicht, dass er so viel in D. C. ist. Aber wir schaffen es. Ich wünschte allerdings, er wäre jetzt hier.« Sie starrt auf den Rasen, und ihr Kinn zittert.

»Wann wurde mit der Dünensanierung begonnen?«, frage ich und versuche, das Gespräch zurück zum eigentlichen Grund meines Besuchs zu bringen.

»Die Stadt hat schließlich zugestimmt, die Anlage Ende Juni zu schließen. Zuerst wollte man einen Rückzieher machen – Sommer, Hochsaison, Sie verstehen –, aber wir haben sie überzeugt. Alle schreien Zeter und Mordio, wenn man den Zugang zur Natur beschränkt, aber Menschen richten so viel Schaden an.« Ihr Gesicht verdunkelt sich, und sie sieht aus, als würde sie gleich zu weinen anfangen.

»Ja, das stimmt«, sage ich sanft.

»Sie merken nicht einmal, was sie alles kaputt machen. Da geht es nicht nur um Abfall und Lagerfeuer. Ich bin wahrscheinlich auch ein Teil des Problems. Ich habe Jasper in den Dünen herumlaufen lassen, und das hätte ich nicht tun dürfen. Gerade ich hätte es besser wissen müssen.« Sie legt die Hände vors Gesicht und schnieft.

Ich lasse ihr einen Moment Zeit. »Und Mr. Morales hat auch an dem Dünenprojekt mitgearbeitet?«

»Ja. Ich kann Ihnen eine Liste mit allen geben, die dort beschäftigt waren.«

»Das wäre sehr hilfreich, vielen Dank.«

»Wissen Sie zufällig, ob Mr. Morales für James Meachem gearbeitet hat?«, füge ich noch hinzu.

Sie verzieht schmerzvoll das Gesicht. »Ja, das hat er, das weiß ich. Mr. Meachems und unser Grundstück grenzen aneinander. Ich habe vorgeschlagen, dort vielleicht Bäume zu pflanzen, damit beide Seiten ein bisschen mehr Privatsphäre haben. Alfonso und seine Männer haben sich darum gekümmert. Ich glaube, Mr. Meachem hat sie beauftragt, auch auf seinem restlichen Anwesen zu arbeiten.«

»Mr. Morales ist gerade nicht hier, oder?«

»Nein, nein. Ich beschäftige ihn nur im Sommer, wenn ich zusätzliche Hilfe benötige. Nach der Hauptsaison arbeitet er in einer Gärtnerei auf der North Fork.«

»Wissen Sie den Namen?«

Grace zögert blinzelnd, sieht auf ihre Hände. Sie weiß es sicher, will ihn aber nicht in Schwierigkeiten bringen. »Ich kann mich gerade nicht erinnern.«

»Schon in Ordnung. Sie wissen nicht zufällig, wo sich Mr. Meachem gerade aufhält?«

»Er ist nicht da. Er kommt und geht.«

»Dann hat er doch bestimmt Angestellte, die sich um das Haus kümmern, wenn er nicht da ist?«

»Ich denke schon. Bei einem Haus dieser Größe geht es nicht anders. Aber ich weiß es wirklich nicht. Ich war nie drüben.« Ich höre leise Verachtung in ihrer Stimme.

»Kennen Sie ihn?«

»Ich habe ihn mal getroffen. Aber wir haben keinen Kontakt. Die Bäume zwischen uns haben einen Grund.«

»Warum sagen Sie das?«

Grace spannt kaum merkbar den Kiefer an. »Er veranstaltet Partys, die manchmal tagelang dauern. Der Lärm ist unerträglich. Sehr wichtige Männer nehmen daran teil. Politiker, CEOs. Und wunderschöne, sehr junge Mädchen. Darauf steht er anscheinend.«

»Junge Mädchen vergnügen sich auf den Partys?«

Sie hebt die Augenbrauen. »Ich glaube, sie dienen eher seinem Vergnügen.«

»Ich verstehe.«

»Wir haben ein Haus in Palm Beach. Dort unten kennt man ihn auch. Fragen Sie herum, dann werden Sie die entsprechenden Geschichten hören. Trotz seines Reichtums wird ihm der Zutritt zu den Clubs dort verwehrt. Hier übrigens auch. Wegen seiner – wie soll ich es ausdrücken – *Neigungen.*«

»Haben Sie mal die Polizei gerufen? Wegen der Partys, meine ich.«

»Ach, die unternimmt doch nichts.«

»Wieso?«

»Jeder hier draußen weiß Bescheid über ihn. Auch die Polizei. Und die drückt einfach ein Auge zu. Er ist ein mächtiger Mann, hat mächtige Freunde. Unten in Palm Beach flüstert man, dass er den Commissioner schmiert. Auf seinen Partys sind alle möglichen hohen Tiere. Richter, Senatoren, Menschen, die Ermittlungen aufhalten können, wenn sie das wollen.«

»Und hier? Glauben Sie, dass er Freunde bei der hiesigen Polizei hat?«

»Das bleibt unter uns?«

»Natürlich.«

»Ich bin mir ganz sicher.«

Auf der Auffahrt werden Schritte laut. Ich drehe mich um und sehe Lee auf uns zukommen.

»Das ist Detective Davis«, erkläre ich Grace. »Kennen Sie ihn?«

»Wir haben uns heute Morgen kurz getroffen.«

Sie steht auf, unser vertrautes Gespräch ist beendet. Sie lächelt angespannt.

»Hallo, noch mal, Detective. Danke, dass ich mein Armband zurückbekommen habe.«

»Natürlich. Bitte entschuldigen Sie die Störung.«

»Sie stören nicht. Kann ich noch etwas für Sie tun?«

»Nein, Ma'am. Ich bin nur hier, um Agent Flynn abzuholen.« Er tippt auf seine Uhr. Ich werfe einen Blick auf meine, es ist fast zwei. Howard wird jede Minute bei mir sein, wenn er nicht schon längst da ist.

»Danke für Ihre Zeit, Mrs. Bishop.« Ich springe auf und halte ihr die Hand hin, und sie schüttelt sie fest. »Sie haben uns sehr geholfen.«

»Aber natürlich. Vergessen Sie nicht, was ich gesagt habe. Rufen Sie mich an, wenn Sie noch Fragen haben. Ich helfe gern bei den Ermittlungen, wenn ich kann.«

»Das werde ich. Vielen Dank.«

Als ich Lee zum Wagen folge, spüre ich, wie Grace uns von der Veranda aus nachsieht.

Sechs

Howard Kidd wartet schon auf der Treppe auf mich.

Er hält eine Aktentasche in der Hand. Die Nachmittagssonne bringt seinen Scheitel zum Leuchten. Seine Nasenspitze ist rot von der Kälte, und er kauert sich in seine Barbour-Jacke, deren Kragen er hochgestellt hat. Er sieht besorgt aus, wie ein Kind, dessen Mutter vergessen hat, es von einer Geburtstagsfeier abzuholen. Ich frage mich, wie lange ich ihn habe warten lassen. Als er uns in die Einfahrt einbiegen sieht, winkt er uns erleichtert zu.

»Manchmal«, sagt Lee, als er den Wagen anhält, »bin ich wirklich froh, nie als Jurist gearbeitet zu haben.«

Ich pruste. »Oh, armer Howie. Sein Job hat bestimmt auch Vorteile.«

»Es geht um den Tod und Steuern. Und wie Familien sich wegen Geld zerstreiten.«

»Nun, die gute Nachricht ist, dass es hier nichts gibt.«

»Geld? Oder Familie?«

»Beides.« Ich öffne die Beifahrertür und steige aus. »Wir sprechen uns später?«

»Klar. Ich rufe dich an. Danke für deine Hilfe heute Morgen, Nell.«

»Kein Problem.« Ich sehe zu, wie Lee den Rückwärtsgang

einlegt und zurück auf die Dune Road fährt. Ich frage mich, ob ich tatsächlich eine Hilfe war. Vielleicht habe ich den Fall auch nur verkompliziert. Möglicherweise höre ich nie wieder von Lee Davis. Die Vorstellung ernüchtert mich ein wenig.

Ich drehe mich zu Howard und zwinge mich zu einem Lächeln. Ich habe keine Lust, mit ihm zu reden – oder überhaupt jemandem –, aber ich habe den Termin lange genug aufgeschoben. »Komm rein. Kann ich dir einen Kaffee anbieten? Tee?«

»Tee wäre schön, danke.«

»Ganz schön kalt auf einmal, was?«

»O ja. Der Herbst schleicht sich hier an die Menschen heran.«

»Auf jeden Fall.«

Ich stecke den Schlüssel in das rostige Schloss und kämpfe mit der Tür, bis sie sich öffnen lässt. Howard folgt mir ins Haus. Plötzlich wird mir bewusst, wie staubig und renovierungsbedürftig alles ist. Dad hat immer spartanisch gelebt, aber er war auch zwanghaft ordentlich. Er konnte alles reparieren und hat es auch getan. Es war dann zwar nicht immer schön, doch das Haus war funktional und organisiert. Zumindest hatte ich es so in Erinnerung.

Meine Mutter, die eher ein Freigeist war, hatte nichts gegen ein bisschen Unordnung. Manchmal holte sie Farben und Pinsel hervor und breitete eine riesige Papierrolle auf dem Wohnzimmerboden aus. Wir hörten Musik und malten, und es war uns egal, dass wir Farbe auf das Holz, unsere Hände und unsere Kleider tropften. So kochte sie auch: mit vielen Schüsseln und Töpfen und größtmöglichem Chaos. Der Boden war voller Mehl, doch die Küche duftete heimelig nach

Brot im Ofen und Chilaquiles auf dem Herd. Beim Kochen summte sie immer, und sie probierte immer direkt mit einem Löffel aus dem Topf. Ich saß am Boden zu ihren Füßen und wirbelte Blätter in einer Salatschüssel herum oder sortierte die Gewürze im Regal nach Farben.

Sie stritten sich oft wegen der Unordnung. Mein Vater wollte gern in ein sauberes, ruhiges Haus kommen. Meine Mutter entgegnete, dass sie keine Militärbasis führte, sondern versuchte, ein Kind aufzuziehen. Ich sollte malen und etwas verschütten, kochen und Burgen aus Decken und Couchkissen machen dürfen, ohne mich darum zu sorgen, ob die Möbel Schaden davontrugen. In der Nacht, wenn sie dachten, ich schliefe, kroch ich aus dem Bett, setzte mich oben auf den Treppenabsatz und hörte zu, wie sie stritten. Ich fühlte mich furchtbar schuldig. Schließlich war ich die Verbündete meiner Mutter. Ich wusste, dass sie sich oft mit mir am Nachmittag hinlegte, wenn sie eigentlich die Wäsche machen sollte, weil ich in ihren Armen besser schlafen konnte. Und sie blieb länger mit mir am Strand oder im Park, um mir eine Freude zu machen, anstatt nach Hause zu eilen und das Abendessen zu kochen. Das waren unsere Geheimnisse, die sie für sich behielt. Der Zorn meines Vaters sollte allein ihr gelten. Manchmal rannte er nach einem Streit Türen schlagend aus dem Haus, und ich hörte, wie sich das Röhren seines Motorrades in der Nacht entfernte. Manchmal tranken sie zusammen eine Flasche Wein, drehten die Musik laut und tanzten; ihr Kopf lag sanft auf seiner Brust. Ich redete mir ein, das sei Liebe. So chaotisch und unperfekt, wie meine Mutter das Haus führte. Die Ehe war turbulent, aber leidenschaftlich. Erst in der Highschool wurde mir klar, dass nicht alle Ehen so waren. Ich konnte mir Tom Streets Eltern nicht so streitend vorstellen wie meine Eltern. Allerdings auch nicht, dass sie barfuß tanzten. Sie waren immer höflich zueinander, eher wie Geschäftspartner als Liebende. Ich wusste nicht, welche Art Ehe schlimmer war.

Nach dem Tod meiner Mutter verschwanden erst die Farben, dann die Backutensilien. Meine Spielsachen wurden vom Wohnzimmerboden aufgehoben und in Körbe in meinem Zimmer geräumt. Mir war klar, dass sie dort auch zu bleiben hatten. Es gab keine Musik mehr in unserem Haus. Die Kleider meiner Mutter verschwanden aus ihrem Schrank. Meine Erinnerungen an sie verblassten mit alarmierender Geschwindigkeit. Ich suchte das Haus nach Spuren von ihr ab – im Medizinschrank, in dem Erdkeller unter der Küche –, fand jedoch nichts. Sie kam immer nur in Fetzen zu mir zurück: Auf einer Party roch ich ihr Parfüm an einer Frau oder schnappte den Geruch nach Empanadas aus einem Restaurant auf und dachte an sie. Oder ich sah am Strand eine Frau in einem leuchtend roten Badeanzug und spürte einen Stich, als ob meine Mutter ein amputiertes Körperteil wäre. Mein Vater sprach nie von ihr, und ich wagte nie, ihn danach zu fragen. Unser Haus zeigte keine Spuren ihrer Existenz mehr, bis auf die Urne mit ihrer Asche im Schrank. Jetzt war es das Haus meines Vaters: praktisch, organisiert, präzise. Meine Mutter verflüchtigte sich einfach, als ob sie nie hier gelebt hätte.

Und irgendwann ist es ihm entglitten, auch wenn ich nicht genau weiß, wann. Vielleicht in den Wochen vor seinem Tod, vielleicht hat er aber auch die letzten zehn Jahre so gelebt. Mein Vater war eigentlich immer allein, es ist also gut möglich, dass das Haus einfach still und leise um ihn herum heruntergekommen ist. Hat er nicht die Risse in den Wänden bemerkt, die schmierige Schicht auf den Fenstern? Es liegt überall so viel Staub, dass man ihn im Sonnenlicht herumschweben sieht. Es hat sich auch einiges an überflüssigen Dingen angesammelt. Nichts, was Howard bemerken würde. Mir fällt es jedoch auf. Dad hätte es auch sehen müssen. Der Stapel alter Zeitungen in der Ecke hätte ihn gestört, außerdem die ungeöffneten Rechnungen auf der Küchenarbeitsfläche. Das sieht ihm überhaupt nicht ähnlich, dem Mann, der jeden Morgen so diszipliniert sein Bett gemacht hat, dass ich mich manchmal fragte, ob er überhaupt darin geschlafen hatte.

»Entschuldige die Unordnung«, murmele ich und gehe rasch in die Küche, um Teewasser aufzusetzen. »Ich weiß, es ist kalt hier drin. Ich kann Feuer im Kamin machen. Der Boiler ist nicht gerade im besten Zustand.«

»Der Tee reicht schon, vielen Dank.«

»Setz dich irgendwohin.«

Howard sieht sich um und entscheidet sich für einen Sessel. Als ich eine Schachtel mit Tee aus dem Küchenschrank hole, lässt er die Schnalle an seiner Aktentasche aufschnappen. Er holt einen Stapel Unterlagen heraus, dann noch einen und noch einen. Er legt sie fein säuberlich nebeneinander auf den Couchtisch. Überall ragen bunte Post-it-Streifen heraus, wahrscheinlich für die Stellen, an denen ich unterschreiben soll. Für einen Mann, der ohne Familie gestorben ist, ohne bedeutendes Vermögen außer dem Haus und wahrscheinlich ohne Schulden, hat mein Vater ganz schön viel Papierkram hinterlassen.

»Bereitest du da eine Firmenübernahme vor, Howie?«

Er lacht. »Tut mir leid. Ich weiß, es sieht nach viel aus.«

Ich schenke zwei Tassen Tee ein. Eine SCPD-Tasse für Howard, eine angeschlagene mit der Aufschrift »Küss mich, ich bin aus Irland« für mich. Zucker habe ich nicht, weshalb ich auch keinen anbiete. Ich hoffe, Howard mag abgestandenen English Breakfast, denn genau den bekommt er.

»Danke«, sagt er. Er legt die Hände um die Tasse und hält das Gesicht in den Dampf.

»Also, wo muss ich unterschreiben?«

Howard sieht zu mir und runzelt die Stirn. »Nun, wir müssen erst ein paar Dinge besprechen, bevor es ans Unterschreiben geht.«

Ich lehne mich auf der Couch zurück. »Na, dann los.«

»Hat dein Vater mit dir über den Nachlass gesprochen?«

»Nein.«

»Sein Vermögen?«

»Du meinst das Haus?«

»Ja, auch das. Aber dein Vater hinterlässt dir ein ansehnliches Erbe.«

»Ansehnlich? Ich weiß, dass das Land hier wahrscheinlich etwas wert ist. Aber darüber hinaus …« Ich kann mir nicht vorstellen, was Dad sonst noch besessen haben könnte.

»Da ist noch mehr. Ein Offshore-Konto zum Beispiel.«

Ich ziehe die Augenbrauen hoch. »Ein Offshore-Konto? Du meinst, auf den Kaimaninseln oder so?«

»Genau. Bei der Cayman International Bank. Ich weiß nicht, wie viel darauf liegt. Aber kurz vor seinem Tod hat dein Vater es erwähnt. Er wollte sichergehen, dass du weißt, wie du darauf Zugriff erhältst.«

»Wie bitte? Du verwirrst mich gerade. Er war ein Cop. Warum hat er Geld auf einem Offshore-Konto?«

Howie schüttelt den Kopf. »Er hat es mir nicht gesagt, und ich wollte es auch nicht wissen. Ich habe ihm versprochen, dir das hier zu geben.« Er reicht mir eine Visitenkarte.

Justin Moran. Senior Vice President, Cayman International Bank.

»Wenn du ihn kontaktierst, kann er dir sicher weiterhelfen.«

Ich starre auf die Karte, versuche, aus ihr schlau zu werden. Ich kann mir keinen Grund vorstellen, warum mein Vater ein solches Konto hatte. Ein vertrautes Gefühl steigt in mir auf. Angst.

Ich schließe die Augen, bin wieder sieben. Ich sitze auf dem Rücksitz im Wagen meines Vaters. Im düsteren Morgenlicht flackert das Blaulicht der Polizeiautos. Mein Vater hat zum Frühstück Reis und Bohnen aufgewärmt, die mir jetzt schwer im Magen liegen. Mein Vater und Dorsey reden miteinander. Ihre Lippen bewegen sich, ihre Gesichter sind bleich und verkniffen. Etwas ist passiert, etwas Schlimmes. Etwas, das ich nicht richtig verstehe.

Ich drücke die Zunge an die Rückseite meiner Vorderzähne. Einer fehlt, was mich immer noch überrascht. Die Stelle, an der die Wurzel saß, ist empfindlich und wund. Meine Zunge zuckt beim metallischen Geschmack nach Blut zurück.

»Nell?«

Ich reiße die Augen auf. Howie sieht mich mit gerunzelter Stirn an. »Was ist noch da?«, frage ich. »Außer dem Konto.«

Howard hebt eine Augenbraue. Er wirkt überrascht, dass ich nicht mehr Fragen habe. »Das Haus geht an dich.«

»Gut.«

»Wenn du Hilfe brauchst, um es zu verkaufen, kann ich den Kontakt zu einem Makler herstellen. Die Einrichtung muss auch noch geschätzt werden.«

Ich deute auf den Couchtisch und das uralte Sofa. »Das dürfte nicht länger als fünfzehn Minuten dauern. Das wäre alles?«

Howie hustet verlegen. »War dir bewusst, dass er vor seinem Tod überlegt hat, sein Testament zu ändern?«

»Nein«, antworte ich etwas überrascht. Ich stelle meine Tasse auf den Tisch zwischen uns. »Das heißt, er wollte mir das Haus gar nicht hinterlassen?«

»Nein. Das Haus hat immer dir gehört. Aber er hat letzten Sommer einen Zwei-Jahres-Mietvertrag für ein Apartment in Riverhead abgeschlossen.«

»Ein Apartment?«

»Ja. Hier ist die Adresse.« Er schiebt mir ein Stück Papier zu. »Viel hat er nicht dazu gesagt. Er hat ein Extrakonto dafür eröffnet, von dem die Miete und die Nebenkosten bezahlt werden. Er wollte sichergehen, dass die Frau, die dort wohnt, auch bleiben kann, sollte ihm etwas zustoßen.«

Ich verlagere unbehaglich das Gewicht. Howie blättert angestrengt in seinen Papieren. Wir haben gefährliches Terrain betreten, das wissen wir beide. »Also … eine Mieterin?«

»Ich hatte den Eindruck, dass sie mehr war.«

»Weißt du ihren Namen?«

»Nein, ich dachte, du wüsstest ihn vielleicht.«

Ich seufze frustriert. »Ich höre gerade zum ersten Mal von der Wohnung. Oder der Frau, die wohl darin lebt.«

»Vielleicht hatte er eine Freundin und wollte dich nicht aufregen.«

»Ich bin kein Kind mehr, Howie. Wenn Dad eine Freundin hatte, hätte er es mir erzählen können.«

»Ich habe eine Tochter in deinem Alter. Ich verstehe, dass so etwas heikel wäre.«

»Was soll ich jetzt machen?«

»Nun, das ist dir überlassen. Aber Martys Anweisung war eindeutig. Er wollte, dass für die Frau gesorgt wird. Daher auch die Änderung des Testaments.«

»Aber es wurde doch nicht umgeschrieben.«

»Nein. Wir haben etwa eine Woche vor seinem Tod darüber gesprochen. Es gehört alles dir. Ich versuche nur, ehrlich mit dir zu sein. Es gab eine andere Frau im Leben deines Vaters, für die er sorgen wollte. Du hast ihr gegenüber keine rechtlichen Verpflichtungen. Sein Testament ist rechtmäßig, und außer die Frau ficht es an – aber ganz ehrlich, selbst dann glaube ich nicht, dass sie damit Erfolg hätte, sie waren schließlich nicht verheiratet –, geht alles an dich. Aber ich wäre nachlässig, wenn ich dir nichts von seinen Wünschen erzählen würde.«

Ich lehne mich zurück und verschränke die Arme. Ob es wohl zu früh für einen Drink ist? »Scheiße, Howie, das klingt kompliziert.«

»Tut mir leid, Nell, wirklich. Ich hoffe, du denkst jetzt nicht, dass er dir Geld wegnehmen wollte. Ich glaube, er wollte sich dieser Frau gegenüber anständig verhalten.«

»Wenn er jemanden hatte, dann hätte ich mich für ihn gefreut. Meine Mutter ist seit einundzwanzig Jahren tot. Ich habe nicht erwartet, dass er wie ein Mönch lebt.«

»Hattest du Kontakt zu ihm?«

Ich seufze. »Nicht so richtig. Vor zehn Jahren haben wir uns zerstritten, als ich auf der Highschool war.«

»Das hat er erwähnt.«

Ich ziehe die Augenbrauen hoch. »Was hat er gesagt?«

»Dass er dich gedrängt hat, in einem anderen Bundesstaat aufs College zu gehen. Er wollte nicht, dass du hier hängen bleibst, so wie er. Er hat gesagt, dass du ihm das nie verziehen hast.«

Ich nicke. Es schmerzt, dass er sich hier gefangen gefühlt hat, von meiner Mutter, von mir. »Ich habe ihm verziehen. Wir haben ab und zu telefoniert, aber wir waren nie völlig entspannt miteinander. Wir sind beide Sturköpfe. Ich glaube, jeder von uns hat vom anderen eine Entschuldigung erwartet, die aber keiner von uns aussprechen wollte.«

»Das ist schade.«

»Ich weiß. Er hat ein paarmal im Jahr angerufen, um mir zum Geburtstag zu gratulieren oder mir frohe Weihnachten zu wünschen, aber das war es auch schon. Wir haben nie über persönliche Sachen geredet.«

»Dein Dad war ein sehr verschlossener Mann.«

»Das war er.«

»Vielleicht kennt einer von seinen Freunden von der Polizei die Frau?«

»Glenn Dorsey hat die Trauerfeier gestern geplant. Er hat keine Freundin erwähnt. Und das hätte er wohl, wenn Dad diese Frau so wichtig gewesen wäre.«

»Vielleicht wusste er auch nichts von ihr.«

»Du hast also keine Informationen über sie?«

Howie schüttelt den Kopf. »Tut mir leid. Nur die Adresse der Wohnung. Er hat mir eine Kopie des Mietvertrages gegeben – sie ist beigelegt. Das Konto ist bei der Suffolk County Bank. Ich würde dort nachfragen. Wie gesagt, das Testament sieht ausdrücklich vor, dass du seinen gesamten Besitz erbst. Und das Testament ist rechtmäßig. Das Konto gehört also dir, und du kannst entscheiden, was du damit machst.«

Ich schließe die Augen und lasse den Kopf nach hinten auf die Sofalehne sinken. Plötzlich bin ich unglaublich müde. Meine Knochen schmerzen, der Kopf ist bleischwer. Ob ich wohl einfach einschlafe, wenn ich lange genug so sitzen bleibe?

Howie versteht die Botschaft. Er klopft mit einem Papierstapel gegen den Tisch und steht auf. Ich öffne flatternd die Augen. »Entschuldige. Der Morgen war die Hölle.«

»Das glaube ich. Ruh dich aus. Ich lasse dir alles hier, damit du es dir in Ruhe anschauen kannst. Wenn du alles gelesen hast, reden wir noch mal.«

Ich stehe ebenfalls auf und reiche ihm die Hand. »Danke für alles, Howie.«

Er umarmt mich rasch. »Nell, ich mache das seit vielen Jahren. Der Nachlass ist in jeder Familie kompliziert. Manches aus dem Leben deines Vaters wird dich überraschen. Aber dein Vater hat dich geliebt. Du warst der wichtigste Mensch in seinem Leben. Zweifel keine Sekunde daran. Jedes Mal, wenn er bei mir im Büro war, hat er nur von dir geredet.«

Ich zucke mit den Schultern, weiß nicht, was ich antworten soll. Mein Vater war mir immer ein Rätsel, auch als wir unter einem Dach gewohnt haben. Ich habe mich oft gefragt, ob ich ihn überhaupt kannte; ob er die Fähigkeit oder das Bedürfnis hatte, mich richtig zu kennen. Jetzt trifft mich das Wissen, dass es uns nicht mehr möglich sein wird, mit voller Wucht und erfüllt mich mit unbarmherziger Trauer. Ich beiße mir auf die Lippe, um die Tränen zurückzudrängen.

»Hast du jemanden?«, fragt Howie. »Einen Therapeuten oder eine Therapeutin, meine ich. Ich kann dir ein paar Namen geben, wenn das hilft.«

»Ich komme klar. Aber vielen Dank.«

Howie nickt. Er nimmt seine Aktentasche, und zusammen gehen wir zur Haustür. Zum Abschied schüttelt er mir steif die Hand. Als er weg ist, gehe ich in die Küche und gieße mir einen Drink ein. Ich kippe ihn mit ein paar großen Schlucken hinunter und schenke nach. Mit dem Glas setze ich mich auf die Couch. Der Alkohol pulsiert durch meine Adern und wärmt mich. Aus einem Impuls heraus wähle ich Dr. Ginnis' Nummer.

»Andrew Ginnis.« Er meldet sich nach dem ersten Läuten, sodass ich vor Schreck verstumme. Ich hatte die Voicemail erwartet und wollte ihm eine Nachricht hinterlassen. Ich bin noch nicht bereit zu reden.

»Hier ist Nell Flynn«, bringe ich schließlich heraus. Meine Stimme ist flach und hart, als hätte er mich angerufen und nicht umgekehrt. »Ich arbeite mit Sam Lightman bei der BAU.«

»Ich erinnere mich. Wir haben uns vor ein paar Wochen getroffen.«

»Ich weiß, ich hätte mich wieder bei Ihnen melden sollen. Mein Vater ist gestorben. Ich bin wegen der Beerdigung nach Long Island gefahren.«

»Mein Beileid. Da hatten Sie einen harten Monat.«

»Ja, das sagt man mir immer wieder.«

»Möchten Sie darüber reden?«

Ich trinke einen Schluck Scotch, bevor ich antworte. »Sie meinen jetzt? Sollte ich nicht erst einen Termin vereinbaren?«

»Wenn Sie möchten. Ich überlasse es Ihnen.«

Ich zögere. Eigentlich würde ich lieber auflegen und mich meinem Drink widmen. Aber wenn ich heute nicht mit Ginnis rede, zögere ich das Unvermeidliche nur hinaus. Und seine Stimme hat etwas seltsam Beruhigendes an sich. Sie ist warm, wie die eines alten Freundes.

»Wo soll ich anfangen?«

»Wo Sie wollen.«

»Wir haben gestern seine Asche verstreut. Er war erst zweiundfünfzig.«

»Das ist traurig. Wie ist er gestorben, wenn Sie mir die Frage erlauben?«

»Motorradunfall. Er hatte getrunken. Es war spät und die Straße nass. Zumindest hat man es mir so erzählt.«

»Sie glauben es nicht?«

»Ich weiß nicht, was ich glauben soll. Ich kannte ihn nicht gut, ich war seit zehn Jahren nicht mehr zu Hause. Und wenn ich hier war, haben wir kaum miteinander geredet.«

»Und Ihre Mutter? Lebt sie?«

»Nein. Sie ist gestorben, als ich jung war. Es gab nur ihn und mich.«

»Das tut mir leid.«

»Mein Vater war ein Marine. Ein Cop. Ein Mann, der jeden Morgen um fünf Uhr aufstand und laufen ging. Er ist bei Regen gelaufen, im Schnee. Auch wenn er krank war oder in der Nacht zuvor nicht geschlafen hatte. Er war besessen von Disziplin. Bis auf den Alkohol, der war seine Schwäche. Aber er war ein richtig harter Kerl, mit unerschütterlichen Prinzipien. Zumindest dachte ich das von ihm. Heute habe ich erfahren, dass er Geld auf einem Offshore-Konto liegen hat.

Und er hat eine Wohnung gemietet, wovon ich auch nichts wusste. Eine Frau lebt dort. Seine Freundin, schätze ich.«

»Belastet es Sie, dass er eine Beziehung hatte?«

Ich trinke einen Schluck Scotch und überlege. »Es beschäftigt mich, dass ich so wenig über sein Leben wusste.«

»Fürchten Sie, dass er sich umgebracht hat?«

»Vielleicht. Oder, dass jemand anderes für seinen Tod verantwortlich ist.« Zum ersten Mal spreche ich es laut aus. Die Worte klingen fremd, merkwürdig. »Ich weiß es nicht. Möglicherweise bin ich auch nur paranoid.«

»Warum sollte ihm jemand etwas antun wollen?«

»Er war Detective bei der Mordkommission. Bis zu seinem Tod hat er in einem Fall ermittelt. Ein Teenagermädchen, eine Prostituierte bei einem Escortservice. Sie wurde letzten Sommer ermordet. Heute hat man eine zweite Leiche gefunden. Wieder eine junge Frau, die man genauso wie die erste begraben hat.«

Ginnis schweigt. Ich merke, dass ich zusammenhangloser werde, die Worte ineinanderschleifen lasse. Vielleicht habe ich zu viel getrunken. Vielleicht bin ich müde. Vielleicht auch beides.

»Sie glauben, ich höre mich verrückt an, was?«, frage ich, auch wenn es eher eine Aussage als eine Frage ist.

»Das habe ich nicht gesagt.«

»Ich weiß, wie es klingt. Er war nur ein Cop. Es ist nur eine Mordermittlung.«

»Aber irgendetwas daran stört Sie.«

»Ich habe ein schlechtes Gefühl.« Ich stehe auf, und das Blut schießt mir in den Kopf. Schnell setze ich mich wieder und lege den Kopf auf die Armlehne. Der Raum dreht sich ein wenig und kommt dann zur Ruhe. »Ich weiß nicht, warum ich Ihnen das alles erzähle. Tut mir leid.«

»Das muss Ihnen nicht leidtun. Dafür bin ich hier.«

»Darf ich Sie etwas fragen? Vertraulich?«

»Alles, was Sie und ich besprechen, Nell, ist vertraulich.«

»Aber Sie werden vom Bureau bezahlt.«

»Das heißt aber nicht, dass jemand erfahren darf, über was wir reden. Die ärztliche Schweigepflicht gilt auch hier, und ich nehme sie sehr ernst.«

»Sie müssen doch einen Bericht über mich schreiben, oder? Wie passt das mit der ärztlichen Schweigepflicht zusammen?«

»Ich werde einen Bericht schreiben«, antwortet er vorsichtig, »über Ihre mentale Eignung für Ihre Arbeit. Darin wird nicht stehen, was wir in unseren Sitzungen behandelt haben. Verstehen Sie den Unterschied?«

»Klingt nach einem schmalen Grat.«

Ginnis seufzt. Ich bin schwierig, und wir wissen es beide.

»Machen Sie sich keine Gedanken über den Bericht. Mein Job ist es, Ihnen bei der Bewältigung von traumatischen Erfahrungen zu helfen. Nicht, ein Formular für das Office of Professional Responsibility auszufüllen.« Ich höre einen Hauch von Verachtung aus seiner Stimme heraus und muss ein bisschen lächeln.

»Um ehrlich zu sein, war das traumatischste Erlebnis in diesem Monat die Rückkehr ins Suffolk County.«

»So geht es vielen Menschen, wenn sie nach Hause zurückkommen. Vor allem unter solch traurigen Umständen.«

»Es hat viele alte Erinnerungen hochgebracht. Manche sind weniger angenehm.«

»Möchten Sie über diese Erinnerungen sprechen?«

»Ich … Ich weiß es noch nicht.«

»Kein Problem.«

»Wenn ich Ihnen etwas erzähle, das eine andere Person mit einem Verbrechen in Verbindung bringen könnte, müssen Sie das dann melden?«

»Das kommt darauf an.«

»Worauf?«

»Auf viele Dinge. Vor allem aber, ob ich glaube, dass sich jemand in Gefahr befindet oder nicht. Wenn ich jemanden vor Schaden schützen kann, würde ich die Schweigepflicht brechen. Ergibt das Sinn?«

Ich denke darüber nach. Die Eiswürfel in meinem Drink klirren gegen das Glas. Ich drehe den Kopf in Richtung Küche und mustere die Flasche. Sie ist weniger als halb voll. Hoppla. Ich habe mehr getrunken als gedacht. Ich bin nicht in der Verfassung, mich überhaupt irgendjemandem anzuvertrauen. Vor allem nicht einem Therapeuten, der an meinen Boss berichtet.

»Ich glaube, ich höre besser auf zu reden und vereinbare einen Termin mit Ihnen.«

»Gut. Erholen Sie sich etwas. Rufen Sie mich an, wenn Sie können, Nell. Ich bin hier.«

Sieben

Ich erhole mich nicht. Nicht besonders gut jedenfalls. Bis es allmählich hell wird, wälze ich mich herum und stehe schließlich auf. Sobald es offiziell Morgen ist, fahre ich mit dem Pick-up meines Vaters nach Riverhead. Es ist noch früh, die Stadt schläft. Ich selbst bin auch noch nicht richtig wach, halte mich nur mit den zwei Tassen schwarzen Kaffees aufrecht, die ich zum Frühstück getrunken habe. Die Geschäfte sind noch geschlossen, es herrscht kaum Verkehr. Auf der Main Street finde ich einen Parkplatz, direkt gegenüber von der Adresse, die mir Howard gegeben hat.

Dads Apartment ist im obersten Stock der Hausnummer 97, einem kleinen, kastenförmigen Gebäude, das zwischen einem Irish Pub namens O'Malley's und einem staubigen Drugstore eingequetscht ist, in dessen Fenster viktorianische Puppen mit leeren Augen sitzen. Das Gebäude hat drei Stockwerke mit je einer Wohnung pro Etage. Der Vermieter lebt im Erdgeschoss. Dad hat das Obergeschoss seit letzten Juni gemietet. Soweit ich es erkennen kann, steht der zweite Stock leer, die Fenster sind mit Brettern vernagelt. Kein besonders ansprechender Ort, aber Dad war Ästhetik auch nicht wichtig. Er hat immer Wert auf Abgeschiedenheit gelegt, weshalb ich verstehe, dass ihm ein Apartment im dritten Stock ohne

Nachbarn gefallen hat, weder daneben noch darunter oder darüber. Außerdem hat das Haus einen diskreten Eingang über einen Parkplatz auf der Rückseite.

Die Wohnung kostet tausend Dollar im Monat, was nicht besonders teuer für zwei Zimmer im Suffolk County ist, aber auch nicht gerade wenig. Ich kann mir nicht vorstellen, warum mein Vater einen so großen Teil seines Einkommens für eine zweite Wohnung ausgegeben hat, die vor allem fünfzehn Minuten Autofahrt von seinem Haus entfernt liegt. Vielleicht hat er sie gar nicht vermietet, sondern als Büro genutzt. Aber warum hatte er dann auch noch ein Arbeitszimmer in seinem Haus? Vielleicht wollte er nach einem Besuch bei O'Malley's nur nach nebenan gehen und nicht nach Hause fahren. Das klingt plausibel, aber extravagant, und mein Vater war kein extravaganter Mann.

Die logischste Erklärung ist tatsächlich, dass die Wohnung für eine Freundin gedacht war. Vielleicht war er noch nicht bereit, mit ihr zusammenzuleben, fühlte sich ihr aber irgendwie verpflichtet. Oder vielleicht hatte er geplant, einzuziehen und das Haus zu verkaufen und war nicht mehr dazu gekommen. Trotzdem ist es merkwürdig, dass im Haus in der Dune Road keine Spuren von ihr – oder irgendeinem Besucher – zu sehen sind. Keine Zahnbürste im Medizinschrank, keine Frauennachtwäsche in der Kommode, nicht einmal eine Flasche Wein oder Limo im Kühlschrank. Nur die Sachen meines Vaters: sein Bourbon, sein Scotch. Seine Kleidung, seine Waffen. Sein Haus, nur seins.

Hoffentlich kann mir der Vermieter weiterhelfen. Auf Dads Konto bei der Suffolk County Bank liegen fünfundzwanzigtausend Dollar, mehr als genug, um ein Jahr Miete und andere Ausgaben abzudecken. Nachdem ich die ganze Nacht darüber nachgedacht habe, habe ich beschlossen, dass ich die Frau ausfindig machen und ihr das Geld geben sollte. Wenn ich sie aus irgendeinem Grund nicht auftreiben kann – oder sie ein schrecklicher Mensch zu sein scheint –, kann ich es immer noch für wohltätige Zwecke spenden. Wenn Dad es nicht für mich vorgesehen hatte, will ich es auch nicht.

Außerdem brauche ich kein Geld. Ich gebe kaum das aus, was ich verdiene, und Dad hat mir mit seiner Lebensversicherung und dem Haus genug hinterlassen. Und dann ist da ja noch das Konto auf den Kaimaninseln, zu dem ich mich erkundigen muss. Ich weiß immer noch nicht, ob ich mich überhaupt damit beschäftigen soll. Es könnte mich meinen Job kosten. Gestern Abend saß ich vor dem Kamin und habe bei meinem fünften und letzten Scotch überlegt, ob ich die Visitenkarte von Justin Moran ins Feuer werfen soll.

Ich habe sie behalten. Vielleicht entsorge ich sie noch. Im Moment liegt sie in der Nachttischschublade. Heute muss ich mich um dringendere Sachen kümmern. Die Wohnung meines Vaters. Seine Freundin. Sein Motorrad. Seinen Fall. Sein Leben. Ich bin müde, und es ist noch nicht einmal acht Uhr morgens.

Ich klingele bei dem Vermieter, hinter dessen Tür einige Hunde zu bellen anfangen. Es ist mir unangenehm, jemanden so früh schon stören zu müssen, aber nicht unangenehm genug, um noch zu warten. Es wird ein langer Tag werden, vielleicht sogar eine lange Woche, voller Leichen und Rätsel. Nachdem ich sowieso nicht schlafen kann, kann ich auch etwas erledigen.

Ich höre Schritte, und die Hunde hören auf zu bellen. Drei

Schlösser werden geöffnet, ganz schön viel. Die Tür wird mit vorgelegter Sicherheitskette aufgezogen, ein grauhaariger Mann in Schlafanzug und Bademantel mustert mich durch den schmalen Spalt.

»Was wollen Sie?« Er starrt mich misstrauisch an. Die Hunde drängen sich zu seinen Füßen.

»Guten Morgen«, sage ich so freundlich wie möglich. »Sind Sie Lester Simms?«

»Ja, der bin ich.«

»Ich bin Nell Flynn. Mein Vater, Martin Flynn, war Ihr Mieter im dritten Stock.«

Der Mann runzelt die Stirn und streicht sich übers Kinn. »Ich würde nicht sagen, dass er mein Mieter war.«

»Ist das hier nicht 97 Main Street? Ich habe den Mietvertrag dabei.« Ich hole eine Mappe aus meiner Tasche.

»Er zahlt die Miete, aber ich sehe ihn kaum.«

»Nun, wenn er nicht hier gewohnt hat, wer dann?«

»Geht Sie das überhaupt etwas an?«

»Mein Vater ist tot, und ich bin die Alleinerbin und Vollstreckerin seines Testaments. Wenn es Ihnen nichts ausmacht, würde ich sehr gern reinkommen und darüber unter vier Augen mit Ihnen reden.«

Die Tür fällt ins Schloss, und einen Moment frage ich mich, ob Lester Simms gleich die Polizei ruft. Doch dann höre ich, wie die Kette ausgehakt wird. Die Tür öffnet sich knarzend, und die Hunde springen aufgeregt mit auf dem Boden klickenden Krallen herum. Als ich eintrete, hüpft einer an mir hoch und legt die Vorderpfoten auf meinen Bauch. Es ist ein großes Tier, die Schnauze so groß wie die eines Pferdes, und sein Körpergewicht wirft mich beinahe nach hinten.

Lester packt den Hund am Halsband und reißt fest daran. »Aus, Brutus«, schimpft er so scharf, dass der Hund sich zusammenkauert. »Keine Angst. Er beißt nicht, ist nur ziemlich aufgedreht, vor allem vor dem Spaziergang am Morgen. Kommen Sie rein. Achten Sie nicht auf die Unordnung.«

Er deutet auf einen kleinen Holztisch in der Küche. »Wollen Sie einen Kaffee? Ich habe grade welchen gemacht.«

»Gern, danke.«

»Wie trinken Sie ihn?«

»Schwarz ist okay.«

Er nickt und schenkt uns Kaffee ein. »Tut mir leid, das mit Ihrem Vater. Wann ist er gestorben?«

»Vor zehn Tagen etwa.«

»Er war ein Cop, stimmt's?«

»Suffolk County PD, Mordkommission.«

»Wurde er im Dienst getötet?«

»Nein, es war ein Motorradunfall.«

Lester wirkt enttäuscht, nickt aber. »Verdammt tragisch.«

»Wie gut kannten Sie meinen Vater?«

»Kaum. Er kam letzten Sommer vorbei, wollte die Wohnung mieten. Er sagte, er würde sie als Büro benutzen. Das war letzten Juli oder so, ich weiß es nicht mehr genau.«

»Nur als Büro?«

»Ja, das hat er gesagt. Ein- oder zweimal die Woche habe ich gemerkt, dass er da war. Etwa einen Monat später bat er mich, einen zweiten Satz Schlüssel anfertigen zu lassen. Er würde gern jemanden dort wohnen lassen und hat gefragt, ob ich einverstanden bin.«

»Und, waren Sie das?« Ich trinke einen Schluck. Lester

kocht besseren Kaffee als ich, was wahrscheinlich mehr über mich als über ihn aussagt.

Er zuckt mit den Schultern. »Mir ist egal, was meine Mieter machen, solange sie ruhig und ordentlich sind und pünktlich die Miete zahlen. Maria ist eine anständige Frau. Ich sehe sie selten, aber sie bäckt mir manchmal Muffins und stellt sie vor meine Tür. Letzten Winter habe ich mir die Hüfte gebrochen, und sie hat mir geholfen. Ist mit den Hunden Gassi gegangen, hat die Post reingeholt, den Müll rausgestellt, so was.«

»Maria … Wissen Sie ihren Nachnamen?«

»Cruz, glaube ich. Kubanerin. Sie kennen sie nicht?«

»Nein. Ich weiß, dass mein Vater wollte, dass sie in der Wohnung bleiben kann. Ich wollte mit ihr reden und schauen, wie wir das in Zukunft regeln.«

Lester hebt die Augenbrauen. »Wegen mir dürfen Sie gern die Miete weiterzahlen. Aber Maria ist weg. Vor zwei Wochen ausgezogen.«

»Ausgezogen? Sind Sie sicher?«

»Ja, bin ich. Ich war mit den Hunden draußen und habe gesehen, wie sie mit einer großen Reisetasche in ein Taxi steigen wollte. Ich habe sie gefragt, ob sie Hilfe braucht, und sie hat gesagt, nein, sie käme zurecht. Sie hat mich umarmt und mir dann ihren Schlüssel zurückgegeben. Sie hat geweint. Das weiß ich noch. Sie hat einmal gesagt, dass sie Familie unten in Miami hat. Vielleicht ist sie dorthin gefahren. Sie hat nie viel Post bekommen, daher hat sie es wahrscheinlich auch nicht für nötig gehalten, eine Nachsendeadresse zu hinterlassen. Der Mietvertrag ist aber noch gültig.«

»Wann genau ist sie ausgezogen, können Sie sich erinnern?«

»Hmm, warten Sie mal. Ich glaube, es war Sonntagabend. Ja, das stimmt. Ich habe ferngesehen, dann hat meine Schwester angerufen, wie jeden Sonntag. Meistens, um an mir herumzunörgeln. Dann war das also vor … zehn, elf Tagen?«

»Elf«, sage ich. Mir stockt der Atem. Einen Tag vor dem Tod meines Vaters. »Haben Sie den Schlüssel zur Wohnung da? Ich würde sie wirklich gern sehen. Und ich möchte versuchen, Maria zu finden, wenn das möglich ist.«

Lester schlurft zur Küchenarbeitsfläche, wühlt in einem Korb voller Post und findet schließlich das Gesuchte. Er hebt ihn in die Höhe, und ich zucke zusammen. Der Schlüssel hängt an einer Kette, die ich meinem Vater vor meiner Abreise zum College zu Weihnachten geschenkt habe. Ein kleines Schweizer Armeemesser hängt daran, in das auf der Seite seine Initialen eingraviert sind, MDF.

»Bitte sehr, er gehört Ihnen«, sagt Lester.

»Danke. Kann ich ihn ein paar Tage behalten?«

»Klar. Solange Sie die Miete für den nächsten Monat zahlen.«

»In Ordnung. Ich schreibe Ihnen gleich einen Scheck.«

Acht

Die Wohnung hat eine dicke Metalltür mit zwei Bolzenschlössern, die meinem Vater sicher gefallen haben, sowie Gitterstäbe vor dem Fenster. Ein rudimentäres Sicherheitssystem, aber effektiv.

Maria ist anscheinend tatsächlich ausgezogen. Es sind keine persönlichen Gegenstände in dem Apartment: keine Bilder an der Wand, keine Kleider im Schrank, keine Toilettenartikel im Bad. Die einzigen Anzeichen, dass hier bis vor Kurzem noch jemand war, sind die leicht zerknitterten Bettlaken und ein paar Töpfe und Tassen in der Spülmaschine. Ein saurer Geruch dringt aus dem Kühlschrank. Als ich ihn öffne, stoße ich auf eine abgelaufene Milchpackung, Orangensaft und drei Schachteln mit altem Essen vom Chinesen. Ich schließe die Tür rasch wieder und nehme mir vor, den Müll rauszubringen, bevor ich fahre. Zumindest für den nächsten Monat gehört die Wohnung mir. Das ist das Mindeste, was ich tun kann.

Im Wohnzimmer steht ein Schreibtisch. In der obersten Schublade liegen Stifte, Briefklammern und Druckerpapier. Außerdem ein Umschlag mit vierzig Dollar, den sie in der Eile wohl vergessen hat. Ein Polaroidfoto steckt hinter den Geldscheinen. Ich ziehe es heraus und betrachte das Bild von zwei jungen Frauen, die einander liebevoll die Arme um die Schultern gelegt haben. Sie sehen jünger aus als ich, beide sind wunderschön. Vielleicht Schwestern. Sie haben das gleiche lange schwarze Haar, olivbraune Haut und hohe Wangenknochen. Ob eine von ihnen Maria ist?

Das Handy vibriert in meiner Tasche. Ich lege das Foto auf den Tisch. Als ich sehe, dass Lee anruft, melde ich mich sofort.

»Guten Morgen«, sagt er viel zu fröhlich für einen Mann, der gerade mitten in einer Mordermittlung steckt. »Hast du heute Nacht geschlafen?«

»Nicht so recht. Du?«

»Kein bisschen.« Er lacht. »Aber ich habe gute Neuigkeiten. Wir haben die Leiche identifiziert.«

»Das ging schnell.«

»Ich habe dir ja gesagt, Milkowski ist gut.«

Ich antworte nichts.

»Sie hat die Seriennummer auf der Metallplatte im Kiefer des Opfers zurückverfolgt. Sie passt zu einer jungen Frau, die um den Labor Day herum verschwunden ist. Adriana Marques, achtzehn Jahre alt, aus Riverhead. Ganz ähnliches Profil wie Ria Sandoval. Hat als Escort gearbeitet und auf Craigslist und Backpage inseriert. Sie sehen sich sogar ähnlich. Langes, dunkles Haar. Klein und schlank, attraktiv.«

Meine Finger streichen über die Gesichter auf dem Polaroidfoto. »Familie?«

»Wenig. Die Mutter ist tot, der Vater sitzt im Gefängnis. Adriana hat bei ihrer älteren Schwester gewohnt, Elena Marques. Elena hat sie auch vermisst gemeldet.«

»Hatte sie einen Freund?«

»Einen Ex. Ziemlich harter Kerl. Gangmitglied, recht weit unten in der Hierarchie, gehört wohl zu den MS-13.«

»Reizend. Habt ihr sein Alibi schon überprüft?«

»Er sitzt im Mid-State-Gefängnis wegen schwerer Körperverletzung. Seit Juni.«

»Okay, ihn können wir also ausschließen. Aber vielleicht gibt es trotzdem eine Gangverbindung.«

»Als die Schwester Adriana als vermisst gemeldet hat, gab sie an, einen dunkelroten Pick-up vor ihrem Haus gesehen zu haben. Und das nicht nur einmal.«

»Und?«

»Na, Morales fährt doch so einen.«

»Stimmt. Sollen wir dann also Morales befragen?«

»Dorsey möchte, dass ich zuerst mit der Schwester spreche. Bevor sich die Medien darauf stürzen. Es wäre sicher gut, wenn du mitkämst.«

»Die Angehörigen benachrichtigen. Meine Lieblingsaufgabe bei unserem Job.«

»Bist du zu Hause? Dann kann ich dich auf dem Weg abholen.«

»Ich bin gerade in Riverhead, bei einem Café auf der Main Street. Treffen wir uns am besten hier.«

»Okay. Ich bin unterwegs. Oh, und hol mir doch bitte wenn möglich einen Donut und einen Kaffee.«

»Du weißt, dass du ein wandelndes Klischee bist, oder?«

Lee lacht. »Ich versuche nur, mich anzupassen. Bis gleich.«

Zwanzig Minuten später fährt Lee vor dem Café vor. Ich stehe auf dem Gehsteig, seinen Kaffee und den Donut in der Hand. Lee greift über den Beifahrersitz und öffnet mir die Tür. Er sieht beschissen aus. Wahrscheinlich denkt er dasselbe über mich.

»Meine Lebensretterin«, sagt er und nimmt den Kaffeebecher.

»Ich weiß.«

»Danke, dass du mitkommst. Das ist der härteste Teil unserer Arbeit.«

»Definitiv.«

»Es wird auch nicht leichter, oder?«

»Die Familie zu informieren? Nein, ich glaube nicht. Wenn es einem leichtfällt, sollte man wahrscheinlich über Urlaub nachdenken.«

Mein Handy klingelt, eine regionale Nummer erscheint auf dem Display. »Moment, da sollte ich rangehen.«

Lee nickt, als wolle er sagen *mach nur.*

»Nell Flynn.«

»Nell, hier spricht Cole Haines, vom Abschlepphof. Ich weiß nicht, ob du dich an mich erinnerst, aber ich war öfter mal mit deinem Vater beim Angeln.«

»Ja, natürlich. Schön, deine Stimme zu hören, Cole.«

»Tut mir sehr leid, was passiert ist. Marcy und ich waren zutiefst erschüttert, als wir es gehört haben.«

»Danke, das ist sehr nett, dass du das sagst.«

»Dein Vater war ein guter Mann, Nell. Ein wirklich guter Mann.«

Ich räuspere mich und hoffe, das Gespräch damit zu beschleunigen. »Wie sieht es mit seinem Motorrad aus?«, frage ich.

»Genau, das Motorrad. Es hat ganz schön was abbekommen. Es sieht aus, als wäre er damit geradewegs in einen

Baum gefahren oder so. Ich habe gesagt, es sollte sicherheitshalber kriminaltechnisch untersucht werden. Vielleicht gab es ein Problem mit den Bremsen. Dann würde ich den Hersteller verklagen.«

»Warum hat man es nicht ins Kriminallabor gebracht?«

»Keine Ahnung. Seit dem Unfall steht es jetzt hier. Und dann hat mich Dorsey heute angerufen und gesagt, ich solle es zum Schrottplatz bringen.«

Ich runzele die Stirn. »Das hast du aber nicht gemacht, oder?«

»Nein, nein. Ich habe deine Nachricht bekommen und mir gedacht, du solltest es dir lieber selbst anschauen. Ich meine, ich entsorge es gern, wenn du das möchtest. Aber wenn es da vielleicht Geld von der Versicherung zu holen gibt …«

»Ich komme so bald wie möglich vorbei. Vielen Dank, Cole.«

»Klar. Bis dann.«

»Wer war das?«, fragt Lee, als ich auflege.

»Cole Haines, vom Abschlepphof. Er hat das Bike meines Vaters.«

»Ah, verdammt. Das ist hart. Soll ich mich darum kümmern?«

»Nein, schon in Ordnung.« Ich wende mich ab, bin mir bewusst, dass ich ihm nicht alles erzähle.

Lee stopft sich ein Viertel seines Donuts in den Mund und packt den Rest zurück in die Tüte. Dann legt er den Rückwärtsgang ein und biegt auf die Main Street. Das Funkgerät erwacht zum Leben. Das statische Knistern, der Stakkatocode, mit dem die Aufträge verteilt werden, lässt mich nostalgisch werden, wie eine alte Sprache, die ich einmal fließend beherrscht und seit Jahren nicht gehört habe. Ich lehne die Stirn gegen das Seitenfenster und sehe zu, wie die Schaufenster vorbeiziehen. Als Kind hat mein Vater mich vorne in seinem Streifenwagen mitfahren lassen. Er hat das Funkgerät laut gedreht und mir die einzelnen Codes erklärt: 10-16 bedeutet häusliche Gewalt, 10-33 ein Notfall; bei 10-79 soll man die Gerichtsmedizin informieren. Danach hat er mich immer abgefragt, und ich habe alles richtig beantwortet.

Elena Marques wohnt in einer Sackgasse, die an den Friedhof von Riverhead grenzt. Ich starre aus dem Fenster, während wir an den Grabsteinen vorbeirollen. Der Friedhof ist kein besonders schöner Ort der letzten Ruhe. Er ist von Maschendraht eingezäunt, und das Gras hat braune Flecken, als ob die Rasensprenger zu weit voneinander aufgestellt wären.

Ich war hier schon mal bei einem Wandertag in der Junior Highschool. Wir bekamen Butterbrotpapier und Kohlestifte, und unser Geschichtslehrer Mr. McManus sagte uns, wir sollten den interessantesten Grabstein, den wir finden konnten, abpausen. Ich suchte mir einen aus dem Jahr 1862 aus. Ein achtzehnjähriger Junge namens John Downs, der bei der Schlacht von Gloverston, Virginia gefallen war. Angehöriger der Kompanie D, 12. Regiment. Zu Hause zeigte ich das Bild meinem Vater, der es entzweiriss und sagte, es sei respektlos der Grabstätte gegenüber, vor allem von jemandem, der unserem Land gedient hatte. Er war betrunken; ich roch den Whisky in seinem Atem. Seine Augen wurden dunkel, wenn er getrunken hatte, und seine Stimme wurde kalt. Ich hatte noch nicht gelernt, ihm aus dem Weg zu gehen, wenn er so war. Er packte meinen Arm so fest, dass man es danach sah. Die Stelle wurde erst lila, dann Übelkeit erregend grün. Es war mir zu peinlich, Mr. McManus zu erklären, was mit meinem Bild passiert war, weshalb ich mit gespartem Geld neues Papier und Kohlestifte kaufte, den Sportunterricht schwänzte und mit dem Fahrrad zum nächsten Friedhof fuhr, um einen anderen Grabstein abzupausen. Außerdem begann ich zu der Zeit, lange Ärmel zu tragen, an denen ich noch monatelang festhielt, auch nachdem man nichts mehr sah.

Ein Schild am Eingang verkündet »Friedhof Riverhead, in Betrieb seit 1859«. Darunter steht auf einem kleineren Schild: »Freie Grabstellen«. Ich frage mich, ob man hier Adriana beerdigen wird. Ich denke an die Asche meiner Mutter in ihrer Urne, im Schrank meines Vaters. Er konnte sich nie davon trennen. Von ihr. Knapp zwei Monate nach ihrem Tod hielten wir eine Gedenkfeier für sie in St. Agnes ab, die hauptsächlich ihre Freunde organisiert hatten. Ich war damals zu jung, um zu bemerken, dass das ungewöhnlich war – genauso wie meine Faszination für alte Friedhöfe seit jenem Wandertag mit Mr. McManus nicht normal war. Auf Long Island sind das meistens ruhige, wunderschöne Orte. Manche existieren seit dem 17. Jahrhundert. Manchmal bin ich nach der Schule mit dem Fahrrad zu dem in der Stadt gefahren. Viele Grabsteine waren alt und verwittert, und im Frühling lag ein Teppich aus rosa Kirschblüten auf dem Gras. Ich saß auf einer Bank und las bis nach Sonnenuntergang. Mir kam nie in den Sinn, dass es vielleicht hilfreich wäre, einen Ort zu haben, an dem ich um meine Mutter trauern könnte, oder dass die Asche im Haus meinem Vater und mir keinen richtigen Abschluss ermöglichte.

Zum ersten Mal seit meiner Rückkehr fällt mir jetzt ein, dass ich mich vermutlich auch um die Überreste meiner Mutter kümmern sollte.

Lee hält vor einem kleinen, graubraunen Haus gegenüber vom Friedhof. Der Garten, wenn man ihn so nennen kann, fällt zur Straße hin ab, als ob der Boden die Stirn runzeln würde. Ein Kind kauert in der Auffahrt. Die Kleine trägt ein lilafarbenes T-Shirt, durchsichtige Plastiksandalen und Hosen mit Elmo-Aufnähern auf den Knien. Ihre wilden Locken sind zu zwei ungleichen Pferdeschwänzen über den Ohren gebunden. Sie sieht konzentriert auf den Boden, nimmt nacheinander Steine auf und wirft sie in einen roten Plastikbecher – einer von denen, wie sie typisch für Highschoolpartys sind. Sie hält inne, als sie uns aus dem Wagen aussteigen hört, und starrt uns an, als hätten wir sie beim Ladendiebstahl erwischt. Ich lächele und winke. Sie reagiert nicht. Speichel sammelt sich auf ihrer Lippe. Aus großen Augen sieht sie uns blinzelnd an, als wir an ihr vorbeigehen.

Bevor wir klingeln können, öffnet eine Frau die Tür. Sie trägt einen langen Rock und ein weißes Tanktop, das ihre olivbraune Haut zur Geltung bringt. Die Haare hat sie im Nacken zu einem Knoten geschlungen. Sie ist schön, doch ihr Gesicht wirkt erschöpft, und unter ihren Augen treten Tränensäcke hervor. Sie sieht uns müde an.

»Entschuldigung«, sagt sie und geht um Lee herum. *»Isabel! Ven aquí por favor.«*

Das kleine Mädchen hebt den Kopf. Zögernd wirft sie einen letzten Kiesel in den Becher und läuft zu uns. Die Frau bückt sich und hebt sie hoch, wischt den Mund des Kindes mit ihrem Daumen ab. Im Haus dröhnt ein Fernseher. Die hektischen Geräusche einer Zeichentrickserie wetteifern mit einem Radio auf einem Fensterbrett, das Nachrichten sendet. Die Frau setzt die Kleine ab und gibt ihr einen Klaps auf den Hintern. »Geh bitte zu Diego.«

Isabel tapst davon. Die Frau dreht sich mit grimmigem Gesichtsausdruck zu uns. »Kann ich Ihnen helfen?«

»Sind Sie Elena Marques?«

»Ja. Worum geht es?«

»Ich bin Detective Davis vom Suffolk County Police Department. Das hier ist Agent Flynn vom FBI. Dürfen wir reinkommen?«

Elena zögert. Sie weiß, warum wir hier sind. Einen Moment denke ich, dass sie uns wegschicken könnte. Doch dann schiebt sie die Tür auf und bedeutet uns, einzutreten.

»Sind Sie von der Vermisstenstelle?«, fragt sie.

»Nicht direkt«, antwortet Lee.

Das Wohnzimmer ist klein und unordentlich. Verbeulte Fliegengitter vor den Fenstern lassen nur wenig Licht herein. Auf dem Esstisch steht noch das Frühstück: Schüsseln mit Cornflakes und herausstehenden Löffeln, halb volle Gläser Orangensaft, ein Teller mit den Kanten von gebuttertem Toast. Ich zähle vier Schüsseln und frage mich, wer wohl noch hier lebt und wie alt diejenigen sind. Und ob sie von der Leiche im Shinnecock County Park gehört haben. Elena hebt einen Korb mit Wäsche vom Sofa und macht uns ein Zeichen, dass wir uns setzen sollen. Sie lässt sich auf einem Sessel uns gegenüber nieder.

»Es ist Adriana«, sagt sie mit kalter Stimme. »Die Leiche, die man in den Dünen gefunden hat. Ich habe es in den Nachrichten gehört. Sie ist es, oder?«

»Es tut mir wirklich sehr leid, Ms. Marques«, antwortet Lee und nickt langsam. »Sie ist es.«

Sie sieht mir in die Augen. »Deshalb sind Sie hier. Man schickt niemanden vom FBI wegen eines vermissten Mädchens.«

»Mein tief empfundenes Beileid zu Ihrem Verlust. Ich weiß, wie schwer so eine Nachricht ist«, sage ich.

Sie schüttelt den Kopf. »Nein, das wissen Sie nicht. Euch ist das alles egal. Als ich auf dem Polizeirevier war, um die Vermisstenanzeige aufzugeben, wissen Sie, was mich der Cop gefragt hat? Ob meine Schwester eine Prostituierte war. Das war die erste Frage. Und als ich gesagt habe, ›Ja, das hat sie ab und zu gemacht‹, hat er sein Notizbuch zugeklappt. Als ob es nichts weiter über sie zu sagen gäbe. Als ob sie kein verdammter Mensch wäre.«

»Das war nicht das richtige Verhalten«, sage ich und krümme mich innerlich.

»Letzten Sommer ist eine junge Frau verschwunden«, beginnt Lee. Ich sehe, wie nervös er ist. Sein Bein wippt beim Sprechen auf und ab. Ich will ihm die Hand auf den Schenkel legen, damit er aufhört. »Eine Prostituierte. Er hat vielleicht versucht, ein Muster herzustellen.«

»Oh, es gibt ein Muster. Dunkelhaarige junge Frauen, die allen scheißegal sind.«

»Uns sind sie wichtig«, antwortet er ein wenig anklagend.

»Was glauben Sie wäre passiert, wenn meine Schwester eine Weiße aus Southampton gewesen wäre? Ich sage Ihnen was, die ganze verdammte Nationalgarde hätte nach ihr gesucht. Und erzählen Sie mir nicht, dass ich unrecht habe.«

Isabel taucht in der Tür auf, mit einem Schnuller im Mund,

an dem sie hektisch nuckelt, und läuft zu ihrer Mutter. Elena nimmt sie auf den Arm, und Isabel legt den Kopf an ihre Schulter.

»Sie ist müde. Gestern Nacht hat keiner von uns geschlafen.«

»Schon in Ordnung. Wenn wir gehen sollen …«

Elena schüttelt den Kopf und hält das Mädchen fester. Sie wendet den Blick ab und schluchzt leise auf. Wir schweigen. Die Kleine scheint nicht zu merken, dass Elena vor Tränen zittert. Den Kopf fest an die Schulter ihrer Mutter gedrückt, fallen ihr zum sanften Rhythmus der sich unter ihr hebenden und senkenden Brust die Augen zu.

Eine Minute vergeht, vielleicht auch zwei. Isabel öffnet mit flatternden Lidern die Augen, setzt sich auf, rutscht von Elenas Schoß auf den Boden und rennt zurück in den Flur.

Elena tupft sich mit dem Saum ihres Oberteils die Augen. »Isabel hat meine Schwester so geliebt. Adriana hat jeden Nachmittag auf sie aufgepasst. Sie weiß nicht, dass ihre Tante tot ist. Ich habe keine Ahnung, wie ich es ihr erklären soll.«

»Wie alt ist sie?«, frage ich.

»Fast zwei.«

»Haben Sie noch weitere Kinder?«

»Einen siebenjährigen Sohn, Rafael.«

»Sagen Sie ihnen die Wahrheit.«

Sie sieht mich abwehrend an. »Sie sind noch zu jung. Sie werden so etwas nicht verstehen.«

»Ich war sieben, als meine Mutter ermordet wurde. Ich war dankbar, als mir endlich jemand gesagt hat, dass sie tot ist. Kinder verstehen mehr, als man glaubt. Und sie wollen, dass man ehrlich zu ihnen ist.«

Meine Enthüllung entwaffnet sie. Sie verzieht erschüttert das Gesicht. Ich habe zu viel gesagt. »Wurde Adriana ermordet?«, flüstert sie.

»Danach sieht es zumindest aus. Es tut mir sehr leid. Wir wissen mehr, wenn der Bericht der Gerichtsmedizin vorliegt.«

»Wie ist sie umgekommen?«

»Wir sind immer noch am Anfang der Ermittlungen«, gibt sich Lee bedeckt. Natürlich könnte er es ihr erzählen. Die Schusswunde im Kopf. Die Zerstückelung. Die Jute, die Schnur. Doch das wird er nicht. Wir wurden beide dazu ausgebildet, den Familien der Opfer die Umstände langsam näherzubringen, Stück für Stück. Sie muss nicht alle Einzelheiten wissen, vor allem nicht jetzt. Wenn wir sie vor den Medien geheim halten können, wird Elena sie noch lange nicht erfahren. »Bald kann uns die Gerichtsmedizin mehr sagen. Es würde uns helfen, wenn Sie uns eine DNA-Probe geben könnten. Ich würde einen Wangenabstrich bei Ihnen machen. Damit wir die Identität der Leiche bestätigen können.«

Sie hebt leicht den Kopf. Ich würde Lee am liebsten treten, weil er ihr Hoffnung macht. »Ist sie es vielleicht gar nicht? War es doch ein Fehler?«, fragt sie verzweifelt.

»Nein, sie ist es. Sie hatte eine Metallplatte im Kiefer. Über deren Seriennummer konnten wir Ihre Schwester identifizieren. Die DNA ist nur eine zusätzliche Absicherung. Es tut mir leid. Ich hätte … Sie ist es.«

»Ich will sie sehen. Können Sie mich zu ihr bringen?«

»Noch nicht. Bald. Unsere Ärzte kümmern sich um sie.«

»Warum kann ich sie nicht sehen? Sie ist meine Schwester. Sie ist Familie. Sie können mich nicht von ihr fernhalten.«

»Ms. Marques«, sage ich so sanft wie möglich, »wir können

nur herausfinden, was mit Ihrer Schwester passiert ist, wenn die Ärzte sie in Ruhe untersuchen dürfen. Okay? Sie helfen uns im Moment am meisten, wenn Sie unsere Fragen beantworten.«

Sie sieht mich mit weit aufgerissenen Augen und leerem Blick an, als würde sie mich kaum hören. Sie dreht den Kopf zur Tür und dann wieder zu mir. Zögernd lässt sie sich wieder in den Sessel sinken.

»Ich brauche ein Glas Wasser«, sagt sie heiser.

Lee springt auf. »Ich hole es Ihnen«, bietet er an und eilt in die Richtung, wo er die Küche vermutet.

»Können Sie mir etwas zu dem Tag erzählen, an dem Ihre Schwester verschwand?«, frage ich.

Elena zuckt unter Tränen mit den Schultern. »Es war der Freitag des Labor-Day-Wochenendes. Sie sagte, sie würde auf eine Party gehen. Ich weiß aber, dass sie dort arbeiten wollte. Das wusste ich immer.«

»Woher?«

»Halten Sie mich für dumm?«

»Überhaupt nicht. Aber die Einzelheiten helfen mir, alles besser zu verstehen.«

Sie seufzt. »Ein Auto hat sie immer abgeholt. Ein Cadillac Escalade.«

»Immer dasselbe Auto?«

»Ja, meistens. Sie sagte, er wäre ein Freund. Er hat immer unten an der Straße auf sie gewartet. Manchmal kam sie spät zurück, manchmal auch erst am nächsten Morgen.«

»Würden Sie den Fahrer auf einem Foto erkennen?«

»O ja. Einmal bin ich rausgegangen und habe ihm die Meinung gesagt. Ihn aufgefordert, von meinem Grundstück zu verschwinden. Ich habe gesagt, ich würde die Polizei rufen. Er hat gelacht und geantwortet: ›Na los, mach nur.‹ Als ob er mich herausfordern wollte. Arschloch.«

»War sein Wagen weiß?«

»Genau. Weiß. Auffällige Felgen. In der Nacht, als sie verschwunden ist, hat sie ein anderes Auto abgeholt, eine schwarze Limousine. Ein Stadtauto.«

»Derselbe Fahrer?«

»Keine Ahnung, ich habe sein Gesicht nicht gesehen.«

»Schon in Ordnung. Das hilft uns alles sehr weiter.«

Lee kommt zurück und reicht Elena ein Glas mit Wasser.

»Danke«, sagt sie und trinkt einen kleinen Schluck. Ihre Hand zittert. Das Wasser vibriert. Sie hält das Glas so fest, als fürchtete sie, es könnte ihr entgleiten.

»Haben Sie je mit der Polizei darüber gesprochen? Über den Typen in dem weißen Escalade?«

»Nein. Ich wollte nicht, dass Adriana Ärger bekommt.«

»Aber Sie wollten auch nicht, dass sie als Escort arbeitet«, entgegnet Lee.

»Natürlich nicht. Würden Sie wollen, dass Ihre Schwester so etwas macht?« Sie hält inne, atmet tief ein und spricht langsam weiter. »Verstehen Sie, es ist leicht verdientes Geld. Eine Anzeige auf Craigslist oder Backpage schalten, das reicht, um das Telefon klingeln zu lassen. Adriana hatte ihre Stammkunden. Manchmal habe ich gehört, wie sie mit ihnen gesprochen hat. Als wären sie ihr fester Freund. ›Hey, Baby, wie war die Reise?‹ So was. Sie war jung, verstehen Sie? Sie hat den Menschen vertraut. So war sie schon immer, selbst in der Schule.«

»Sie war ein freundlicher Mensch«, sage ich.

»Ja, sie hatte ein großes Herz. Sie wollte Krankenschwester werden und war sehr einfühlsam. Wenn sie jemanden neu kennenlernte, waren sie nach ein paar Stunden beste Freunde. Alle haben ihr immer ihre Probleme anvertraut.«

»Hat sie die Schule abgeschlossen?«

Elena schüttelt den Kopf. »Sie hatte Lernschwierigkeiten, weshalb die Schule schwer für sie war. Und unsere Familie war nicht gerade stabil, als wir Kinder waren. Also, es war schon in Ordnung, wir hatten alles, was wir brauchten. Aber unser Dad hat nicht bei uns gelebt, und unsere Mom war nicht ganz da, wenn Sie verstehen, was ich meine. Ich habe Adriana mehr oder weniger selbst aufgezogen. Ich habe ihr immer gesagt, sie soll die Highschool-Prüfungen machen. Aber sie wollte auf eigenen Beinen stehen, Geld verdienen und dann zurück auf die Schule gehen. Nachdem der Wichser, mit dem sie zusammen war, im Knast gelandet ist, hatte sie nicht viele Möglichkeiten. Sie ist zu mir gezogen. Wir haben darüber gestritten, dass sie sich einen Job suchen soll. Einen richtigen, nicht diesen Mist. Wir haben viel gestritten.«

Sie seufzt abgrundtief und vergräbt das Gesicht in den Händen. »Ich habe einfach immer gehofft, dass sie von allein damit aufhört«, flüstert sie.

»Haben Sie sie gefragt, wohin sie fuhr, wenn sie einen Auftrag hatte? Oder sie gebeten, Ihnen eine Nachricht zu schreiben, wenn sie dort angekommen war?«, fragt Lee.

Elena verengt gereizt die Augen. »Ja, das habe ich«, antwortet sie abwehrend. »Manchmal hat sie sich auch gemeldet, aber nicht immer. Hören Sie, sie war achtzehn. Ich konnte ihr nichts befehlen. Nur ein Dach über dem Kopf bieten. Wir alle müssen arbeiten, Detective.«

»Das verstehe ich. Bitte entschuldigen Sie, ich wollte Sie nicht …«

»Sie hat viel geholfen. Eingekauft, Pizza mitgebracht. Und sie hat auf Isabel aufgepasst, da haben wir weniger Kinderbetreuung gebraucht. Sie hat gut verdient. Ihre Kunden waren reich. Auch wenn sie zu viel für sich und ihr Aussehen ausgegeben hat, hat sie immer noch viel Geld nach Hause gebracht.«

»Was hat sie alles für ihr Aussehen getan?«

»Sie wissen schon. Haare vom Friseur gemacht, Nägel aus dem Salon. Schicke Kleidung. Nachdem sie angefangen hatte, auf diesen Partys zu arbeiten, hat sie sehr auf ihr Äußeres geachtet. Sehen Sie selbst.« Sie deutet auf eine Tür auf der anderen Seite des Flurs. »Da drüben ist ihr Zimmer.«

Sie ist aufgebracht, sitzt kerzengerade da, die Schultern fast bis zu den Ohren hochgezogen. Sie hält das Glas so fest gepackt, dass ich Angst habe, sie könnte es zerbrechen. Lee scheint es nicht zu bemerken. Er öffnet den Mund, doch bevor er sie noch weiter verärgern kann, schalte ich mich ein. »Lee, schau dir doch schon mal Adrianas Zimmer an. Ich hätte noch ein paar Fragen an Ms. Marques.«

Lee nickt, offenbar dankbar, dass er etwas anderes tun kann. Sobald er gegangen ist, entspannt sich Elena ein wenig und lässt sich in den Sessel zurücksinken. Man sieht geradezu, wie die Energie sie verlässt. Ihre Lider flattern, als ob sie die Augen nicht wieder öffnen wolle.

»An dem Abend ist Adriana etwa um acht gegangen«, sagt sie. »Die Kinder haben zu Abend gegessen. Ich wollte, dass sie mit uns isst, aber sie hat gesagt, sie müsse los. Sie schien es eilig zu haben, als hätte sie erst kurz vorher von dem Auftrag erfahren. Sie war für eine Party zurechtgemacht, hohe Absätze, enges Kleid.«

»Hatte sie eine Handtasche dabei?«

»Eine Umhängetasche. Vielleicht wollte sie über Nacht bleiben.«

»Haben Sie gesehen, wie sie ins Auto eingestiegen ist?«

»Ja, ich bin ihr nachgegangen und habe ihr nachgerufen, als sie in den Wagen gestiegen ist, aber sie hat mich nicht gehört.«

»Ich weiß, dass es diesmal ein anderes Auto war, aber glauben Sie, es war derselbe Fahrer?«

»Ich weiß es nicht. Die Scheiben waren getönt.«

»Würden Sie kurz die Augen schließen und sich das Auto vorstellen, wie es wegfährt? Fällt Ihnen noch etwas dazu ein?«

Sie blinzelt, dann kneift sie die Augen zu. »Das Nummernschild war gelb.«

»Gut. Noch was?«

»Vielleicht steht eine 5 darauf.« Sie öffnet wieder die Augen und schüttelt frustriert den Kopf. »Oder ein S. Ich weiß es nicht. Ich kann so was nicht gut.«

»Sie machen das sehr gut.« Ich lächle sie ermunternd an. »Den Wagen hatten Sie vorher nie gesehen?«

»Genau.«

»Wann wurde Ihnen klar, dass Adriana verschwunden war?«

»Ich arbeite am Samstag, putze im Krankenhaus von Southampton. Etwa um halb sieben Uhr morgens verlasse ich das Haus. Alle haben noch geschlafen, Adrianas Tür war geschlossen. Ich dachte, sie wäre in ihrem Zimmer und habe nicht daran gedacht, nachzusehen.« Sie legt die Hand vors Gesicht, und neue Tränen lassen ihren Körper erbeben.

»Es ist nicht Ihre Schuld«, flüstere ich. Die Worte klingen hohl.

»Ich bin ihre große Schwester.« Ihre Stimme wird immer höher, hysterischer. »Ich hätte nachsehen sollen, ob sie nach Hause gekommen ist.«

Ich greife über den Tisch nach einer Schachtel mit Taschentüchern und gebe sie Elena. »Wann sind Sie am Samstag zurückgekommen?«, frage ich leise, nachdem sie sich die Nase geputzt hat.

»Etwa um sechs Uhr abends. Die Kinder haben ferngesehen, als ich zurückkam. Ich habe Diego gefragt – meinen Freund –, wo Adriana ist. Er hatte sie den ganzen Tag nicht gesehen. Da bin ich nervös geworden. Ihr Zimmer war leer. Ich habe sie zweimal auf dem Handy angerufen, bin aber direkt auf der Voicemail gelandet.«

»War sie davor schon mal länger als eine Nacht weg?«

»Nein, nicht dass ich wüsste. Aber es war ja Labor-Day-Wochenende. Diego hat gesagt, vielleicht amüsiert sie sich irgendwo, und wir sollen sie in Ruhe lassen. Er findet, ich mache mir zu viele Gedanken, wissen Sie. Dass ich sie wie ein Kind behandle. Deshalb habe ich nichts mehr unternommen. In der Nacht habe ich kein Auge zugetan. Ich hatte einfach das Gefühl, dass irgendetwas nicht stimmt. Wissen Sie, was ich meine? Man spürt es in den Knochen. Als sie am nächsten Morgen nicht zurück war, habe ich die Polizei angerufen.«

»Wissen Sie noch, mit wem Sie gesprochen haben?«

»Nein, ich habe den Notruf gewählt, und dann hat man mich zum Revier weiterverbunden. Da hat dann ein Beamter gesagt, ich solle vorbeikommen und eine Vermisstenanzeige ausfüllen. Das habe ich gemacht. Dabei habe ich mit dem Idioten gesprochen, der wissen wollte, ob Adriana eine Prostituierte ist. Es war mir völlig klar, dass er sich einen Dreck um sie schert, um mich, um uns alle.«

»Sie haben in der Anzeige erwähnt, dass Sie einen roten Truck vor Ihrem Haus gesehen haben.«

Sie nickt langsam, als erinnere sie sich an etwas, das sie ganz vergessen hatte. »Ja, stimmt. Ein Pick-up.«

»Direkt bevor Ihre Schwester verschwunden ist?«

»Ja, genau am Tag davor.«

»War jemand im Wagen?«

»Ja, ein Typ, er saß einfach nur da. Das Gesicht habe ich nicht gesehen. Er trug eine Baseballkappe und ist nicht ausgestiegen. Ich hatte das Gefühl, als würde er unser Haus beobachten. Hat mir eine Scheißangst eingejagt.«

»Hatten Sie den Wagen davor schon mal gesehen?«

»Nein. Vielleicht war es auch gar nichts. Keine Ahnung.« Sie zögert, als wolle sie noch etwas hinzufügen.

»Ms. Marques«, sage ich leise, »wenn Ihnen noch etwas Wichtiges eingefallen ist, dann können Sie es mir erzählen. Ich werde es für mich behalten. Aber es könnte mir vielleicht helfen, den zu finden, der Ihrer Schwester das angetan hat.«

Sie sieht zu mir, und wieder füllen sich ihre Augen mit Tränen. »Ich glaube, Adriana war schwanger.«

»Warum glauben Sie das?«

Sie zuckt mit den Schultern. »Intuition. Sie war oft müde, und ein paarmal habe ich gehört, wie sie sich morgens übergeben hat.«

»Haben Sie sie danach gefragt?«

»Nein, ich war mir nicht sicher. Man sah auch nichts. Ich dachte, sie würde es mir selbst sagen, wenn sie bereit war.«

»Wirkte sie anders vor ihrem Verschwinden? Aufgewühlt? Verschlossen?«

Elena kaut nachdenklich an ihrer Lippe. »Ganz ehrlich? Sie wirkte glücklich.«

»Glücklich?«

»Ja. Als wäre das Leben endlich schöner.«

»Vielleicht hat sie sich wegen des Babys gefreut.«

Sie nickt. »Das dachte ich auch. Sie hat öfter telefoniert, mit jemandem geflüstert. Meistens spätabends. Einmal hat sie übers Festnetz telefoniert, und ich habe am anderen Apparat mitgehört, weil ich neugierig war. Ein Mann hat ihr gesagt, sie müsse diskret sein. Wegen seiner Stellung. Irgendwie so was.«

»Was hat sie geantwortet?«

»Dass sie es versteht. Dass sie nie etwas tun würde, um ihm zu schaden. Dann hat er gesagt: ›Ich werde mich um dich kümmern. Ich werde mich um alles kümmern‹, und dann hat sie angefangen zu weinen.«

»Haben Sie sie gefragt, ob sie einen Freund hat?«

»Nein. Sie sollte nicht das Gefühl haben, als würde ich in ihre Privatsphäre eindringen. Sie hätte es mir sowieso nicht gesagt.«

»Schon okay. Wir können uns die Verbindungsübersicht für ihr Telefon beschaffen und überprüfen, mit wem sie gesprochen hat. Hatten Sie noch mal Kontakt mit dem Polizeirevier? Nach der Vermisstenanzeige, meine ich.«

»Ein Cop kam an dem Abend vorbei. Weiß, groß, dunkle Haare, ziemlich kurz geschnitten. Wie beim Militär. Er hat sich in Adrianas Zimmer umgesehen und mir ein paar Fragen zu ihr gestellt. Er war komisch. Sehr still. Wirkte auch ein wenig nervös, als würde er etwas suchen.«

»Wirklich?«

»Ja. Er hat ihren Schreibtisch und ihren Schrank durchsucht.«

»Hat er etwas mitgenommen?«

»Im Schreibtisch hat er ein Handy gefunden. Ich war überrascht. Sie hatte ihr Telefon immer dabei. Es sah auch anders aus als ihres. Ich habe es dem Beamten gesagt, aber er hat es trotzdem mitgenommen.«

Meine Kehle wird eng. Irgendwo im Haus beginnt ein Kind zu weinen.

»Erinnern Sie sich an seinen Namen?«

Sie runzelt die Stirn und sieht mich dann an. »Wissen Sie«, sagt sie schließlich, »ich glaube, er hieß Flynn. Genau wie Sie.«

Neun

Meine Ohren dröhnen. Das Weinen wird lauter. Elena steht auf. »Entschuldigung«, sagt sie. »Ich muss mich um Isabel kümmern.«

Ich nicke, immer noch wie betäubt, weil mein Vater offensichtlich hier gewesen ist. »Natürlich, gehen Sie nur.«

Elena verschwindet im Flur. Ich stehe langsam auf, mir ist schwindelig. Ich muss nach Hause, das Arbeitszimmer nach Adrianas Handy durchsuchen.

Vor ihrer Zimmertür zögere ich. Soll ich Lee auf den Besuch meines Vaters nach Adrianas Verschwinden ansprechen? Ich entscheide mich dagegen. Er hätte es mir sicher gesagt, wenn er es für wichtig gehalten hätte. Wahrscheinlich weiß er es nicht. Aber warum sollte mein Vater Geheimnisse vor seinem Partner gehabt haben?

Lee scheint nach draußen gegangen zu sein. Gut so, denn Adrianas Zimmer bietet gerade genug Platz für ein Doppelbett, einen Schrank und einen kleinen Schreibtisch. In einer Ecke sind Bücher aufgestapelt. Ich neige den Kopf, um die Titel zu lesen. Ein Anatomielehrbuch. Ein Buch über Ernährung. Eine Broschüre für die Pflegeausbildung am St. Joseph's College. Ein Flyer für eine Informationsveranstaltung am 28. August auf dem Campus. Das Datum ist eingekreist.

Über dem Tisch befindet sich das Fenster, von dem aus man auf die Wand des Nachbarhauses sieht. Eine Frau nimmt im Garten Wäsche von der Leine. Der Wind ist stärker geworden, zerzaust ihr Haar, wirbelt den Rock auf. Die frische Wäsche flattert, droht davonzufliegen. Die Frau entdeckt mich, runzelt die Stirn und dreht sich wieder weg. Sie reißt die restliche Kleidung von der Leine und eilt ins Haus.

Ich schließe die Augen und stelle mir das Fenster des Meachem-Hauses vor, das mit dem Balkon und dem Dünenblick. Irgendjemand in diesem Haus weiß etwas. Und Grace Bishop weiß mehr, als sie mir gesagt hat. Vielleicht nicht über die Nacht, in der Adriana ermordet wurde, aber ganz bestimmt über die Mädchen, die ständig zu Gast bei Meachem sind. Über die Partys. Über die Männer, die daran teilnehmen. Über James Meachem selbst. Grace ist nicht nur hier, sondern auch in Palm Beach seine Nachbarin. Nachbarn wissen oft mehr, als man vermuten würde. Ich muss mich noch einmal mit ihr unterhalten. Allein.

Durch die Wand höre ich, wie Elena ihrer Tochter etwas vorsingt. Eine melancholische Melodie in Moll. Ich erkenne sie aus meiner Kindheit, auch wenn ich den Text vergessen habe. Meine Haut kribbelt, und fast höre ich die Stimme meiner Mutter. Das Weinen wird leiser und verstummt schließlich. Ich stelle mir vor, wie Isabel sich fest an die Brust ihrer Mutter drückt, und frage mich, ob sie das auch bei Adriana gemacht hat. Laut Elena hat ihre Schwester das kleine Mädchen abgöttisch geliebt. Vielleicht dachte sie, ein eigenes Kind wäre ein neuer Anfang, ein neues Leben. Vor allem, wenn der Vater des Babys einflussreich und wohlhabend ist. Doch genau deswegen könnte sie auch ermordet worden sein.

Über dem Bett hängt eine Pinnwand aus Kork, an der Fotos befestigt sind, ein abgerissenes Ticket, ein paar Visitenkarten. Ich betrachte die Fotos und erkenne Adriana sofort. Sie ist jemand, der alle überstrahlt. Ihr Lächeln ist breit und wohlgeformt, ihr Gesicht perfekt symmetrisch. Sie ist eine zartere Version ihrer Schwester, mit einem feineren Körperbau, hohen, geschwungenen Wangenknochen und großen, leuchtenden Augen. Ihre Haut hat einen warmen Braunton, ihre dichten, schwarzen Haare glänzen. Auf den meisten Bildern trägt sie sie offen und in der Mitte gescheitelt. Beim Lächeln hat sie Grübchen in den Wangen, was freundlich und einladend wirkt.

Ich stutze, beuge mich dichter zu der Pinnwand. Auf einem Foto sind Adriana und Elena zusammen am Strand. Das Meer ist ruhig, wie die Bay. Ich frage mich, ob sie da am Meschutt Beach in Hampton Bays waren, an dem ich als Kind oft mit meinen Eltern war. Ich erinnere mich an die Bojen im Wasser, die den Bereich markierten, in dem man sicher schwimmen konnte. Mein Vater nahm mich auf die Schultern und stapfte durch das Wasser bis zur Begrenzung. Meine Mutter sah uns winkend vom Strand aus zu und warf einen langen Schatten in den Sand.

Auf dem Foto stehen die Schwestern eingehakt an der Wasserlinie. Es scheint Spätsommer zu sein, das Licht ist blass und hell und lässt das Wasser glitzern. Adriana ist tief gebräunt. Sie lacht mit zurückgeworfenem Kopf und geschlossenen Augen. Die Haare sind zum Zopf gebunden, und einzelne Strähnen umrahmen ihr Gesicht. Sie ist glücklich. Glücklich und am Leben.

Sie sieht wie Elena aus, denke ich. *Und wie meine Mutter.*

Eine Erinnerung steigt schmerzhaft in mir auf. Meine Mutter hält mich an den Händen. Wir sind am Meschutt Beach und sammeln Muscheln. Mit einem befriedigenden Geräusch landen sie in einem Eimer, auf dem mein Name steht.

»Uno«, sagt meine Mutter und sieht mich aus ihren schwarzen Augen mit den dichten, wunderschönen Wimpern an. Wenn sie mich an sich drückt, kitzeln sie mich an der Wange.

Sie versucht, ernst zu sein, es gelingt ihr jedoch nicht. Wir lachen.

»Dos«, sage ich.

»Tres.« Bei drei wirbelt sie mich herum, dreht sich mit mir im Kreis, lässt mich parallel zum Boden fliegen. Unsere Hände sind ineinander verschränkt; wenn ich loslasse, falle ich auf den Sand und die Steinchen und die zerbrochenen Muscheln. Es wird wehtun. Ich lasse nicht los. Sie hält mich fest.

Ich kreische fröhlich, bis ihre Arme müde werden und sie aufhört. Lachend fallen wir in den Sand, rollen uns auf den Rücken und sehen in den strahlend blauen Himmel hinauf. Ihr Kopf neben meinem, unsere Brustkörbe heben und senken sich vor Erschöpfung und Gelächter.

Ich nehme das Bild von der Pinnwand und halte es ins Licht. Irgendwo habe ich Adriana schon mal gesehen. Oder? Meine Erinnerungen überlagern sich, wie Filmstreifen, die man miteinander vermischt. Habe ich sie tatsächlich schon mal irgendwo gesehen, oder schieben sich die Erinnerungen an meine Mutter dazwischen? Seit ich zu Hause bin, sehe ich meine Mutter überall. Wie sie in der Stadt eine Straße überquert. Am Strand entlangspaziert. Ich träume auch öfter von ihr als seit Jahren.

»Sie war hübsch«, sagt Lee hinter mir und erschreckt mich. »Furchtbar traurig, was?«

»Es ist immer traurig.« Meine Stimme klingt schärfer als beabsichtigt.

»Ich weiß. Ich wollte damit nicht sagen …«

»Ich weiß, was du gemeint hast.« Ich sehe wieder auf die Pinnwand. Als Lee gerade nicht hinschaut, lasse ich das Foto in der Tasche verschwinden. Mein Herz schlägt schnell. Warum war mein Vater hier? Hat er Adrianas Verschwinden vor seinem Tod mit dem Pine-Barrens-Fall in Verbindung gebracht? Und wenn ja, was hat er herausgefunden? Ich muss wissen, was er in Erfahrung gebracht hat. Ich muss sehen, was er gesehen hat. Hatte er dasselbe Gefühl wie ich? Dass Adriana etwas Vertrautes an sich hat, etwas, das ihn instinktiv angezogen hat?

Eine Visitenkarte ist am unteren Rand der Korkfläche angepinnt, ein kleines, schwarzes Rechteck, auf das in silberner Schrift »GC Chauffeurservice« gedruckt ist. Darunter steht kleiner eine Handynummer. Ich hole Latexhandschuhe aus meiner Tasche, streife sie über und entferne die Karte so vorsichtig wie möglich. Das Licht wird von dem Silberdruck zurückgeworfen, als ich sie in einen Beweismittelbeutel gleiten lasse.

Lee steht vor dem Schrank. Er dreht sich zu mir und lässt eine kleine weiße Handtasche an ihrer goldenen Umhängekette vom Finger baumeln. Die Vorderseite ist wattiert. »Schau mal. Chanel. Wie viel kostet so was wohl?«

»Zweitausend Dollar? Oder auch mehr.«

Lee zieht die Augenbrauen hoch. »Ich werde Frauen nie verstehen.«

»Da sind wir schon zu zweit.«

Ich bitte ihn beiseitezutreten und mustere den Schrankinhalt. Zwei Menschen scheinen hier zu leben. Die eine Hälfte der Kleidung passt zu einem Teenager. Jeans und T-Shirts stapeln sich locker gefaltet auf dem Boden. Sneaker liegen an der Rückwand, ein einzelner gefütterter Ugg-Boot in einer Ecke. Vor den Turnschuhen steht eine Reihe von High Heels mit schwindelerregend hohen Absätzen. Manche sind noch verpackt. Ich bücke mich, öffne eine Schachtel und ziehe aus dem dünnen Einschlagpapier einen Schuh mit Pfennigabsatz und roter Sohle ohne Kratzer. Der Absatz ist pfeilspitz und bestimmt zwölf Zentimeter lang.

»Nie getragen.«

»Ein Geschenk?«

»Vielleicht.« Ich sehe die Kleider durch, die im Schrank hängen. »Sie hatte viele richtig teure Klamotten. Die hätte sie sich sonst nie leisten können.«

»Sie hatte reiche Kunden.«

»Ja, offensichtlich.«

Ich ziehe einen Kleidersack von Bergdorf Goodman heraus und öffne den Reißverschluss. Ein weißes Cocktailkleid in Größe 32 kommt zum Vorschein, relativ hochgeschlossen, mit kurzen Ärmeln und einem locker fallenden Rock. So etwas tragen Frauen auf Fotos in Promimagazinen. Das Preisschild hängt noch am Ärmel. »Zweitausendzweihundert Dollar.«

Lee pfeift.

»Reiche Kunden mit exquisitem Geschmack. Ich wette, jemand hat es für sie ausgesucht. Ich kann mir nicht vorstellen, wie Adriana nach New York fährt und dort bei Bergdorf

Goodman shoppen geht. Und selbst wenn, dann hätte sie nicht dieses Kleid ausgewählt.« Ich halte ein Paar abgetragener Converse-Sneakers in die Höhe. »In ihrer Freizeit hat sie das getragen.«

»Wir können bei Bergdorf nach dem Käufer fragen.«

Ich nicke. »Ob sie wohl irgendwohin reisen wollte?«

»Wieso reisen?«

»Schau.« Ich deute auf das Label. »Das sind hauptsächlich Sachen aus einer Resort Collection.«

»Und was zum Teufel ist das?«

»Was reiche Frauen im Urlaub tragen. Leuchtende Farben, tropische Muster, Riemchensandalen.«

»Woher weißt du das?«

»Ich lese.«

Lee schnaubt. »Was denn, die *Vogue?* Ich hätte dich nicht für ein Modepüppchen gehalten, Flynn.«

Ich ignoriere ihn und hole eine weiße Seidenhose aus dem Schrank, die ich ihm hinhalte. »Das hier ist Resort-Mode. Es sieht aus, als wäre jemand zu Bergdorf marschiert und hätte eine gesamte Garderobe gekauft. Nicht nur Abendkleidung, sondern auch Sachen für den Tag. Ich sag's dir, sie plante wegzufahren. Irgendwohin, wo es teuer und exklusiv war. Mit jemandem, der wollte, dass sie in die Umgebung passte.«

»Oder vielleicht waren die Klamotten einfach für die Partys in den Hamptons gedacht.«

»Möglich«, gebe ich zu. »Ria Sandoval wurde immer von einem Giovanni Calabrese gefahren, richtig? Auch in der Nacht, in der sie verschwand?«

»Genau.«

»Er war auch Adrianas Fahrer. Nicht in der Nacht ihres

Verschwindens, aber davor. Ihre Schwester hat gesagt, dass sie von einem glatzköpfigen Mann in einem weißen Escalade abgeholt wurde. Das kann kein Zufall sein, oder? Ich glaube, wir sollten uns mal mit ihm unterhalten.«

»Das sollten wir, aber es wird warten müssen.« Lee hält sein Handy hoch. »Dorsey hat gesagt, dass wir uns mit ihm in der Gerichtsmedizin treffen sollen, wenn wir hier fertig sind. Die Presse hat sich schon auf den Fall gestürzt, und er muss eine Stellungnahme abgeben.«

»Okay. Packen wir alles ein, auch die Kleider.«

Lee nickt. Bevor ich ihm helfe, greife ich in meine Jackentasche, lege die Finger um das Foto.

Und da wird es mir klar. Ich habe Adriana tatsächlich schon mal gesehen. Sie sieht nicht nur meiner Mutter ähnlich. Sie ist eine der beiden jungen Frauen auf dem Polaroidbild, das ich im Schreibtisch der Wohnung von Maria Cruz gefunden habe.

Zehn

Die Fahrt von Riverhead nach Hauppauge dauert ungefähr fünfunddreißig Minuten. Zu dieser Tageszeit fließt der meiste Verkehr aus der Stadt heraus, nicht auf sie zu. Beim Einsteigen beschließe ich, mich abzuseilen. Ich will noch einmal mit Grace Bishop sprechen, die in dem Moment dichtgemacht hat, als Lee aufgetaucht ist. Sie traut niemandem vom SCPD, und langsam verstehe ich den Grund. Außerdem will ich das Motorrad meines Vaters abholen und sein Büro durchsuchen, ohne dass Lee mir über die Schulter schaut.

»Kannst du mich an der Main Street bei meinem Truck absetzen? Wir treffen uns dann bei der Gerichtsmedizin.«

»Klar. Fährst du mir hinterher?«

»Ich muss noch was erledigen, fahr du voraus. Ich will dich nicht aufhalten.«

»Liegt es auf dem Weg? Ich will nicht, dass Milkowski ohne dich anfängt.«

Ich seufze. Lee wird nicht so leicht abzuschütteln sein wie gedacht. Und den Bericht der Gerichtsmedizinerin will ich natürlich auch nicht verpassen. Meine private Ermittlung wird warten müssen. »Ja«, antworte ich daher, »es liegt auf dem Weg. Ich muss nur schnell beim Abschlepphof vorbeischauen und ein paar Formulare wegen des Bikes meines Vaters unterschreiben. Das dauert nur ein paar Minuten.«

Er sieht auf die Uhr und nickt mir dann knapp zu. »Okay, gut. Kein Problem. Das können wir gemeinsam erledigen und dann zur Gerichtsmedizin fahren.«

Fünfzehn Minuten später biegen wir in den Abschlepphof in Westhampton ein. Ich stelle den Truck ab, Lee parkt daneben und lässt das Fenster herunter.

»Soll ich mitkommen?«

»Nein, bleib nur, ich bin in ein paar Minuten wieder da.« Ich schließe den Truck hinter mir ab. Vor allem nach dem Gespräch mit Elena Marques habe ich das immer stärker werdende Gefühl, dass irgendwas seltsam am Tod meines Vaters ist. Ich sehe seine Asche im Wind vor mir. Für eine Autopsie ist es zu spät, aber nicht, um das Motorrad genauer unter die Lupe zu nehmen.

Cole kommt nach draußen, um mich zu begrüßen. Er sieht immer noch aus wie in meiner Erinnerung: stämmig und mit rotem Gesicht, fleischigen Händen und einem Pferdeschwanz. Sein Bart ist um einiges länger als früher und von grauen Strähnen durchzogen. Auf der Weihnachtsfeier des SCPD hat er sich immer als Weihnachtsmann verkleidet, damit die Kinder auf seinem Schoß sitzen und ein Foto von sich schießen lassen konnten.

»Hey, Cole!«, rufe ich und versuche, fröhlich zu klingen.

»Hey, Nell.« Er umarmt mich und lächelt, als er wieder zurückweicht. »Du siehst gut aus, Mädchen. Ein paar Pizzas könntest du wahrscheinlich vertragen, aber du siehst gut aus.«

»Du auch.«

Er lacht. »Das ist das erste Jahr, dass ich mir an Weihnachten keinen Bart ankleben muss. Finde ich gut. Das Ding hat furchtbar gejuckt.«

»Du warst immer toll als Weihnachtsmann.«

Er droht mir spielerisch mit dem Finger. »Du warst als Kind immer so eine kleine Klugscheißerin. Hast dich auf meinen Schoß gesetzt, mir in die Augen gesehen und gesagt: ›Hallo, Cole‹, um mich wissen zu lassen, dass du ganz genau Bescheid weißt.«

Ich lächele. »Du, ich will nicht hetzen, aber Lee Davis wartet auf mich, weshalb ich nicht lange bleiben kann.«

Cole zieht die Augenbrauen hoch. »Lee Davis? Er war der Partner deines Dads, nicht wahr?«

»Ja.«

»Netter Kerl. Ist er verheiratet?«

»Nein.« Ich halte inne, dann verstehe ich, worauf Cole hinauswill. »Nein, nein, so war das nicht gemeint. Ich helfe ihm bei einem Fall. Wir sind alte Freunde.«

»Mhm.«

»Im Ernst, Cole. Alles rein beruflich.«

»Klar, natürlich. Komm mit, ich zeige dir das Bike.«

Wir gehen an aufgereihten Autos vorbei. Manche warten nur darauf, zum Schrottplatz gebracht zu werden. Andere sind in gutem Zustand und werden entweder von den Besitzern abgeholt oder ins kriminaltechnische Labor transportiert, wenn sie Teil laufender Ermittlungen sind.

Am Ende der Reihe, hinter einem rostigen Haufen Metall, der schon mehr als ein Gewitter im Freien hinter sich zu haben scheint, liegen die traurigen Überreste der Harley-Davidson Road King meines Vaters.

»Da wären wir.« Cole zuckt mit den Schultern. »Keine Ahnung, was dein Dad in der Nacht getrieben hat, als er gestorben ist, aber bei diesem Schaden muss er mindestens achtzig, neunzig Meilen die Stunde gefahren sein.«

»Ja, oder die Bremsen haben vielleicht versagt.«

»Daran habe ich auch gedacht. Hör zu, ich lasse es gern rüber ins Kriminallabor bringen, damit es ordentlich untersucht wird. Sie ziehen es bestimmt vor, weil es um deinen Vater geht.«

»Nein.« Ich schüttele den Kopf. »Nicht das Labor.«

Cole runzelt die Stirn. »Ganz sicher?«

Ich presse fest die Lippen aufeinander und überlege, was ich ihm antworten kann. Ich will nicht, dass das Motorrad ins Labor kommt, aber Cole soll auch nicht misstrauisch werden. »Unter uns gesagt, ich habe mir ein bisschen Sorgen um meinen Dad gemacht«, erkläre ich schließlich. »Du weißt schon, psychisch. Er war ziemlich deprimiert. Ich habe gehört, dass er mit jemandem zusammen war und sie ihn verlassen hat.«

Cole macht große Augen. »Sag bloß.«

»Ja. Deshalb frage ich mich, ob er sich das nicht vielleicht selbst angetan hat. Ganz unmöglich ist es wohl nicht. Ich würde es gern sicher wissen, um mit allem abschließen zu können.«

»Natürlich, das verstehe ich. Soll sich mein Bruder das Bike mal ansehen? Ty hat ein Händchen für so was.«

Ich nicke erleichtert. »Das ist eine super Idee. Dad hat Ty immer seine Motorräder anvertraut. Meinst du, es macht ihm was aus?«

»Überhaupt nicht. Ty hat große Stücke auf deinen Dad

gehalten. Und er kennt sich aus mit Bikes, so viel steht fest. Ich sage ihm, dass er es heute holen soll.«

»Meinst du, das könnte unter uns bleiben? Ich möchte auf keinen Fall, dass Dorsey und die Jungs das erfahren. Sie wären am Boden zerstört.«

»Kein Thema.« Cole macht eine Geste, als würde er den Mund mit einem Reißverschluss verschließen. »Außer uns dreien erfährt keiner was, versprochen.«

»Danke, Cole. Ich weiß deine Hilfe wirklich zu schätzen.«

Ich umarme ihn zum Abschied und gehe zurück zum Truck. Mustere ihn und schlucke angestrengt. Er ist zwar von einer dichten Staubschicht überzogen, doch im Sonnenlicht ist er ganz eindeutig dunkelrot.

Ich klopfe an Lees Fenster und bedeute ihm, dass wir fahren können. Er lässt es herunter.

»Alles in Ordnung?« Er hört einen Radiosender mit Oldies, den er rasch abschaltet. Er lächelt mir freundlich zu, und einen Moment habe ich ein schlechtes Gewissen. Ich denke nicht, dass er mich in dieses Chaos mit hineingezogen hätte, wenn er auch nur den Hauch eines Verdachts hinsichtlich des Todes meines Vaters gehabt hätte. So durchtrieben scheint er nicht zu sein. Andererseits wurde er vielleicht genau deshalb losgeschickt. Um auf mich aufzupassen, bis ich wieder von hier verschwinde.

»Ja, tut mir leid, dass es länger gedauert hat. Der Papierkram, du weißt schon.«

Er nickt und lässt den Motor an. »Schön, dass jetzt alles geregelt ist. Dann fahren wir mal zur Gerichtsmedizin. Folge mir einfach.«

Wir rollen in einem angenehmen Tempo über den Highway, kommen erst an Pine Barrens vorbei, wo man Rias Leiche gefunden hat, und dann Yaphank, wo sich das Hauptquartier des SCPD befindet. Danach verschwimmen magere Kiefern und Abfahrten zu Ortschaften miteinander, deren Namen ich schon lange vergessen habe. Als ich jung war, liebte ich die fremd klingenden, mystischen Namen. Sie erinnerten mich daran, dass es hier einmal wunderschön war, eine Landschaft voller Seen und Wälder und wilder Tiere. Jetzt reihen sich Einkaufszentren und Tankstellen und staubige Ladenfronten aneinander. Ronkonkoma leitet sich von dem Algonquin-Wort für »Grenzsee« ab. Copiague heißt »Ort, an dem man Schutz findet«. Hauppauge, unser Ziel, bedeutet »Süßwasserland«. Zumindest sagt das das verblasste Schild, an dem wir auf dem Weg in die Stadt vorbeikommen.

Die Gerichtsmedizin ist in einem altmodischen weißen Bürogebäude neben dem Highway untergebracht, hinter ein paar kargen Bäumen und einem kümmerlichen Grasstreifen. Auf dem Parkplatz stehen ein paar Autos. Wenn ich raten müsste, hätte ich gesagt, dass hier eine Firma gerade Konkurs angemeldet hat. Es ist irgendwie pervers, dass man forensische Pathologen zwingt, ihre Arbeit an einem so toten Ort auszuüben. In New York haben die Gerichtsmediziner wenigstens die dicht bevölkerten Gehsteige um sich herum, die hupenden Taxis und dic überfüllten U-Bahnen. Hier hört man nur das leise Rauschen der vorbeifahrenden Autos und das Quaken der Gänse, die am Himmel vorüberziehen.

Ein Regentropfen landet auf meiner Schulter, als ich aus dem Truck steige. Die Luft ist schwer und feucht. In der Ferne donnert es.

»Das war's mit unserem Tatort.« Lee seufzt, schlägt die Wagentür hinter sich zu und bedeutet mir, ihm zu folgen.

Gerade als wir das Gebäude betreten, öffnet der Himmel seine Schleusen. Wir durchqueren die Drehtür und melden uns am Empfang bei einem gelangweilt wirkenden Sicherheitsbeamten an, der blicklos auf unsere Ausweise starrt. Wir kritzeln unsere Namen in ein Besucherbuch; meine Unterschrift besteht aus einem N und einem langen Strich. Lee nickt dem Mann zu, der uns mit einer Zugangskarte durch das Drehkreuz lässt.

Lee führt mich durch ein Labyrinth aus Gängen. Das Neonlicht lässt jeden kränklich aussehen. Ich bin froh, dass ich nicht in einem Bürogebäude arbeite, vor allem nicht einem wie diesem. Natürlich habe ich ein Büro, aber ich benutze es selten. Meistens bin ich unterwegs und ermittle vor Ort in meinen Fällen, wohne in Motels und habe nur meinen Laptop und einen Koffer dabei. Gelegentlich tauche ich in dem jeweiligen Loch von Konferenzraum auf, den uns die örtlichen Polizeibehörden widerwillig für die Ermittlungen zur Verfügung gestellt haben. Aber ich beschwere mich nicht, auch wenn das jetzt vielleicht so klingt. Ich mag es, viel herumzukommen. Mir gefällt das einsame Arbeiten in eingeschränkter räumlicher Umgebung an immer neuen Orten. Da fühle ich mich lebendig, das Adrenalin pumpt durch meine Adern. Die Vorstellung, jeden Tag ins selbe Gebäude gehen zu müssen, mein Auto auf demselben Parkplatz abzustellen, mit denselben Leuten im Aufzug zu fahren, in der Cafeteria jeden Tag dasselbe Mittagessen zu bestellen, lässt mich schaudern. In so einem Job würde ich es wahrscheinlich gerade mal eine Woche aushalten. Mein Vater hätte noch früher das Handtuch geschmissen.

Lee kennt entweder jeden bei der Gerichtsmedizin, oder er ist so jemand, der allen Leuten freundlich im Vorübergehen zunickt. Ich beneide ihn um seine gute Laune, finde sie aber auch ein wenig irritierend. Die meisten Cops bei der Mordkommission haben eine düstere Weltsicht. Den wenigen Menschen, die sie in ihren illustren Kreis lassen, stehen sie unverrückbar loyal gegenüber, allen anderen begegnen sie mit Misstrauen. Vielleicht arbeitet Lee noch nicht lange genug bei der Mordkommission, um den Glauben an die Menschheit verloren zu haben. Oder vielleicht gibt es einfach so unerschütterlich positive Leute, und Lee gehört dazu. Auf jeden Fall kann ich mir ihn und meinen Vater nur schwer als Partner vorstellen, aneinander gebunden wie Oscar und Felix aus *Ein seltsames Paar*. Ich weiß nicht, wer den anderen mehr auf die Palme gebracht hatte.

Im Aufzug ins Untergeschoss summt Lee zu der Musik mit, die blechern aus dem Lautsprecher über uns dringt, eine Instrumentalversion von »Every Breath You Take«.

»Du weißt, dass es in dem Song um einen Stalker geht, oder?«

»Er ist von Police.« Er lacht. »Ein Klassiker. Komm schon, Flynn. Magst du etwa kein Karaoke? Das ist mein Song.«

»Ist nicht so meins.«

»I'll be watching you«, antwortet Lee und deutet mit dem Finger auf mich, als wäre dieser ein Pistolenlauf. Mir ist nicht klar, ob er herumalbert, es ironisch meint oder vielleicht doch ein wenig drohend. Ich beiße die Zähne zusammen. Er geht mir allmählich auf die Nerven.

»Wenn wir das hier erledigt haben, könnte ich ja einen Blick ins Büro deines Vaters werfen?«, fragt Lee. Die Aufzugtüren öffnen sich. Ohne eine Antwort dränge ich mich an ihm vorbei in den Gang, auch wenn ich nicht weiß, in welche Richtung ich gehen muss.

»Hey, mach langsam, Kleine. Wir müssen hier rein.« Lee deutet auf eine Stahltür gegenüber dem Aufzug mit einem Schild und der Aufschrift »Obduktionsraum 1«.

»Bitte nenn mich nicht so.«

»Wie?«

»Kleine. Ich bin achtundzwanzig, verdammt noch mal.«

Lee hebt die Hände. »Sorry«, sagt er leise. »Nell. Hab's kapiert.«

Er wirkt verletzt, und es ist mir peinlich, dass ich ihn so angefahren habe. Er öffnet die Tür und lässt mir den Vortritt. »Danke«, murmele ich im Vorbeigehen. Er nickt schweigend.

In meiner Zeit beim FBI habe ich oft mit Pathologen und Gerichtsmedizinern und Technikern in Kriminallaboren gesprochen. Bei Autopsien bin ich allerdings selten dabei. Wenn meine Einheit hinzugezogen wird, sind die Leichen kalt. Und selbst wenn es während der Ermittlungen weitere Todesfälle gibt, lassen wir die örtliche Polizei und die Forensiker ihren Job übernehmen und halten uns zurück. Erst nach der Autopsie machen wir uns dann breit.

Lee war wahrscheinlich bei mehr Obduktionen als ich. Es muss immer jemand dabei sein, der auch schon am Tatort war, um zu bestätigen, dass die Leiche auf dem Seziertisch die richtige ist. Diese Drecksarbeit wird normalerweise Neulingen und Idioten übertragen; die älteren Detectives warten einfach auf den Bericht des Gerichtsmediziners. Nachdem Lee irgendwie ein bisschen von beidem ist, hat er einen Obduktionssaal sicher schon oft genug von innen gesehen.

Egal, wie oft man Autopsien mitangesehen hat, man stumpft nicht richtig ab. Diese hier nimmt mich besonders mit. Vielleicht weil Adriana meiner Mutter so ähnlich sieht. Oder weil ich weiß, dass mein Vater in den Fall verwickelt war – möglicherweise viel persönlicher, als kein anderer außer mir vermutet. Auf jeden Fall vibriert jeder Nerv in meinem Körper wie unter Strom. Beim Betreten des Raums wird mir übel. Ich vergrabe die Nase im Ausschnitt meines Pullovers und versuche, den Würgereiz zu unterdrücken.

Den Geruch nimmt man als Erstes wahr, diese einzigartige Mischung aus Tod und Desinfektionsmitteln, bei der sich selbst der eisernste Magen umdreht. Die Obduktionsräume sind meistens düster und ohne Fenster und werden nur von unbarmherzigem künstlichem Licht erhellt. Auf dem Boden und in den Waschbecken sind oft Flecken, die man besser nicht beachtet, aber auch nicht ignorieren kann. Die Tische haben einen Profilrand und einen Abfluss. An einer Wand ist unter einem Abzug ein Arbeitsplatz aus rostfreiem Stahl für die Untersuchung von Gewebe unter dem Mikroskop eingerichtet. In den größeren und modernen Einrichtungen, wie sie Nikki Prentice in New York leitet, gibt es dafür eigene histopathologische Räume. Ich habe schon schlechter ausgestattete gerichtsmedizinische Institute gesehen, aber das hier ist definitiv am unteren Ende des Spektrums. Der Raum ist klein und schlecht belüftet und verfügt nicht über die moderne Technik, die ich von anderen Einrichtungen gewohnt bin, wie zum Beispiel digitale Bildgebung und Videokonferenzen. Über uns tropft es aus einem unsichtbaren Spalt in der Decke, es klingt wie ein Metronom. Ich frage mich, wann hier das letzte Mal Geld reingesteckt worden ist.

Die Geräusche begleiten einen noch lange. Das Jaulen und Sirren der Bohrer, wie sie sich durch Fleisch und Knochen arbeiten. Dazu die Musik. Viele Pathologinnen und Pathologen hören bei der Arbeit Musik. In New York kenne ich einen, der Salsa liebt; ein anderer in Key West hört Jimmy Buffetts »Son Of A Son Of A Sailor« in Dauerschleife. Ich verstehe, dass es an ihrem Job liegt. Ich verstehe auch, dass Musik für einige die düstere Umgebung aufheitert oder wenigstens das Jaulen der Knochensägen übertönt. Ich erlebe es allerdings als kognitive Dissonanz, die mich bis ins Mark erschüttert. Seit dem Fall in Key West kann ich »Cheeseburger In Paradise« nicht mehr hören, ohne mich übergeben zu wollen.

Milkowski hört Klassik, die »Mondscheinsonate«, was wenigstens angemessen ernst ist. In der Ecke des Raums steht ein kleiner Lautsprecher, und die Musik ist neben unseren Schritten auf dem Fliesenboden kaum wahrzunehmen. Milkowski trägt einen weißen Laborkittel, Latexhandschuhe und eine Maske über Mund und Nase. Als wir eintreten, steht sie gerade auf einem Hocker, um einen besseren Blick auf die Brust der Toten zu haben. In der Hand hält sie eine kleine Säge.

Sie entdeckt uns an der Tür. »Detectives, kommen Sie rein. Ich habe mich schon gefragt, wann Sie wohl hier sein würden.«

»Tut mir leid, dass wir so spät dran sind. Wir mussten auf dem Weg noch etwas erledigen«, antwortet Lee ohne genauere Erklärung.

Milkowski zieht den Mundschutz herunter und lächelt knapp. »Kein Problem. Ich mache hier gerade alles fertig.«

»Gute Arbeit mit der Identifizierung der Leiche«, sagt Lee. Er hält die DNA-Probe hoch, die er von Elena genommen hat. »Wir haben bei der Schwester noch einen Abstrich gemacht, um ganz sicherzugehen.«

»Legen Sie ihn da rüber.« Milkowski deutet auf eine glänzende Arbeitsfläche, die aussieht, als sei sie gerade gereinigt worden. Sie sieht uns erwartungsvoll an, bis wir uns zu ihr an den Seziertisch stellen.

»Adriana Marques, weiblich, achtzehn Jahre. Einen Meter siebzig groß, ungefähr vierundfünfzig Kilogramm. Vor zwei Jahren hatte sie sich den Kiefer gebrochen, daher die Metallplatte. Sie war jung, hatte aber kein leichtes Leben.« Sie deutet auf den Schädel. »Hier sehen Sie eine verheilte Haarfraktur. Ihr rechter Zeigefinger war an zwei Stellen gebrochen und ist nicht richtig verheilt. Beide Verletzungen sind alt und haben nichts mit der Todesursache zu tun.«

»Und was ist die Todesursache?«

»Ein Schuss aus nächster Nähe in die Stirn. Sauber und gut platziert. Sie war sofort tot.«

»Klingt professionell.«

»Wer auch immer sie getötet hat, kennt sich mit Waffen aus. Ein weniger erfahrener Schütze hätte auf den Leib gezielt. Ich würde auch vermuten, dass das Opfer den Täter kannte oder ihm genug vertraut hat, um ihn näher kommen zu lassen. Man schießt niemandem in den Kopf, außer man ist nahe genug, um sein Ziel nicht zu verfehlen.«

»Vielleicht war es ein Freier«, sage ich. »Jemand, den sie gekannt oder regelmäßig getroffen hat. Dem sie vertraut hat.« Ich verschweige, dass es mein Vater gewesen sein könnte.

»Oder ein Freund oder Familienmitglied«, fügt Lee hinzu.

»Wir wissen, dass ihr Ex-Freund Verbindungen zu den Maras hatte.«

»Hat sie Abwehrverletzungen?« Ich kann den Blick nicht von der zerstückelten Leiche abwenden. Man hat die Körperteile aneinandergelegt wie eine Barbiepuppe, die ein Kind auseinandergerissen und nicht gewusst hat, wie es sie wieder zusammensetzen soll. Ich habe schon früher zerteilte Leichen gesehen, aber noch nie eine mit allen Gliedmaßen an ihrem Platz. Normalerweise zerstückelt man eine Leiche, um die einzelnen Körperteile verschwinden zu lassen und damit das Risiko der Identifizierung zu verringern. Warum sollte sich jemand die Mühe machen, Arme und Beine abzuhacken und dann trotzdem den gesamten Körper als säuberlich eingewickeltes Paket in einem flachen Grab in einer gut besuchten öffentlichen Anlage zu verstecken?

»Ich habe keine gefunden. Sie hat lange, künstliche Fingernägel, die schnell abbrechen. Sie sind alle intakt. Wenn sie in einen Kampf verwickelt gewesen wäre, müsste mindestens ein Nagel abgebrochen sein. Es gibt auch keine Anzeichen für sexuelle Gewalt, auch wenn das bei dem Grad der Verwesung schwer zu bestimmen ist.«

»Wenn sie nicht sexuell misshandelt wurde und es keinen Kampf gab, warum waren dann ihre Handgelenke zusammengebunden?«

Milkowski nickt. »Guter Punkt. Auch ihre Fußgelenke waren übrigens zusammengebunden. Als man die Leiche gefunden hat, war die Schnur gerissen, aber wir haben Überreste am Tatort gefunden, und die Haut weist an den Knöcheln Male auf, die zu einer festgezogenen Schnur passen.«

Ich schüttele den Kopf. »Das ergibt keinen Sinn. Wer lässt freiwillig zu, an Händen und Füßen gefesselt zu werden?«

»Eine Nutte?«, sagt Lee.

Ich werfe ihm einen bösen Blick zu.

»Entschuldigung«, antwortet er rasch. *»Sexarbeiterin.«*

»Ich habe eher daran gedacht, dass sie bewusstlos gewesen sein könnte«, erwidere ich kalt und drehe mich wieder zu Milkowski.

Sie schüttelt den Kopf. »Sie wurde erst post mortem gefesselt.«

»Wirklich? Aber warum?«

»Ich weiß es nicht. Hand- und Fußgelenke weisen Abschürfungen auf, aber keine Blutung.«

Ich schließe die Augen. Eine Erinnerung steigt in mir auf. Mein Vater und ich stehen in der Kälte. Es ist dunkel, die Sterne leuchten über uns. Auf dem Boden liegt frischer, nasser Schnee. Einer meiner Stiefel hat ein Loch in der Sohle. Ich spüre, wie die kalte Nässe meinen dicken Wollsocken durchdringt und bis zu meinem Knöchel hinaufwandert. Mein Fuß wird taub. Ich verlagere das Gewicht, versuche, mir Erleichterung zu verschaffen. Es hilft nichts. Flocken wirbeln herum, doch es hat aufgehört zu schneien. In der Luft liegt ein würziger Geruch nach Balsam und Kiefernnadeln. Mein Atem gefriert vor meinem Gesicht.

»Die hier«, sagt Dad. Er deutet auf eine kleine Tanne, die so breit wie hoch ist. Über uns ziehen Wolken am Mond vorbei. Die Sterne sind kleine Lichtpunkte in einem Meer aus Dunkelheit. »Nell, was meinst du?«

Ich zögere. Ich liebe den Baum. Ich will ihn haben. Sehe ihn vor mir mit dem Stern auf der Spitze, wie er die Ecke unseres Wohnzimmers erleuchtet. Seit Pops Tod hatten wir keinen Baum mehr. Das ist zwei Jahre her. Zwei Weihnachten mit ein paar kleinen Geschenken, die in Zeitungspapier eingewickelt waren und beim Frühstück auf meinem Stuhl auf mich warteten. Zwei Jahre, in denen der Baumschmuck in dem Erdkeller unter unserem Haus Staub angesetzt hat. Zwei Jahre mit Abendessen vor dem Fernseher auf Aluminiumtabletts und einem schnell gekauften Pie aus dem Supermarkt. Ich vermisse die roten Weihnachtssterne, die meine Mutter aus Filz gebastelt hat. Ich vermisse es, Popcorn mit ihr zu machen, das wir dann auffädeln und über die Äste drapieren. Ich vermisse den Geruch nach Schinken aus dem Ofen und das Gefühl meiner Finger in dem Teig, den sie ausgerollt und wie durch ein Wunder in eine Piekruste verwandelt hat.

Ich will den Baum.

Aber ich sehe die Axt in den Händen meines Vaters und den ungeduldigen Blick des Gärtnereibesitzers. Der Baum ist gerade mal so groß wie ich. Er sollte noch wachsen. Die Zweige sind grün, kein verblasstes Blaugrau wie bei einigen anderen größeren Bäumen, die schon langsam ihre Kraft verlieren. Ich weiß, dass ihn jemand schlagen wird. Wahrscheinlich noch in diesem Jahr. Aber das muss nicht ich sein.

Ich schüttele den Kopf. »Einen größeren.«

Als wir an ihm vorbeigegangen sind, sehe ich mich zu dem kleinen Baum um. Die Zweige biegen sich nach oben, wie bei einer Pagode. Als ob er nur für mich lächeln würde.

Wir entscheiden uns für einen älteren, größeren Baum. Er ist schlank, mit langen, weniger beeindruckenden Ästen, einer von Hunderten in dieser Gärtnerei, einer von Tausenden auf Long Island. Deshalb wähle ich ihn aus. Er ist nicht besonders. Man wird ihn nicht vermissen.

Mein Vater fällt den Baum. Der erste kraftvolle Hieb der Axt lässt die Zweige vibrieren. Kiefernnadeln regnen auf den Boden. Erst nach einigen weiteren Schlägen gibt der Baum nach. Mein Magen macht einen Satz. Der Gärtner hält den Baum, während Dad die Zweige mit Schnur umwickelt. Gemeinsam schlagen sie ihn in Jute ein. Dad trägt ihn selbst auf der Schulter. Seine Schritte sind lang und zielstrebig. Ich versuche, von Fußabdruck zu Fußabdruck zu hüpfen und selbst keine Spuren zu hinterlassen.

»So bindet man Bäume zusammen«, sage ich schließlich. »Man fixiert erst die Äste, um dann alles besser einwickeln zu können.«

»Alfonso Morales.« Wir drehen uns um, als Glenn Dorseys Stimme erklingt. Das Treffen auf seinem Boot, um die Asche meines Vaters zu verstreuen, scheint unendlich lange her zu sein. »Er war den ganzen August bei dem Dünensanierungsprojekt im Shinnecock County Park beschäftigt. Die Preservation Society hat es mir bestätigt. Ich sage es euch, das ist unser Mann.«

Lee nickt. »Ich wusste es.«

»Ein paar Dinge wären da noch«, schaltet sich Milkowski mit leicht scharfem Unterton ein, wie eine Lehrerin, die die Aufmerksamkeit ihrer Schüler auf sich lenken will. »Erstens, das Opfer wurde wiederholt in den Bauch geschlagen, ebenfalls post mortem. Mit einem hölzernen Gegenstand. Wir konnten ein paar Splitter sichern und sie ins Labor zur Analyse schicken.«

»Ein Baseballschläger vielleicht?«, fragt Lee.

»Dünner. Eher so etwas wie ein Besenstiel.«

»Oder ein Rechen«, bemerke ich.

Milkowski nickt. »Ja, ein Rechen könnte es gewesen sein. Ein Baseballschläger hätte mehr Schaden verursacht. Ich finde das Detail wichtig, weil der Täter sehr wütend gewesen sein muss, wenn er nach dem Tod auf die Leiche eingeschlagen hat. Vielleicht ein Verbrechen aus Leidenschaft.«

»War sie schwanger?«, frage ich. Alle drehen sich zu mir und starren mich an.

Milkowski hebt die Augenbrauen. »Wenn sie es war, dann erst ein paar Wochen. Ich kann ein paar Tests machen.«

»Ja, das wäre gut.«

»Wieso denkst du, dass sie schwanger war?«, will Lee wissen.

Ich zucke mit den Schultern. »Nur so ein Bauchgefühl.«

»Wir haben auch Spuren von Zigarettenasche auf der Leiche gefunden«, fährt Milkowski fort. »Wir suchen also nach einem Raucher.«

»Lässt sich die Marke oder etwas anderes herausfinden?«

»Ich bezweifle es, aber warten wir ab, was das Labor sagt.«

»Morales qualmt wie ein verdammter Schlot«, sagt Lee.

»Noch etwas?«, frage ich.

»Vom Eintrittswinkel der Wunde her würde ich sagen, dass der Schütze ein Stück größer war als Ms. Marques. Und Linkshänder.«

»Sie sagten, sie war etwa einen Meter siebzig groß?«

»Genau. Ich würde sagen, wir suchen nach jemandem zwischen einem Meter siebzig und ein bisschen über einem Meter achtzig.«

»Wie groß ist Morales? Wissen wir, ob er Rechts- oder Linkshänder ist?«

Niemand antwortet. Milkowski öffnet den Mund, doch Dorsey ist schneller.

»Uns läuft die Zeit davon«, sagt er. »Die Medien berichten nur noch darüber. Wir dürfen diesen Kerl nicht schon wieder davonkommen lassen.«

»Wie gehen wir weiter vor, Chief?«

»Fahren wir zurück zum Revier. Wir haben einen Ermittlungsraum eingerichtet. Setzen wir uns dort zusammen.«

Ich warte, bis die beiden Männer nach draußen gegangen sind, dann gebe ich Milkowski meine Visitenkarte.

»Ich glaube«, sage ich leise, »Sie waren noch nicht ganz fertig.«

Sie zuckt knapp mit den Schultern. »Die beiden haben es eilig.«

»Rufen Sie mich gern an, wenn Sie mit mir reden wollen. Meine Handynummer steht hier drauf.«

Sie nickt und schiebt die Visitenkarte in ihre Tasche. »Ich versuche herauszufinden, ob sie schwanger war, versprochen«, antwortet sie. »Aber vielleicht ist es auch nicht möglich.«

»Tun Sie, was Sie können.« Wir tauschen einen Blick, als würden wir einen stummen Pakt schließen. Ich eile nach draußen und den Gang entlang, bis ich die Männer eingeholt habe.

Auf dem Parkplatz klopft Dorsey Lee auf die Schulter. »Wenn du den Fall schnell abschließt, mein Junge, bist du ein Held. Es wäre ein großer Erfolg für das Department. Und für dich.«

»Ich gebe mein Bestes, Chief.«

»Wirklich schade, dass wir letzten Sommer nicht genug gegen Morales in der Hand hatten.«

»Nicht genug, um ihm etwas anhaben zu können.«

Dorsey macht ein unzufriedenes Geräusch und holt eine Dose Skoal-Kautabak aus der Tasche. Doch er nimmt keine Prise heraus, sondern umklammert die Dose mit der Faust, als wolle er sich daran festhalten. Seit zehn Jahren versucht er mit dem Kautabak aufzuhören – seit ich von der Insel weggezogen bin. Viel Fortschritt scheint er nicht gemacht zu haben.

»Nun, sorg dieses Mal dafür.« Er schüttelt den Kopf. »Eine verdammte Schande, das mit dem Mädchen. Das hätte nicht passieren dürfen.«

»Sollen wir Morales gleich holen?«

»Besorgen wir uns erst einen Haftbefehl. Wir machen es ordentlich.«

»Du glaubst, wir haben einen hinreichenden Verdacht?«

»Ich rufe Richter Mahoney an. Er ist ein guter Mann und wird uns keine Steine in den Weg legen. Er weiß, womit wir es hier zu tun haben, und er sieht, was diese Leute unserer Gemeinschaft antun.« Er klopft gegen die Seite von Lees Streifenwagen. »Wir sehen uns auf dem Revier.«

Elf

In einem der beiden Konferenzräume des SCPD-Hauptquartiers hat man eine Ermittlungszentrale eingerichtet. Zwei Whiteboards stehen nebeneinander an der Stirnseite des Raums. Auf einem steht »PINE BARRENS (Ria Sandoval)«, auf dem anderen »SHINNECOCK COUNTY PARK (Adriana Marques)«. Fotos sind darauf befestigt, und wenn man die Augen zusammenkneift, sind die Opfer – beide jung, schlank, hübsch – nicht voneinander zu unterschieden. Sie haben dasselbe Alter, dasselbe Gewicht, dieselbe Größe. Dasselbe lange schwarze Haar und das breite Glamour-Girl-Lächeln. Dieselbe olivfarbene Haut und die strahlenden dunklen Augen. Auch die Tatorte sind fast identisch. Adrianas und Rias Leichen ähneln sich – beide sind mit Schnur zusammengebunden und in Jute gewickelt. Beide Grabstätten liegen in Naturschutzgebieten und haben dieselbe verlassene, unheimliche Atmosphäre. Beide sind an einem heißen Freitag im Sommer verschwunden, fast auf den Tag genau ein Jahr auseinander. Manche sagen, dass erst drei oder mehr einzelne Morde einen Serienkiller ausmachen. Aber wenn das hier nicht die Arbeit eines sorgfältigen, überlegten und erfahrenen Serienmörders ist, dann weiß ich auch nicht.

Und wahrscheinlich gibt es noch mehr Leichen.

»Keine Fehler«, sage ich laut und an niemand Bestimmten gerichtet.

»Was hast du gesagt?«, fragt Lee.

»Der Sandoval-Mord war so sauber. Ein Schuss in den Kopf, die Zerstückelung, die Präsentation. Die Stelle ist perfekt: ein flaches Grab an einem entlegenen Ort, wo es wahrscheinlich nicht entdeckt wird. Einen Monat später, und die Leiche wäre zu stark verwest gewesen, um noch erkannt werden zu können. Deshalb denke ich, dass Sandoval nicht das erste Opfer war.«

»Es gibt also noch andere.«

»Ich würde es vermuten. Hast du nach offenen Fällen mit ähnlichen Vorgehensweisen gesucht?«

»Ja, wir sind so weit zurückgegangen wie möglich. Nichts im Dreistaatengebiet.«

»Ihr solltet die Suche ausweiten. Vielleicht ist der Mörder erst kürzlich hierhergezogen.«

»Ein Immigrant.«

»Das habe ich nicht gesagt.«

»Vielleicht haben wir seine früheren Opfer bisher einfach nicht gefunden.«

»Möglich.«

Mir fällt ein Foto ins Auge. Ich trete näher an das Whiteboard. Mein Atem geht schneller.

»Lee.«

»Was?«

»Schau.« Ich deute auf die Stelle. Das Foto zeigt Ria Sandovals Grab in Pine Barrens, die eingewickelte Leiche liegt noch darin. Doch ich will auf etwas am Bildrand hinaus, einen kleinen Haufen aufgestapelter Steine, den man leicht übersehen kann.

»Verdammte Scheiße.«

»Hat jemand eine Lupe?«

»Moment.« Lee dreht sich um. »Donnelly«, befiehlt er einem jungen Officer, der gerade auf dem Flur vorbeigeht. »Hol uns sofort ein Vergrößerungsglas.«

Donnelly nickt und eilt davon. Wir warten auf seine Rückkehr. Andere Officer haben sich zu uns gesellt. Wie es scheint, will der Großteil der Mordkommission bei diesem Fall auf dem Laufendem sein. Ein paar Neulinge sind auch dabei, die man zweifellos für die Routinearbeiten eingeteilt hat. Das hier dürfte einer der größten und brutalsten Mordfälle im Suffolk County seit Jahren sein. So ein Fall, bei dem alle mitarbeiten müssen. Alle auf diesem Revier zumindest. Dorseys Weigerung, Hilfe von außen hinzuzuziehen, irritiert mich, und nicht nur, weil ich vom FBI bin. Sie erscheint mir im besten Fall kurzsichtig, im schlimmsten destruktiv und verdächtig. Jede Sekunde zählt. Je länger er zögert, desto mehr Vorsprung hat der Mörder. Da Dorsey nur einen Verdächtigen im Visier hat, sollte er sich verdammt noch mal keine Fehler erlauben.

Donnelly kommt mit einem Vergrößerungsglas zurück. Lee untersucht damit das Foto.

»Ein Steinmännchen«, sagt er. Meine Haut kribbelt. »Verdammt. Wie konnten wir das übersehen? Was bedeutet es deiner Meinung nach?«

»Ich glaube, dass wir hier einen Nachahmungstäter ausschließen können. Wenn ihr nichts davon wusstet, dann wurde dieses Detail auch nicht an die Presse weitergegeben.«

»Aber welche Bedeutung könnte es für den Killer haben?«

»Entweder ist es eine Markierung, damit er den Ort später wiederfindet, oder es hat irgendeine psychologische Bedeutung für ihn. Vielleicht ist er jemand, der regelmäßig in der Natur unterwegs ist. Oder es erinnert ihn an seine Kindheit.«

Jemand wie Dad. Jemand, der sein Leben lang und bis vor Kurzem noch in den Naturschutzgebieten im Suffolk County gecampt hat.

Lee überlegt mit gerunzelter Stirn. »Was, wenn die Markierung für jemand anderen bestimmt ist?«

»Was meinst du damit?«

»Was, wenn wir es mit einem Team zu tun haben? Der eine hebt das Grab aus, der andere legt die Leiche hinein und schaufelt alles zu.«

»Das ist eine interessante Theorie.«

»Vor allem die Stelle in den Dünen ist schwer zu erreichen. Auch wenn der Täter die ganze Nacht Zeit hatte, ist es höllisch anstrengend, erst das Grab auszuheben und dann eine Leiche vom Parkplatz da hinaufzuschleifen. Vielleicht wurden die Leichen deshalb auch zerstückelt. Erleichtert den Transport.«

»Morales könnte also unser Täter sein, doch er hat einen Partner.«

Lee hebt die Augenbrauen. »Das würde vieles erklären. Laut Milkowski ist der Schütze groß und Linkshänder. Morales ist keins von beiden. Er ist sogar ziemlich klein. Vielleicht hat er sich nur um die Entsorgung der Leichen gekümmert. Wir müssen uns das Büro deines Dads ansehen. Ich muss wissen, was er wusste und wann.«

Hinter uns hat sich der Raum gefüllt. Ich sehe mich um,

mustere die Anwesenden. Die meisten haben erwartungsvoll Lee im Blick. Er ist der leitende Detective bei diesem Fall und wird die Besprechung abhalten. »Wartest du auf jemanden?«, frage ich.

»Dorsey. Er telefoniert gerade mit Richter Mahoney und versucht, einen Haftbefehl zu erwirken.«

Lee ist nervös, wie ein Schüler, der sich auf einen Debattierwettbewerb an der Highschool vorbereitet. Er blättert in einem Notizbuch, seine Lippen bewegen sich, als er die Fakten der zwei Fälle noch einmal verinnerlicht. Mein zwischenzeitlicher Ärger auf ihn lässt nach. Lee hat etwas Entwaffnendes an sich. Eine Ernsthaftigkeit, wegen der ich ihm trotz meines Bauchgefühls vertrauen will.

»Darf ich dich etwas fragen?«, sage ich leise. »Etwas Persönliches?«

»Klar«, antwortet er zerstreut.

»Hat sich mein Dad mit jemandem getroffen?«

»Mit jemandem getroffen? Wie meinst du das?«

»Hatte er eine Freundin?«

Lee sieht überrascht auf. »Keine Ahnung. Über so was haben wir nicht geredet.«

»Er hat nie eine Frau namens Maria erwähnt?«

»Nein. Aber dein Dad war sehr verschlossen. Und ich war ja nicht gerade sein bester Freund oder so.«

»Ihr habt zehn Stunden am Tag zusammen im Streifenwagen gesessen.«

»Stimmt schon. Aber die meiste Zeit hat er mir gesagt, dass ich die Klappe halten soll, oder er hat stumm über meinen Musikgeschmack geflucht.«

»Du hast aber auch einen furchtbaren Musikgeschmack.«

Er hält warnend einen Finger in die Höhe. »Das darfst du erst sagen, wenn wir zusammen Karaoke gesungen haben.«

»Ich überleg's mir. Könntest du mir einen Gefallen tun?«

»Klar, worum geht es?«

»Mein Dad hat ein Apartment in Riverhead gemietet. Eine Frau namens Maria Cruz hat dort gewohnt. Vor knapp zwei Wochen ist sie ausgezogen, aber ich will sie auftreiben. Wenn sie meinem Vater wichtig war, dann möchte ich sie gern kennenlernen.«

»Soll ich sie mal durchs System laufen lassen?«

»Das wäre super. Ich weiß nur nicht, wie ich sie finden soll. Die Adresse der Wohnung lautet 97 Main Street in Riverhead. Vielleicht ist das ein Anfang.« Ich verschweige ihm, dass ich ein Foto von Adriana Marques in dem Apartment gefunden habe.

»Kein Problem.« Lee grinst. »Dein Dad war ein echter Herzensbrecher, weißt du.«

»Wie bitte?« Ich runzele genervt die Stirn.

»Die Frauen haben ihn geliebt. Er war ein attraktiver Typ, Nell. Und auf Polizisten stehen auch viele Frauen. Wenn wir abends unterwegs waren, hat ihn immer eine auf einen Drink eingeladen.« Lee lacht. »Normalerweise hat er sich bedankt, den Drink angenommen und sie dann abgewimmelt.«

»Vielleicht weil er schon mit jemandem zusammen war.«

Lee zuckt mit den Schultern. »Ich schaue mal, was ich herausfinden kann. Aber du solltest besser mit ihm reden.« Er deutet auf die Tür. »Dorsey und dein Dad waren richtig dicke.«

Dorsey kommt herein und schließt die Tür hinter sich. Stille senkt sich über den Raum. Er bedeutet Lee, anzufangen.

Lee räuspert sich und steht auf. »Wie ihr alle wisst, haben Marty Flynn und ich gemeinsam an dem Sandoval-Fall gearbeitet. Ich habe Martys Tochter Nell gebeten, heute dabei zu sein. Nell gehört zur Behavioral Analysis Unit des FBI. Wir haben großes Glück, dass sie hier ist. Ihre Erfahrung wird uns zweifellos sehr weiterhelfen.«

Köpfe drehen sich in meine Richtung, Begrüßungsgemurmel hallt durch den Raum. Ich nicke allen kurz zu und tue so, als würde ich mir Notizen machen.

»Ich versuche, mich kurzzufassen, denn die Zeit läuft uns davon. Ria Sandovals Leiche wurde letzten August gefunden. Die einzige Spur, die Detective Flynn und ich auftreiben konnten, führt zu einem Landschaftsgärtner namens Alfonso Morales. Er wohnt gegenüber von unserem Opfer. Außerdem hat er auf dem Stück Land gearbeitet, auf dem ihre Leiche gefunden wurde.« Lee deutet auf eine Karte von Long Island. Ein großes rotes X ist in der Mitte von Pine Barrens eingezeichnet. »Wir haben sein Haus in Brentwood durchsucht sowie seinen Wagen, einen dunkelroten GMC Pick-up-Truck. Wir haben im Wagen Jute und Schnur gefunden, die den Materialien ähneln, mit denen die Leiche gefesselt und eingewickelt war, und Jutefasern auf einem Teppich im Haus. Ein Truck, auf den die Beschreibung passt, stand auf dem Parkplatz des Motels, in dem Ria Sandoval zum letzten Mal gesehen wurde. Wir haben Mr. Morales zweimal befragt. Er hatte deutlich sichtbare Abschürfungen an Armen und Beinen, die zu einem Kampf passen würden. Wir konnten allerdings nicht genug Beweise finden, um ihn mit dem Mord direkt in Verbindung zu bringen, weshalb wir ihn gehen lassen mussten.«

Ich sehe, wie Lee Dorsey einen Blick zuwirft. Dorseys Gesicht ist ausdruckslos. Lee errötet kurz und fährt fort. »Bei diesem neuen Fall – die Leiche, die man gestern im Shinnecock County Park gefunden hat – ist Morales immer noch unser Hauptverdächtiger. Er hat dort zum Zeitpunkt des Verschwindens von Adriana Marques gearbeitet, ebenso wie auf dem Grundstück, das an die Anlage grenzt. Wie ihr an den Beweisen hier auf dem Whiteboard sehen könnt, gleichen sich die beiden Fälle fast bis aufs Haar. Wir gehen von der Annahme aus, dass derselbe Killer für die beiden Morde verantwortlich ist. Morales scheint hier am wahrscheinlichsten.«

Ein Detective in der ersten Reihe hebt die Hand. »Worin besteht Morales' Verbindung zum zweiten Opfer?«

»Wir haben bisher noch keine direkte Verbindung zwischen Morales und Adriana Marques gefunden. Elena Marques hat gesagt, dass sie in den Tagen vor dem Verschwinden ihrer Schwester einen dunkelroten Truck vor ihrem Haus gesehen hat. Die Beschreibung passt auf Mr. Morales' Wagen, der auch in der Nacht von Ria Sandovals Verschwinden vor dem Motel gesehen wurde.«

Ich verlagere unbehaglich das Gewicht. Die Beschreibung passt auch auf den Truck meines Vaters, mit dem ich schon den ganzen Morgen herumfahre. Und der gerade gut sichtbar auf dem Parkplatz vor dem Gebäude steht.

»Wir haben auch Spuren von Zigarettenasche auf und um Marques' Leiche herum gefunden. Morales ist starker Raucher, das würde also passen.«

»Die Gerichtsmedizinerin hat festgestellt, dass der Schütze groß und Linkshänder sein muss«, schalte ich mich ein. »Morales erfüllt diese Kriterien nicht.«

Wenn Lee sich ärgert, dass ich diese Widersprüchlichkeit anmerke, zeigt er es nicht. »Ja«, erwidert er, »das stimmt. Morales ist etwa einen Meter siebzig und Rechtshänder. Eine andere Möglichkeit wäre daher, dass wir es mit mehreren Tätern zu tun haben. Morales könnte einen Partner haben, der das Opfer erschossen hat, und er selbst hat sich dann um die Beseitigung der Leichen an seinem Arbeitsplatz gekümmert.«

»Haben wir eine Ahnung, wie oder warum er es speziell auf Adriana Marques abgesehen hatte?«

»Beide Opfer haben als Escort gearbeitet und ihre Dienste online angeboten. Morales könnte zu beiden auf diesem Weg Kontakt aufgenommen haben.«

Ron Anastas räuspert sich, und alle wenden sich ihm zu. Ich habe ihn nicht mehr gesehen, seit wir Dads Asche verstreut haben. Er sieht erschöpft aus, ist blass und hält sich an einer großen Tasse Kaffee fest. Seit Dad tot ist, ist Anastas wahrscheinlich der älteste Detective bei der Mordkommission. Ich habe ihn immer sympathisch gefunden, aber nicht besonders schlau. Doch er ist Dorsey loyal ergeben. Wahrscheinlich wird er die Mordkommission deshalb auf absehbare Zeit leiten. »Heute Morgen hat eine gewisse Sally Hayes angerufen«, sagt er. »Hayes arbeitet als Haushälterin bei James Meachem, dessen Grundstück an die Strandanlage grenzt. Wir haben mit allen Angestellten Kontakt aufgenommen. Ihr Mann ist der Hausverwalter. Meachem befindet sich im Ausland auf Reisen, und das Ehepaar Hayes wohnt seit einem Monat im Gästehaus und überwacht einige Renovierungsarbeiten. Mrs. Hayes hat ihrer Aussage nach vor ein paar Wochen gesehen, wie ein roter Truck auf den Parkplatz der Strandanlage gefahren ist. Es war Nacht, und sie konnte den Fahrer nicht erkennen. Aber sie ist sich sicher, dass sie gesehen hat, wie jemand in den Dünen gegraben hat. Zu dem Zeitpunkt hat sie sich gedacht, dass die Preservation Society wahrscheinlich Überstunden mit dem Sanierungsprojekt macht. Aber als sie heute Morgen die Nachrichten gesehen hat, hat sie sich sofort gemeldet.«

»Und sie ist sich sicher, dass der Truck rot war?« Ich kaue auf meiner Lippe und frage mich, ob jemand dasselbe denkt wie ich.

»Ja. Sie hat gesagt, er ist am Haupttor vorbeigefahren, und Meachem hat dort Bewegungsmelder installiert. Es war spät am Abend, etwa elf Uhr. Eine seltsame Zeit, um in den Dünen zu arbeiten. Ich wollte später bei ihr vorbeifahren und ihr ein paar Fotos zeigen. Vielleicht kann sie Morales' Pick-up identifizieren.«

Ich denke an den Bewegungsmelder der Überwachungskamera vor Meachems Tor. Sie hat vielleicht einen vorbeifahrenden Wagen eingefangen, vor allem spätnachts, wenn die Umgebung still war. Ich überlege, wie ich an die Aufzeichnungen herankomme und überprüfen kann, dass Morales' Wagen vorbeigefahren ist und nicht ein anderer. Wenn es Dads Truck war, will ich es als Erste wissen.

»Klingt, als wäre Morales unser Mann«, lässt sich DaSilva vernehmen.

»Wir gehen davon aus.« Lee nickt zustimmend. »Wir warten noch auf den Haftbefehl. Aber wir sollten Augen und Ohren offenhalten. Vergesst nicht, Morales könnte einen Partner gehabt haben. Die Telefone klingeln wie verrückt. Alle müssen mit anpacken. Also gut, das war's. Zurück an die Arbeit.«

Die Anwesenden zerstreuen sich und verlassen in kleinen Gruppen den Raum. Lee atmet tief aus, als wäre er erleichtert.

Ein junger Cop kommt herein. »Chief«, sagt er zu Dorsey, »Richter Mahoney hat sich gemeldet. Wir haben den Haftbefehl.«

»Wissen wir, wo Morales sich aufhält?«, fragt Dorsey.

Lee sieht auf die Uhr. »Er müsste noch an seiner Arbeitsstelle bei Harald Farms sein. Außer er ist abgehauen.«

Dorsey deutet auf Lee und mich. »Ihr zwei kommt mit. Schnappen wir uns den Kerl, bevor er uns wieder entwischt.«

Zwölf

In Riverhead teilt sich Long Island in zwei Ausläufer. Der Peconic River verläuft zwischen ihnen und wird immer breiter. Die North Fork ist Ackerland. Quadratkilometer voll Beeren, Zinnien, Lavendel und Weintrauben erstrecken sich von der Bucht bis zur Meerenge. Die Ortschaften bestehen hauptsächlich aus einer Straße und winzigen Geschäften, die man schnell übersieht. Der Himmel ist weit, die Straßen ruhig. Es ist nicht ungewöhnlich, dass Pferde und Kühe einen Steinwurf entfernt vom Highway weiden. Die Scheunen sind verwittert und nichts Besonderes, kein Vergleich zu denen der pittoresk restaurierten Farmhäuser in Sagaponack und Bridgehampton. Die Farbe blättert vom Holz, Schindeln fallen von den Dächern wie alte Zähne. Niemand ersetzt sie. Ich finde die Scheunen hier wunderschön. Während sie verfallen, werden sie zu einem Teil der Landschaft; eine Verbindung zu der Zeit, als Suffolk County noch mehr als nur Sommerspielplatz für die Ultrareichen war.

Gleich hinter Riverhead liegt Aquebogue, ein kleines Nest, das für Weingüter und Bauernmärkte bekannt ist und sonst kaum etwas. Einen der beliebtesten Märkte betreibt die Plantage Harald Farms. Im Herbst herrscht hier hektischer Betrieb. Äpfel, Mais, Kürbisse, Gurken und Tomaten stapeln sich in Holzkisten mit dem Logo der Plantage. Die Kisten sind verlockend angeordnet und die überdachte Verkaufsfläche der Jahreszeit entsprechend dekoriert. Jetzt, Ende September, stehen überall Vogelscheuchen. Kandierte Äpfel und Marmeladengläser werden in Zellophan eingepackt teuer verkauft. Am Wochenende freuen sich die Kinder über Heuwagenfahrten und das Labyrinth im Maisfeld, und in einem künstlich angelegten Bach können sie nach vorab bezahlten Fossilien und Edelsteinen schürfen.

Dieser Ort zieht Wochenendurlauber von der South Fork und Tagestouristen aus New York an. Harald Farms ist ein malerisches Anwesen und liegt praktisch an der 495, der zentralen Verkehrsader der Insel. Hinter der Kasse steht eine weißhaarige Frau mit einer karierten Schürze, an der ein fröhliches Namensschild in Apfelform befestigt ist. »Nanette« steht darauf. Der Geruch nach frischen Ciderdonuts liegt in der Luft. Hinter ihr befindet sich ein Kühlschrank, der vollgestopft ist mit teurem Käse und einer Auswahl der Weine, die die benachbarten Weingüter anbieten.

Wegen des Regens ist kaum was los. Es dämmert, und die Menschen fahren nach Hause, um sich gegen den Sturm zu wappnen. Ein paar Nachzügler erledigen die letzten Einkäufe, doch niemand stöbert an den Verkaufsständen. Ein Mann in einer Schürze schleppt Kisten mit Ware nach drinnen, ein anderer klappt die Markisen ein. Ein Windstoß peitscht durch die offene Verkaufsfläche und bereitet mir Gänsehaut. Ich wünschte, ich hätte Gummistiefel und einen Regenmantel an statt Turnschuhen und einer Weste.

Der Wind lässt das Banner, das von den Dachsparren

hängt, flattern. Darauf steht: »1. Oktober, Herbstfest bei Harald Farms«. Die Frau an der Kasse schreit bestürzt auf, als das Banner schlaff zu Boden sinkt.

Lee und Dorsey eilen ihr zu Hilfe. Mein Telefon klingelt, das Büro der Gerichtsmedizin in Hauppauge. Ich gehe hinter die Verkaufsfläche, bevor ich mich melde.

»Hallo?«, antworte ich leise.

»Hier spricht Jamie Milkowski.«

»Ja«, sage ich überrascht. »Was gibt es Neues?«

»Sie hatten recht. Marques war schwanger.«

»Tatsächlich.« Mein Puls beschleunigt sich. »Wie weit war sie?«

»Im ersten Trimester, würde ich schätzen, also noch nicht weit. Glauben Sie, es hat etwas mit dem Mord zu tun?«

»Ich weiß es nicht. Aber es eröffnet uns ein neues mögliches Motiv, warum sie getötet wurde. Ihre Schwester dachte, sie hätte einen Freund mit Geld. Danke, dass Sie das so schnell überprüft haben.«

»Das ist mein Job. Hören Sie, unter uns, ich habe nicht das Gefühl, dass das Department die Ermittlungen ernst nimmt. Ich meine, wenn wir es hier mit einem Serientäter zu tun haben, dann sollte ich doch eigentlich Zugriff auf ein vollständiges Kriminallabor haben.«

»Da bin ich ganz Ihrer Meinung.«

»Doch ich bin auf mich allein gestellt. Und ganz ehrlich, ich habe nicht den Eindruck, dass es irgendwen interessiert, was ich zu sagen habe.«

»Sie kommen nicht zufällig an die medizinischen Unterlagen des Sandoval-Falls ran, oder?«

»Nein. Das ist das andere. Die Ausstattung hier ist scheiße.

Alles fällt auseinander. Letzten Herbst stand das Archiv unter Wasser, und viele Akten wurden zerstört, darunter auch die von Ria Sandoval.«

»Das ist nicht gut.«

»Ich möchte die Leiche gern nach New York schicken. Sie haben Nikki Prentice erwähnt. Ist sie eine Freundin von Ihnen?«

»Ja. Wir sind als Kolleginnen gut befreundet, und ich vertraue ihr. Wir haben einige Male miteinander gearbeitet. Ihr Urteilsvermögen ist tadellos.«

»Meinen Sie, dass sie unter der Hand helfen würde, wenn ich sie darum bitte?«

»Unter der Hand – was genau wollen Sie damit sagen?«

»Man hat mir ausdrücklich befohlen, dass niemand außerhalb der örtlichen Gerichtsmedizin sich mit diesem Fall befassen darf.«

»Hat Dorsey Ihnen das gesagt?«

»Ja. Er war sehr deutlich. Es wäre also etwas … delikat.«

So, wie sie es sagt, in ihrem steifen Akademikertonfall, muss ich beinahe lachen. »Verstanden. Rufen Sie Nikki an, erklären Sie ihr die Situation. Sagen Sie ihr, Sie sind eine Freundin von mir und dass ich Ihnen empfohlen habe, mit ihr zu sprechen. Sie ist diskret. Wenn sie helfen kann, wird sie es tun.«

»Okay. Vielen Dank.«

»Halten Sie mich auf dem Laufenden.«

»Sie mich bitte auch.«

Ich lege auf und sehe mir meine Umgebung an. Die Auffahrt ist breit genug für einen Traktor und einen Tieflader, auf den gerade drei Arbeiter Säcke mit Torf hieven. Sie tragen Sweatshirts und Baseballkappen, und der Regen scheint ihnen nichts auszumachen.

Ich nähere mich ihnen, bis ich hören kann, wie sie gelegentlich Anweisungen auf Spanisch wechseln. Die Arbeit ist hart, und sie atmen schwer unter dem Gewicht der Säcke. Keiner von ihnen ist Morales. Ich gehe an ihnen vorbei, um mich zu versichern. Sie bemerken mich nicht. Im Lauf der Jahre habe ich festgestellt, dass es Vorteile hat, klein und unscheinbar zu sein. Ich werde oft übersehen. Im Gegensatz zu Lee und Dorsey, die ihre Polizeimarken genauso gut auf der Stirn tragen könnten, mustern mich die Männer in der Auffahrt nicht misstrauisch. Sie nicken höflich, als ich zum zweiten Mal an ihnen vorbeigehe, und sehen mir nur einen Moment nach, während ich auf das Ende der Auffahrt zusteuere.

Ich erkenne die Umrisse einiger geparkter Trucks. Der Regen wird stärker. Ich ziehe die Schultern hoch, vergrabe die Hände in den Taschen. Meine Jeans klebt auf der Haut, die Turnschuhe sind durchweicht. Blitze zucken über den Himmel, gefolgt von grollendem Donner. Der Sturm, von dem alle geredet haben, ist da.

Hinter mir ertönt ein Schrei. Ich drehe mich um. Ein Mann rennt von der Rückseite der Verkaufshalle auf die Auffahrt zu. Lee und Dorsey sind ihm auf den Fersen, ihre Füße machen klatschende Geräusche auf dem nassen, matschigen Gras. Ich hechte hinter den nächsten Truck. Meine Lungen brennen, meine Schulter pocht.

Verdammt, Lightman, denke ich. *Du hattest recht, ich sollte es langsam angehen lassen.*

Ich ziehe den Reißverschluss meiner Weste auf und hole die Pistole hervor. Mein Fuß rutscht im Schlamm weg, und ich stolpere gegen den Truck. Regentropfen laufen mir in die Augen. Ich blinzele sie weg.

Eine Gestalt taucht zwischen den Autos auf. Der Mann hält den rechten Arm ausgestreckt vor sich. In der Hand hat er eine Waffe.

Er sieht sich nach Dorsey und Lee um. Ich könnte schießen und ihn ausschalten. Doch ich laufe los. Drei große Sprünge. Er hört mich, dreht sich um. Zu spät, ich habe ihn überrascht und reiße ihn zu Boden. Er ist klein, nicht viel größer als ich, und drahtig. Die Waffe fällt aus seiner Hand. Ich halte ihn auf dem Boden fest, sein Gesicht ist in den Schlamm gedrückt. Meine Pistole ist auf seinen Kopf gerichtet.

»Keine Bewegung«, zische ich.

»Esa perra«, keucht er. *Schlampe.* Er dreht den Kopf so weit zur Seite, dass ich ihn ausspucken sehen kann.

Wir bleiben eine gefühlte Ewigkeit in dieser Position und kämpfen gegeneinander an. Der Regen ist ein einziger dichter Vorhang. Die Haare hängen mir ins Gesicht, ich kann kaum etwas sehen. Endlich höre ich Schritte hinter uns.

»Fuck, Flynn, gute Arbeit!«, ruft Lee.

»Ich könnte hier etwas Hilfe gebrauchen.«

Morales windet sich unter mir. Ich drücke fester gegen seine Rippen. Er atmet schwer, wehrt sich gegen mein Gewicht.

Dorsey kniet sich neben mich und legt Morales Handschellen an. Ich rolle mich zur Seite und sehe in den Himmel, schließe die Augen und liege zitternd und mit schmerzender Schulter da, bis Lee mich auf die Beine zieht.

Dreizehn

»Alles okay, Kleine? Bist du dir sicher, dass du keinen Arzt brauchst?«

Ich kann Lee gerade nicht daran erinnern, dass er mich nicht mehr *Kleine* nennen soll. Er hat angeboten, mich nach Hause zu fahren, und ich habe angenommen. Ich kann kaum die Augen offen halten, geschweige denn in meinem Zustand ein Fahrzeug lenken. Kraftlos sitze ich auf dem Beifahrersitz. Der Truck meines Dads steht noch auf dem Parkplatz von Harald Farms. Dorsey hat versprochen, dass ihn mir einer seiner Detectives bringt. Keinem scheint aufzufallen, dass die Beschreibung des gesuchten Pick-ups auf meinen Wagen passt – des Trucks, der beim Verschwinden der beiden Opfer gesehen wurde und den Sally Hayes, James Meachems Haushälterin, in der Nacht an der Strandanlage bemerkt hat. Oder vielleicht ist es ihnen ja aufgefallen. Diese Möglichkeit jagt mir am meisten Angst ein.

Meine Augen fallen zu. Die Schmerzen sind überwältigend. Ich konzentriere mich auf das Trommeln des Regens auf dem Wagendach. Schmerz zuckt in Wellen von meiner Schulter zu den Fingerspitzen. Tylenol und ein Drink werden nicht gegen das helfen, was ich meiner Schulter angetan habe. Ich brauche einen Arzt, und zwar bald. Aber nicht jetzt, ich habe zu viel zu tun. Erst muss ich noch Dads Büro durchsuchen. Mit Grace Bishop reden. Und ich muss Milkowski anrufen. Jede Sekunde zählt.

»Es geht mir gut«, murmele ich. »Ein Scotch wird's schon richten.«

»Das war eine irre Leistung, die du da draußen hingelegt hast.« Lee schüttelt den Kopf. »Ich kann nicht fassen, dass der Mistkerl bewaffnet war.«

»Vielleicht hatte er einfach nur Angst.«

Lee wirft mir einen skeptischen Blick zu. »Wirst du jetzt auf einmal nachsichtig?«

»Nein. Nur realistisch. Er ist illegaler Einwanderer. Man hat ihn schon einmal vernommen. Wahrscheinlich hat er furchtbare Angst vor der Polizei.«

»Die sollte er auch haben.«

»Alles, was ihr gegen ihn in der Hand habt, sind Indizien, die vielleicht für einen hinreichenden Verdacht genügen. Vielleicht. Geschworene wird man damit aber nicht überzeugen können.«

»Er hat an beiden Orten gearbeitet.«

»Genauso wie sicher ein Haufen anderer Leute.«

»Die Leichen waren in Jute eingeschlagen, die wir auch in seinem Wagen gefunden haben.«

»Jute, die man, wie du selbst gesagt hast, problemlos auf der ganzen North Fork kaufen kann.«

»Er raucht.«

»Komm schon. Wie viele Raucher wird es allein im Suffolk County geben?«

»Sein Pick-up wurde vor dem Motel gesehen, aus dem Ria Sandoval verschwunden ist, dann vor dem Haus von Adriana Marques und schließlich nachts im Shinnecock County Park.«

»Nein. Ein roter Truck wurde an diesen drei Orten gesehen. Du weißt nicht, ob es Morales' Wagen war. Du schließt nur etwas aus den Beobachtungen.« Der Sicherheitsgurt schneidet in meine Schulter, und ich schiebe ihn nach hinten, damit er nicht genau auf der Wunde liegt. »Ernsthaft, sicher habt ihr gegen ihn nur, dass er bewaffnet war und Widerstand bei der Festnahme geleistet hat.«

Lee seufzt genervt. »Anastas ist auf dem Weg, um Morales' Haus zu durchsuchen. Dorsey befragt ihn gerade. Wir bekommen, was wir brauchen.«

Wieder verlagere ich das Gewicht, finde keine bequeme Sitzposition. Ich wende mich von Lee ab und sehe hinaus in den Regen. Seine Entschiedenheit irritiert mich, und ich muss an etwas denken, das Ann-Marie Marshall vor zwanzig Jahren in einem Zeitungsartikel geschrieben hat: *Die Polizei hat Gilroy so lange in die Mangel genommen, bis sie bekommen hat, was sie brauchte.*

»Dir ist bewusst, dass viele Beweise auch nicht auf ihn passen, nicht wahr?«

»Was, das mit der Körpergröße?«

»Ja, die Körpergröße. Milkowski schien sehr überzeugt zu sein, dass der Schütze größer als Marques war. Morales ist so groß wie ich. Sie glaubt, der Schütze war Linkshänder. Nach allem, was ich da draußen gesehen habe, ist Morales definitiv Rechtshänder. Und vergiss nicht die Kleider in ihrem Schrank. Morales hat ihr bestimmt keine Chanel-Taschen und Louboutin-Schuhe geschenkt.«

»Na und? Dann war das ein anderer Freier. Das muss gar nichts heißen.«

»Ich könnte wetten, dass Morales ihr auch in der Nacht

ihres Verschwindens keinen Wagen geschickt hat, der sie abholt.«

»Das weißt du nicht. Vielleicht gehört die Limousine auch Calabrese, und er hat Adriana einmal nicht in dem Escalade abgeholt.«

»Möglich. Aber wir sollten mit Calabrese reden. Stört es dich eigentlich gar nicht, dass ein Ex-Sträfling seinen Chauffeurservice als Deckmantel für einen Prostitutionsring benutzt und zwei seiner Mädchen ermordet wurden? Und dann ist da noch James Meachem mit seinen wilden Partys und jungen Escorts, der zufällig neben der Strandanlage wohnt, in der eines der Opfer vergraben wurde. Ich habe das Gefühl, wir hätten einen Stein gehoben, und jetzt laufen unzählige Krabbelviecher in alle Richtungen davon.«

»Das alles stört mich auch. Doch im Moment ist Morales der Hauptverdächtige in zwei Mordfällen. Er hat gerade Widerstand gegen die Festnahme geleistet und mit einer Waffe herumgefuchtelt, für die er ganz sicher keine Lizenz hat. Meiner Meinung nach sollten wir uns also auf ihn konzentrieren, bevor wir uns auf Prostitutionsringe und ihre Freier stürzen. Warten wir ab, was Dorsey bei der Befragung aus Morales herausbringt, und dann sehen wir weiter.«

Ich knirsche mit den Zähnen und frage mich, warum er für die Morde unbedingt Morales als Täter haben will. Vielleicht denkt auch er, dass mein Vater einen brauchbaren Verdächtigen abgeben könnte. Bei dem Gedanken wird mir eiskalt. Was, wenn Dorsey den Fall unbedingt abschließen und ihn einem unschuldigen Mann anhängen will, um Dad da herauszuhalten? Es würde erklären, warum er das FBI nicht hinzuziehen will, außer mir. Martys Tochter.

»Weißt du, ich fahre schon den ganzen Tag einen roten Truck«, sage ich wider besseres Wissen. »Der einem großen Mann gehört hat, der Linkshänder und ein ausgezeichneter Schütze war.«

Der zwei Wochen vor seinem Tod bei Adriana zu Hause war. Der mit einer Frau verheiratet gewesen war, die den Opfern bis aufs Haar glich.

Lee runzelt die Stirn. Ich sehe ihm an, dass er an diese Möglichkeit noch nicht gedacht hat. »Was willst du damit sagen? Dass dein Dad der Täter war?«

»Es wäre möglich. Im Ernst, er passt besser auf Milkowskis Profil als Morales.«

»Nell, komm schon. Er war ein Cop.«

»Er war cholerisch und hatte ein Alkoholproblem. Und es ist nicht das erste Mal, dass er verdächtigt wird, jemanden ermordet zu haben.«

Lee macht ein verärgertes Geräusch. Er denkt, ich spiele den Anwalt des Teufels, und verliert die Geduld. »Das hier ist nicht die verdammte BAU. Wir feilen nicht monatelang an Profilen von unbekannten Personen. Wir sind die Mordkommission des SCPD, mit einer begrenzten Anzahl Beamter und Ressourcen. Wir dürfen uns nicht ablenken lassen. Und das heißt, dass wir nicht aus der Luft gegriffenen Theorien über einen der unseren hinterherjagen.«

»Bitte entschuldige. Ich dachte, du wolltest diese Morde aufklären und nicht ein Geständnis aus dem erstbesten Verdächtigen herauspressen. Willst du nicht deshalb so dringend ins Büro meines Vaters?«

»Lass es heute Abend ruhig angehen, okay? Erhol dich, gönn dir einen Drink. Ich muss bei der Befragung dabei sein. Ich halte dich auf dem Laufenden.«

»Warum hast du mich zu dem Fall hinzugezogen, wenn du meine Meinung gar nicht hören willst?«

Lee biegt in meine Auffahrt ein und schaltet den Motor aus. Meine Frage beantwortet er nicht. »Soll ich dich reinbringen?«

»Das ist doch nicht der Abschlussball. Danke fürs Mitnehmen.« Ich springe in den Regen hinaus und werfe die Beifahrertür ein wenig fester hinter mir zu als beabsichtigt.

Vierzehn

Der Himmel ist dunkel. Salziger Regen strömt aus den Dachrinnen. Die Temperatur ist seit dem Morgen deutlich gefallen. Meine Hände zittern so stark, dass ich den Schlüssel kaum ins Schloss schieben kann. Lee wartet mit laufendem Motor, seine Scheinwerfer tauchen die Vorderveranda in grelles Licht, bis ich die Tür hinter mir schließe. Dann fährt er so abrupt aus der Auffahrt, dass die Räder im Schotter durchdrehen. Durchs Fenster sehe ich ihm nach, bis die Rücklichter verschwinden.

Ich drücke den Lichtschalter. Nichts passiert. Der Strom ist ausgefallen.

»Scheiße«, sage ich laut, meine Stimme hallt in der Diele. Während eines Sturms fällt in der Dune Road häufig der Strom aus. Die meisten Nachbarn haben Notfallgeneratoren, die dann einspringen, doch Dad war zu geizig dafür. Und Dunkelheit hat ihm nichts ausgemacht. Im ganzen Haus liegen Taschenlampen, in der Speisekammer lagern Konserven. Es ist genug Feuerholz da. *Alles in Ordnung,* sage ich mir, auch wenn ich ein ungutes Gefühl im Magen habe.

Ich gehe zum Kamin und hantiere mit Zeitung, Anmachholz und Scheiten. Schon bald knistert ein Feuer und verbreitet Wärme und Licht im Wohnzimmer. Im Badezimmer streife ich meine durchnässte Kleidung ab. Eine Dusche ist sinnlos, sie wird mich nicht aufwärmen. Ich muss mir das Büro meines Vaters ansehen. Seit Elena Marques seinen Namen genannt hat, muss ich ständig daran denken. Ich trockne mich mit einem Handtuch ab. Meine Kleidung ist schlammverschmiert, ebenso wie meine Haare. Blut ist durch den steifen Stoff gesickert. Ich ziehe den Verband von meiner Schulter, die kalte Luft brennt in der offenen Wunde.

Nachdem ich mich umgezogen habe, suche ich eine Taschenlampe und eine Trittleiter. Mein Vater hat den Schlüssel zu seinem Büro immer in einer Kaffeekanne im Schrank versteckt. Das weiß ich, weil ich als Teenager einmal zwei Tage lang systematisch das Haus danach durchsucht habe. Ich war immer schon erfinderischer, als er es mir zugetraut hat, entschlossener und mit schärferen Augen. Schließlich habe ich vom Besten gelernt.

Der Schlüssel hängt an einem rostigen Drahtring. Ich gehe durchs Wohnzimmer und schiebe ihn ins Schloss der Bürotür. Als ich sie aufstoße, zucke ich zusammen. Selbst jetzt erscheint es mir falsch, sein Zimmer zu betreten, das sein privater Rückzugsort war, zu dem ich keinen Zutritt hatte. Wenn er sich darin aufhielt und ich allein nur klopfte, musste ich einen verdammt guten Grund dafür haben.

Den habe ich jetzt. Ich werde das Gefühl nicht los, dass der Tod meines Vaters untrennbar mit den Morden verbunden ist. Was, wenn er Adriana und Ria getötet hat? Diese Möglichkeit macht mich wahnsinnig. Vielleicht hat er sie umgebracht und dann sich selbst. Oder vielleicht ist alles viel komplizierter, als ich mir vorstellen kann, und ich werde die Zusammenhänge erst verstehen, wenn ich einen Schritt zurücktrete und das gesamte Bild betrachte.

Die Luft im Raum ist abgestanden. Ein tropfendes Geräusch ist zu hören, doch als ich mit der Taschenlampe die Zimmerdecke und die Ecken ableuchte, sehe ich keine undichte Stelle. Das Licht fällt auf ein gerahmtes Foto auf dem Schreibtisch. Ich nehme es in die Hand und betrachte es aufmerksam. Dad und Glenn Dorsey. Sie stehen nebeneinander auf Dorseys Boot, die blauen Weiten des Long Island Sound glitzern im Hintergrund. Der Himmel ist wolkenlos und klar. Spätsommer. Die beiden Männer sind gebräunt und grinsen über das ganze Gesicht. Dorsey trägt eine Sonnenbrille von Oakley. Eine SCPD-Baseballkappe beschattet das Gesicht meines Vaters.

Zusammen halten sie einen riesigen Felsenbarsch in die Höhe. Ich weiß noch, wie sie ihn gefangen haben. Mit achtundsiebzig Pfund war er einer der schwersten Fänge in der Gegend. Die Lokalzeitung hat über sie berichtet. Das war vor ein paar Jahren, als Dad und ich relativ viel Kontakt hatten. Er war so stolz auf den Fang, auf sich und seinen Freund, dass er den Artikel ausgeschnitten und ihn mir mit der Post geschickt hat.

Ein Felsenbarsch ist wunderschön, und dieser ist besonders eindrucksvoll, sowohl wegen seiner Größe als auch seiner Proportionen. Der Körper mit den silbernen Schuppen glänzt in der Spätnachmittagssonne. Das Maul steht protestierend weit offen, das Auge ist rund und starr. Als ich jung war, habe ich meinen Vater immer gebeten, die gefangenen Fische zurückzuwerfen. Ich fand es furchtbar, wie sie sich auf dem Deck wanden und nach Luft schnappten. Noch schlimmer fand ich es, sie zu töten.

Dad hat mir gesagt, es sei grausam, sie zu fangen und dann wieder freizulassen. Die Fische hätten Verletzungen, hat er mir gesagt. Wären beschädigt. Sie könnten in freier Wildbahn nur schwer überleben. Es wäre besser, sie zu erlösen, hat er gesagt, schnell und sauber. Human. Dad hatte einen Knüppel dafür, der Priester genannt wurde. Er schlug den Fischen damit genau hinter den Augen fest auf den Kopf und tötete sie sofort, oder sie waren zumindest bewusstlos.

Meine Mutter fand Angeln und Jagen barbarisch. Sie rümpfte ablehnend die Nase, wenn mein Vater die Angelruten hervorholte. Ich weiß immer noch, wie er mir zum ersten Mal gezeigt hat, wie man schießt. Sie haben sich in der Küche gestritten, und meine Mutter hat wütend auf ihn eingeredet. Ich weiß immer noch nicht, warum sie schließlich nachgegeben hat. Dad hat mir zugerufen, ich solle mich beeilen. Ich rannte die Treppe nach unten. Als ich an meiner Mutter vorbeilief, hat sie mich noch einmal fest umarmt. »Geh mit deinem Vater«, hat sie geflüstert. »Viel Spaß.« Sie hat mir den Rücken getätschelt, als wolle sie mir sagen, es sei okay. Als Dad aus der Ausfahrt fuhr, habe ich mich umgedreht und durch die Heckscheibe nach ihr gesucht. Sie hat uns vom Küchenfenster aus nachgesehen, die Arme vor der Brust verschränkt, die Lippen fest zusammengepresst.

Dad und Dorsey waren leidenschaftliche Jäger. Sie liebten den Sport, den Kitzel der Jagd, den Triumph nach einem Abschuss. Aber haben sie sich auf Fische und Rehe und Vögel beschränkt? Oder sich größere Beute gesucht? Haben sie beschädigte Mädchen erlöst, sie von der Last befreit, allein in der Wildnis überleben zu müssen?

Ich lege das Foto umgedreht auf den Tisch; ich kann es mir nicht mehr ansehen. Der Aktenschrank unter dem Schreibtisch ist mit einem Vorhängeschloss gesichert, bei dem man vier richtige Ziffern an Drehrädchen einstellen muss. Ich knie mich auf den Boden und versuche verschiedene Zahlenkombinationen aus dem Geburtstag meines Vaters, dann meinem eigenen. Nichts. Als ich als letzten Versuch den Geburtstag meiner Mutter einstelle, lässt sich das Schloss lösen. Jackpot.

Dads Akten sind penibel sortiert und in seiner gestochen scharfen Handschrift in Großbuchstaben beschriftet. Ich blättere sie durch, an einer Mappe mit der Aufschrift »Testament« vorbei, einer anderen, auf der »Kontoauszüge« steht, bis ich schließlich auf »GC Chauffeurservice« stoße.

Ich hole die Mappe heraus. Sie ist schwerer als die anderen. Als ich sie aufschlage, fällt ein Foto heraus und flattert zu Boden. Ich nehme es auf, und mir wird übel. Adriana Marques.

Das Foto wurde mit einem Teleobjektiv aus der Ferne aufgenommen. Adriana betritt gerade etwas, das wie ein Lagerhaus aussieht. Sie ist für eine Party gekleidet, trägt ein enges blaues Kleid, das sich wie ein Verband um ihren Körper schmiegt, High Heels und eine goldene Kette mit einem großen goldenen Kreuz, das in ihrer Halsgrube ruht. Ihre Lippen sind tiefrot geschminkt. Mit gerunzelter Stirn blickt sie über die Schulter zurück. Sie weiß, dass sie beobachtet wird. Ich drehe das Foto um. Auf die Rückseite hat mein Vater geschrieben: »A. Marques, 18, betritt am 29.08.18 GC Chauffeurservice.« Zwei Tage vor ihrem Verschwinden.

Dann stoße ich in der Mappe auf ein Prepaidhandy. Es muss das sein, das Dad aus Adrianas Zimmer mitgenommen hat, nachdem ihre Schwester sie als vermisst gemeldet hat und nach dem ich gesucht habe. Daneben liegt eine goldene Kette, wie die, die Adriana auf dem Foto trägt, mit einem goldenen Kreuz als Anhänger.

Ich stehe auf. Das Blut schießt mir in den Kopf. Ich schließe die Augen, schwanke leicht. Es geht mir nicht gut. Es strengt mich an, aufrecht zu stehen. Mein Körper verlangt lautstark nach Ruhe. *Ich muss weitermachen,* sage ich mir. Wenn ich mich jetzt hinlege, stehe ich nie wieder auf.

Warum hatte er ihre Kette?

Als ich die Augen wieder öffne, fällt mein Blick auf die große Landkarte von Long Island. Sie erstreckt sich über eine ganze Wand und ist neu; oder zumindest hing sie in meiner Kindheit noch nicht hier. Ich frage mich, warum er sie aufgehängt hat. Ich gehe darauf zu, suche nach Markierungen. Vielleicht hatten die Fundorte der Leichen eine Bedeutung. Einen Moment starre ich auf den Sears Bellows County Park, in dem Dad und ich in der Nacht gecampt haben, als meine Mutter ermordet wurde, dann zwinge ich mich, den Blick abzuwenden.

Zum ersten Mal fällt mir auf, dass Long Island die Form eines menschlichen Körpers hat. Warum habe ich das bisher nie gesehen? Jetzt erscheint es mir sonnenklar: eine Frau, die leblos im Wasser treibt. Brooklyn ist ihr Kopf. Das Gesicht ist nach Süden, dem Meer zugewandt. Die Smithtown Bay schmiegt sich an ihren unteren Rücken. Ihre Beine teilen sich in Riverhead und bilden die North und die South Fork. Dazwischen befindet sich die Peconic Bay, wo Dorsey und Dad mit mir als Kind Boot gefahren sind.

Wir haben damals Sandwiches und Saft und Bier in eine Kühltasche gepackt und sind mit Dorseys Boot rausgefahren. Er hat es immer noch, wir haben von dort aus Dads Asche verstreut. Es heißt *Bout Time* – »Wurde auch Zeit«. Erst jetzt fällt mir auf, wie ironisch das ist. Ich weiß noch, wie mir das

Salzwasser ins Gesicht gespritzt ist und wie Dorsey gelächelt hat, wenn ich auf seinen Schoß geklettert bin, um so zu tun, als würde ich das Boot steuern. Ich habe meine Hände um das Steuerrad gelegt, er hat mich losgelassen, und ein paar Sekunden lang habe ich mich frei gefühlt.

Ich gehe zu der Landkarte und lasse den Blick von Pine Barrens nach Süden zum Shinnecock County Park wandern, dann wieder nach Norden zum Sears Bellows County Park. Wo wir gecampt haben, als meine Mutter ermordet wurde.

Drei State Parks. Alle grün, alle dicht bewaldet, alle eine kurze Fahrt von zu Hause entfernt.

Ich setze mich auf den Boden. In Ausschnitten kommt das Wochenende, an dem meine Mutter getötet wurde, zurück, der ganze Sommer. Die Bilder sind unsortiert, die Details variieren. Manchmal erinnere ich mich, dass es geregnet hat, als wir ankamen; dann wieder denke ich, dass es erst später geregnet hat, als wir schon im Zelt lagen. In meinen Träumen trägt Dad immer armeegrüne Kleidung. Später habe ich allerdings ein Foto von uns beiden gesehen, wie wir das Auto beladen, und da trägt er eine blaue Jacke. In meinem Beruf lernt man schnell, dass Erinnerungen – vor allem traumatische – launisch sind. Je länger man mit ihnen lebt, desto weniger kann man ihnen vertrauen.

Wir sind etwa eine Stunde gewandert, bis wir unser Zelt für die Nacht aufbauten. Es nieselte, und mir war kalt. Wir waren an anderen Stellen vorbeigekommen, an denen wir leichter hätten unser Lager aufschlagen können, aber mein Vater war weitermarschiert, als wäre ihm ein Drill Sergeant auf den Fersen. Ich wusste, es hatte keinen Sinn, sich zu beschweren oder seine Entscheidungen zu hinterfragen. Um mit seinem

Tempo mithalten zu können, musste ich traben, meine kurzen Beine bewegten sich doppelt so schnell wie seine.

Ich stolperte über einen Ast, und mein Vater blieb stehen. Ich umfasste mein aufgeschürftes Knie und drängte die Tränen zurück. Unter meinen Fingern quoll Blut hervor.

»Alles in Ordnung?«, fragte Dad und kniete sich vor mich. Er beugte sich vor und drückte mir einen Kuss auf das Knie, ein seltenes Zeichen der Zuneigung.

»Ja. Wohin gehen wir?«

»In ein paar Minuten kommen wir zu einem Teich, der dir bestimmt gefallen wird. Wenn du müde bist, können wir umkehren. Du entscheidest.«

»Wie weit ist es noch?«

Dad drehte sich um und deutete auf etwas am Rand des Pfads. »Siehst du das?«, fragte er. »Das nennt man Steinmännchen. Damit finden Wanderer den richtigen Weg. Wir sind also fast da.«

Ich nickte und stand auf. »Okay. Gehen wir weiter.«

Das Steinmännchen.

Mittlerweile zittere ich am ganzen Körper. Ich ziehe die Knie an, umschlinge sie mit den Armen und wiege mich vor und zurück. Jetzt weiß ich, warum mir das Steinmännchen, das wir bei Adrianas Grab gefunden haben, nicht mehr aus dem Kopf gegangen ist. Es hat eine alte Erinnerung hervorgeholt, die ich im hintersten Winkel meines Gehirns verborgen hatte. Auch neben Rias Grab hatte ein Steinmännchen gestanden. Vielleicht ist es nur Zufall. Oder ein weiterer Beweis für einen Verdacht, der mir immer realer erscheint: Dass mein Vater die beiden umgebracht hat.

Vielleicht hat er auch meine Mutter getötet.

Fünfzehn

An der Wand gegenüber der Karte hängt ein großes Whiteboard, wie wir sie auch im Einsatzraum im Polizeihauptquartier haben. Ich stehe auf und wühle in der Schreibtischschublade nach einem Stift. Dann schreibe ich eine Liste:

JAMES MEACHEM

ALFONSO MORALES

GIOVANNI CALABRESE

GLENN DORSEY

Und als Letztes:

MARTIN FLYNN

In die Mitte der Tafel schreibe ich die Namen der zwei Opfer.

Ich ziehe einen Strich zwischen Meachem und Morales, einen weiteren zwischen Dorsey und Flynn. Giovanni Calabrese hat Verbindungen zu beiden Opfern, Morales zu Ria Sandoval und James Meachem. Mein Vater hat eine Verbindung zu Adriana Marques, zu Glenn Dorsey und vielleicht auch zu Calabrese, auch wenn ich dafür noch keinen Beweis habe.

Ich klebe Adrianas Foto auf das Whiteboard. Ein schwerwiegendes Beweisstück. Daneben befestige ich das Polaroidfoto. Ich untersuche das goldene Kreuz, drehe und wende es zwischen meinen Fingern. Es wirkt so persönlich. Ob es wohl ein Geschenk war? Hat sie es jeden Tag getragen oder nur zu besonderen Anlässen? Hat es sie geschützt? Ihr Glück gebracht?

Ich hänge die Kette an eine Ecke der Tafel, sodass sie über das Foto fällt, auf dem sie sie trägt. Es belastet mich, dass mein Vater das Schmuckstück hatte. Wenn er sie nur aus der Ferne beobachtet hat, wie ist es dann in seinen Besitz gelangt? Ich trete einen Schritt zurück, runzele die Stirn. So viele Puzzleteile, und sie scheinen alle nicht zusammenzupassen. Die Tafel sieht wie ein Spinnennetz aus, das die reichsten Einwohner des Countys mit den ärmsten verbindet. Vielleicht bedeuten die Linien auch gar nichts. Vielleicht hat Morales die beiden Mädchen getötet und sie auf dem Gebiet der Preservation Society vergraben. Aber warum ist mein Vater dann Adriana Marques gefolgt? Warum will Dorsey die Morde unbedingt Morales anhängen, wenn genauso viel für seine Schuld wie dagegenspricht? Und warum hat bisher niemand Calabrese als Verdächtigen ins Spiel gebracht?

Auf dem Handy wähle ich die Nummer meiner alten Freundin Sarah Patel. Ich brauche Hilfe vom FBI. Natürlich könnte ich Lightman anrufen, ihn damit aber wahrscheinlich verärgern. Sarah war immer eine Art Rebellin, und als Leiterin der Einheit zur Bekämpfung von Menschenhandel könnte sie innerhalb von ein paar Stunden ein Team auf die Beine stellen.

»Nell«, meldet sie sich und klingt freudig überrascht. »Ganz schön lange her. Wie geht es dir?«

»Gut, danke. Nein, vergiss es. Ich habe ein paar riesige Probleme.« Im Hintergrund höre ich Stimmen, das Stampfen eines Basses. Vielleicht ist sie in einem Restaurant oder auf einer Party. Plötzlich ist mir meine Offenheit peinlich. Für jemanden, der sich vor lauter Vorsicht schon fast sozial isoliert, erzähle ich seit meiner Rückkehr ganz schön viel von mir. »Es tut mir leid. Passt es dir gerade? Ich weiß, dass ich aus heiterem Himmel anrufe.«

»Natürlich passt es mir. Ich freue mich, von dir zu hören. Was ist los? Wo bist du gerade?«

»Auf Long Island?«

»Warum?«

»Mein Vater ist gestorben. Motorradunfall.«

»Oh Nell, mein herzlichstes Beileid.« Sie spricht leiser. Die Hintergrundgeräusche verschwinden. Eine Tür wird geschlossen.

»Er war ein Cop, nicht wahr?«

»Genau. Bei der Mordkommission. Er hat bei seinem Tod in einem Fall ermittelt. Einem großen. Und deshalb rufe ich an. Ich will ihn abschließen, aber dazu brauche ich Hilfe.«

»Was kann ich tun?«

»Letzten Sommer haben Wanderer die Leiche einer Siebzehnjährigen gefunden, die erschossen und zerstückelt und in einem öffentlichen Naturschutzgebiet vergraben worden war. Sie hieß Ria Sandoval, aus Brentwood. Ursprünglich kam sie aus El Salvador. Es war der Fall meines Vaters, und er hat ihn nie lösen können. Gestern wurde ein weiteres Opfer gefunden. Ähnliches Profil. Mexikanerin aus Riverhead. Erschossen, zerstückelt. Jemand hat sie in den Dünen im Shinnecock County Park vergraben.«

»Oh, verdammt. Ich glaube, das habe ich gerade in den Nachrichten gesehen. Aber hat man nicht einen Mann verhaftet?«

»Doch. Einen Salvadorianer. Gärtner aus der Gegend. Illegal.«

»Du glaubst nicht, dass er es war.«

»Beide Mädchen waren Sexarbeiterinnen, wurden vom selben Fahrer herumkutschiert, einem Ex-Sträfling namens Giovanni Calabrese. Ich glaube, sie gehörten zu einem Ring mit hochkarätigen Kunden.«

»Klingt, als wäre das was für mich.«

»Die zweite Leiche wurde einen Steinwurf entfernt vom Haus eines Milliardärs gefunden. James Meachem. Ich weiß, das ist vielleicht weit hergeholt, aber …«

»Oh, ich kenne Meachem.«

»Ach wirklich.« Ich atme aufgeregt aus.

»Er ist ein bekannter Sexualtäter. Steht auf junge Mädchen, die er seinen Freunden zur Verfügung stellt. Sie revanchieren sich gern dafür.«

»Sie schützen ihn?«

»Sie schützen ihn nicht nur, sie investieren in seine Fonds, sie tun ihm Gefallen. Meachem ist in der Bronx aufgewachsen, hat das College ohne Abschluss verlassen. Und jetzt ist er Milliardär. Niemand kann genau nachvollziehen, wie er es so weit gebracht hat und warum ihm all diese mächtigen Leute ihr Geld anvertrauen. Aber ich hatte schon immer den Verdacht, dass er genug Dreck gegen sie in der Hand hat, damit sie immer wieder zu ihm zurückkommen. Er verdient sein Geld mit Erpressung auf höchstem Niveau.«

»Seine Nachbarin hier hat mir gesagt, dass er Cops schmiert.«

»Auf jeden Fall. Nicht nur Cops. Richter, Senatoren. Eine

Zeit lang waren wir hinter einer Geschichte wegen ihm und dem Vizepräsidenten her.«

»Im Ernst? Worum ging es da?«

»Also, angeblich hat Meachem Überwachungskameras in den Schlafzimmern in seinem Haus in Palm Beach installiert. Wir haben mit einem Mädchen gesprochen, und es hat ausgesagt, dass er eine Aufnahme des Vizepräsidenten mit einer fünfzehnjährigen, illegalen Einwanderin aus Nicaragua hat. Lässt unseren superkonservativen, Bibel verschlingenden, verheirateten Vizepräsidenten nicht besonders gut dastehen.«

»Hast du das Video gesehen?«

»Nein. Wir haben es versucht, das kannst du mir glauben. Wir haben mit allen jungen Frauen gesprochen, die in seinem Haus gewesen waren. Alle wissen, dass sie gefilmt werden. Eines hat einige Männer identifiziert, die regelmäßig auf Meachems Partys anzutreffen sind. Ihre Angaben sind ausführlich und glaubhaft, und sie hat die Namen einiger hochrangiger Politiker genannt. Darunter auch den des Vizepräsidenten. Wir hatten schon angefangen, mit ihr an einer Anklage zu arbeiten, doch dann ist sie verschwunden.«

»Verschwunden?«

»Ja, spurlos.«

»Glaubst du, sie wurde ermordet?«

»Ja, das glaube ich. Wenn Meachem herausgefunden hat, dass sie mit uns zusammenarbeitet, dann hätte er auf jeden Fall einen Grund gehabt, sie loszuwerden. Und mit ihm noch viele andere Menschen. Aber ohne Leiche …« Sie verstummt, und ich höre geradezu, wie sie mit den Schultern zuckt.

»Und die Ermittlungen? Was ist passiert?«

»Wir mussten den Fall zu den Akten legen und uns anderen, ebenso widerwärtigen Mädchenhändlern widmen. Von denen gibt es leider viel zu viele. Doch ich habe nicht genug Leute in meinem Team. Wir tun also, was wir können. Ich wünschte, wir hätten in diesem Fall mehr machen können. Vielleicht schaffen wir das ja noch irgendwann.«

»Könntest du mir die Akten zu allen nicht identifizierten weiblichen Leichen in Palm Springs aus den letzten paar Jahren heraussuchen? Und überprüfen, ob eines oder mehrere Opfer erschossen und zerstückelt und dann in Jute eingewickelt wurden. Wenn Meachem die Mädchen, die für ihn gearbeitet haben, von jemandem beseitigen lässt, dann wird sich das nicht nur auf Suffolk County beschränken.«

Sarah zögert. »Das mache ich. Aber, Nell, in diesem Fall glaube ich nicht, dass Meachem euer Mann ist. Ich halte ihn für einen absoluten Drecksack, versteh mich nicht falsch. Und definitiv zu einem Mord fähig. Aber eine Leiche im eigenen Garten vergraben, ist doch ziemlich dumm, und Meachem ist schlau.«

»Vielleicht ist er in Panik geraten«, schlage ich vor. »Vielleicht hat sie versucht, ihn zu erpressen, und er ist durchgedreht.«

»Warum hat er sie dann nicht mit einem Betonblock am Knöchel ins Meer geworfen?«

»Ich weiß. Verdammt. Du hast recht. Es ergibt keinen Sinn.«

»Bist du dir ganz sicher, dass beide Opfer Kontakt zu Meachem hatten?«

»Ich habe zumindest den Verdacht. Beweisen kann ich es nicht.«

»Dann schau, ob du was findest. Sobald du beweisen kannst, dass dieser Ring existiert und dass Meachem ein regelmäßiger Kunde ist, wird es sehr viel einfacher sein, weiter gegen ihn zu ermitteln.«

»Er ist darin verwickelt, Sarah. Ich spüre es. Ich muss wissen, ob er Cops im Suffolk County geschmiert hat, wie seine Nachbarin angedeutet hat. Wenn ja, dann wäre das eine Erklärung, warum niemand im Tod von Ria Sandoval ermittelt hat.«

»Reden wir über das SCPD?«

»Ja.«

»Dein Dad war beim SCPD.«

»Korrekt.«

»Wir meinen hier also die Freunde deines Vaters? Männer, mit denen du aufgewachsen bist?«

Vielleicht auch mein Vater, hätte ich beinahe hinzugefügt.

»Ja.«

»Bist du sicher, dass du dir das antun willst?«

»Ja, ich muss. Ich muss es einfach wissen.«

Sarah schweigt und sagt dann: »Wir behalten Meachem hier unten in Florida im Auge und warten, bis er einen Fehler macht. Wir kriegen ihn dran, darauf gebe ich dir mein Wort.«

»Es geht nicht nur um Meachem, sondern auch um Adriana und Ria. Das sind Frauen wie wir, Sarah. Ich will, dass die Leute ihre Namen kennen. Ich will wissen, wer sie umgebracht hat. Wenigstens das haben sie verdient.«

»Weiß Lightman, was du da gerade treibst?«

»Nein, ich kann das FBI nicht offiziell um Hilfe bitten. Nicht, ohne das SCPD misstrauisch zu machen. Deshalb wende ich mich an dich.« Ich verschweige ihr, dass ich eigentlich auch krankgeschrieben bin und Lightman mir den Kopf abreißen würde, wenn er wüsste, was ich vorhabe.«

»Okay«, sagt sie schließlich zögernd. Sie findet, dass wir uns auf dünnem Eis bewegen, und damit hat sie nicht unrecht. »Fangen wir mit dem Typen an, von dem du glaubst, dass er den Ring leitet.«

»Giovanni Calabrese. Betreibt einen Chauffeurservice in Wyandanch namens GC Chauffeurservice. Er hat beide Opfer herumgefahren.«

»Wenn jemand die Cops besticht, dann wahrscheinlich er.«

»Wir müssen also irgendwie in seine Organisation reinkommen.«

»Kennen wir außer den beiden Opfern noch jemanden in dem Ring?«

Ich muss einen Moment überlegen, dann fällt es mir wieder ein. »Ja. Ria Sandoval, das erste Opfer, hatte eine Freundin namens Luz Molina. Sie hat auch für Calabrese gearbeitet.«

»Gut, dann finde sie. Sie könnte unsere Tür nach drinnen sein.«

»Vielleicht hat sie zu viel Angst, um uns zu helfen.«

»Die sollte sie auch haben, denn wenn jemand Calabreses Mädchen um die Ecke bringt, dann könnte sie die Nächste sein.«

»Ich mache mich gleich auf die Suche«, sage ich und bin schon auf dem Weg zur Tür.

»Hey, Nell?«

»Ja?«

»Sei vorsichtig. Pass auf dich auf. Meachem ist gerissen

und gefährlich. Bitte halt mich auf dem Laufenden. Du darfst nicht auch noch verschwinden.«

»Ich kann auf mich aufpassen.«

»Das weiß ich. Aber Meachem hat eine ganz Armee von Gehilfen an der Hand. Und du bist allein.«

»Nicht mehr. Jetzt habe ich ja dich.«

Sechzehn

Der Regen weht von der Seite gegen die Glastüren. Die Fenster klappern wie Zähne in ihren Rahmen. Ich bin gerade im Schlafzimmer und versuche unter Mühen, einen Pullover über meine verletzte Schulter zu ziehen, als ich ein Auto in der Auffahrt höre. Ich spähe nach draußen; ein Streifenwagen ist vorgefahren, dahinter sehe ich den roten Truck meines Vaters. Die Scheinwerfer gehen aus. Der Fahrer steigt aus. Er trägt einen Regenmantel mit aufgestelltem Kragen und einen Hut. Als er zum Fenster hinaufsieht, erkenne ich Ron Anastas. Ich hole scharf Luft und ducke mich mit klopfendem Herzen unter das Fensterbrett. Der Vorhang neben mir bebt. Ich frage mich, ob er mich gesehen hat. Es klingelt. Ich schließe die Augen, will, dass er wieder verschwindet. Die Tür ist nicht abgesperrt. Er müsste nur den Griff drehen und könnte hereinkommen. Er hat seinen Partner dabei, ich bin allein. Ich lasse die Hand langsam zu meiner Pistole gleiten, drehe den Kopf, lausche …

Nichts. Endlich höre ich Schritte in der Auffahrt. Eine Autotür wird zugeschlagen. Dann entfernt sich der Streifenwagen vom Haus, und nur noch das schwere Trommeln des Regens auf dem Dach ist zu hören. Eine Minute vergeht, zwei. Donner grollt in der Ferne. Ich richte mich auf und sehe nach draußen in den Wolkenbruch, dann atme ich zischend aus. Fürs Erste sind sie weg.

Die Dune Road verläuft zwischen der Bay und dem Meer und wird bei Sturm oft überflutet. Ich vermute, dass sie bald gesperrt wird. Dann bin ich hier gefangen, bis das Unwetter sich verzieht. Ich kann es mir nicht leisten, zu warten. Ich haste die Treppe nach unten und nehme das Foto von meinem Vater und Dorsey von seinem Schreibtisch. Dann hole ich aus dem Schrank im Flur Dads Regenmantel, der mir fast bis zu den Knien reicht. Es ist seltsam, seine Kleidung zu tragen und seinen Wagen zu fahren, während ich gleichzeitig gegen ihn ermittele. Doch ich habe keine Wahl. Ich muss wissen, wer mein Vater eigentlich war. Ich ziehe die Kapuze hoch und stürze mich nach draußen in das Gewitter.

Der Schlüssel zum Pick-up liegt auf dem Fahrersitz. Ich setze mich hinters Lenkrad und starte den Motor. Sobald ich aus der Auffahrt rolle, sehe ich, wie das Wasser am Rand der Dune Road steigt. An manchen Stellen sind die Räder schon fast völlig bedeckt. Die Bay rückt immer näher. Ein Streifenwagen kommt mir entgegen, als ich auf die Brücke einbiege, und fährt an mir vorbei. Ein Schauder des Unbehagens überläuft mich, der Impuls, mich hinter das Lenkrad zu ducken. Jetzt gibt es kein Zurück.

Hank O'Gormans Bar heißt eigentlich Marina Bar & Grill, doch alle sagen nur Hank O'Gormans Bar oder einfach Hank's. Man bekommt genau das, was der Name sagt: Drinks und gegrilltes Essen, nicht mehr, nicht weniger. Auf dem Boden liegen Sägespäne, in der Ecke steht ein alter Billardtisch, von dem alle wissen, dass er sich ein wenig nach links neigt. Eine zerlöcherte Dartscheibe hängt an der Wand, und eine Jukebox spielt nur Classic Rock, vor allem Lynyrd Skynyrd und AC/DC. Wenn einen etwas in den Laden zieht, dann Hank selbst. Er ist groß und bärtig, mit flammend rotem Haar und Tattoos bis zu den Handgelenken. Außerdem ist er ein ehemaliger Cop. Er ist kaum zu übersehen. An sechs von sieben Abenden steht er hinter der Bar. Seine Jungs vom SCPD trinken oft umsonst bei ihm. Ich habe dort noch nie jemanden von außerhalb gesehen, und ich glaube, Hank will es auch nicht anders. Am Highway steht kein Hinweisschild auf die Bar, nicht einmal am Gebäude selbst ist eins befestigt. Wenn ich es nicht besser wüsste, hätte ich das Gebäude für einen alten Schuppen gehalten, der zum Hafen gehört.

Ein paar Autos stehen auf dem Parkplatz. Die Fenster sind erleuchtet. Leise Musik dringt nach draußen. Beim Eintreten läutet die Glocke über meinem Kopf und kündigt mich dem weitgehend leeren Raum an. Der Wind pfeift hinter mir. Ich fahre mir mit der Hand durch die Haare, schüttele den Regen ab.

Ein einsamer Mann an der Bar beugt sich über seinen Scotch. Im hinteren Teil sitzt ein Pärchen eng aneinandergedrängt in einer Nische. Der Fernseher in der Ecke sendet die Lokalnachrichten. Ein schwerer Sturm zieht auf die Küste von Long Island zu. Statistiken blinken in der Bildschirmecke auf. Geschätzte Regenmengen, Windstärken. Die Strände werden geschlossen. »Suffolk County«, sagt der Meteorologe, »wird am schwersten getroffen werden. Die Anwohner am Wasser sollten sich auf eine Evakuierung vorbereiten.«

Hank kommt aus der Küche. Er sieht aus, wie ich ihn in Erinnerung habe. Bei seiner Größe sollte er eigentlich Furcht einflößend wirken, doch er hat eine freundliche Ausstrahlung. Über einem karierten Hemd trägt er eine Schürze, auf der »Küss den Koch« steht. Als er mich sieht, grinst er breit und enthüllt damit die Lücke zwischen seinen Vorderzähnen. Er beugt sich für eine umständliche Umarmung über die Bar und klopft mir mit seiner Bärenpranke auf den Rücken.

»Nell Flynn. Ich habe gehofft, dich mal zu Gesicht zu bekommen. Dorsey hat gesagt, dass du in der Stadt bist.«

»Schön, dich zu sehen, Hank. Ich wollte schon früher vorbeischauen.«

»Tut mir leid wegen deines Vaters. Er fehlt mir hier.«

»Danke. Hier war er am liebsten.«

»Ja, ich weiß.« Hank presst die Lippen aufeinander, als wolle er noch etwas sagen. Ich habe Dorsey nie gefragt, woher mein Vater in der Nacht seines Todes eigentlich kam. Ich hatte angenommen, dass er hier war, bei Hank, wie an so vielen Abenden. Doch eigentlich ist es nicht wichtig. Hank soll nicht denken, dass ich ihm die Schuld für den Tod meines Dads gebe. Wenn er ihm an dem Abend keinen Alkohol ausgeschenkt hätte, hätte mein Vater woanders etwas zu trinken gefunden. Oder besser gesagt: Der Alkohol hat immer ihn gefunden. Langsam frage ich mich, ob der Motorradunfall nicht in direktem Zusammenhang mit seinem Trinken steht. Vielleicht hat er es absichtlich getan, weil ihn die Schuldgefühle erdrückt haben.

»Du warst ihm ein guter Freund, Hank. Vielen Dank.«

»Er war an dem Abend hier, als es passiert ist. Hat Dorsey dir das erzählt?«

»Ich habe nicht gefragt. Es war ein Unfall, die Räder waren abgefahren, die Straßen nass.«

»Er hat nichts getrunken. Also, nichts außer einer Cola. Er wollte sich eigentlich mit DaSilva treffen, aber der ist nicht aufgetaucht. Dann haben dein Dad und ich das Spiel allein angeschaut. Das wollte ich dir nur sagen. Er war trocken und hat das richtig ernst genommen.«

Das überrascht mich. »Wirklich? Seit wann?«

Hank zuckt mit den Schultern. »Seit ein paar Monaten. Hat er dir das nicht erzählt? Hat von einem Tag auf den anderen aufgehört. Saß hier an der Bar und hat an einer Cola genippt. Ich glaube, er war lieber unter Menschen, als in seinem leeren Haus herumzuhocken. Ich dachte die ganze Zeit, das wäre deinem Einfluss zu verdanken gewesen.«

»Nein, über das Trinken haben wir nie gesprochen.«

»Also, ich glaube, du hattest schon etwas damit zu tun. Er hat mir einmal gesagt, dass er für dich aufhören wollte. Ich war sehr stolz auf ihn, dass er es letztendlich geschafft hat.«

»Ich habe gehört, dass er sich mit jemandem getroffen hat. Einer gewissen Maria. Hat er sie mal mit hergebracht?«

Hank hebt die Augenbrauen. »Nein. Wer hat dir das erzählt?«

»Ein alter Freund.«

»Dein Dad war fast jeden Abend hier. Entweder allein oder mit den Jungs vom SCPD. Wenn er eine Freundin hatte, habe ich sie nie kennengelernt.«

»Kein Problem. Ich wollte nur mal nachfragen.«

»Was kann ich dir bringen? Geht aufs Haus.«

Ich zögere. Nachdem wir gerade über die Abstinenz meines Vaters gesprochen haben, fühlt es sich falsch an, einen Drink zu bestellen. Aber der Tag war die Hölle. Meine Schulter pocht, meine Nerven sind immer noch angespannt. »Einen

Macallan pur.« Ich hole meine Brieftasche hervor. »Und bitte, lass mich bezahlen. Danach kannst du einen Deckel machen.«

Hank winkt ab. »Ich will dein Geld nicht.«

Er geht zu dem anderen Gast an der Bar und füllt dessen Glas nach. Während ich auf meinen Scotch warte, sehe ich mich um. Luz ist nirgends zu sehen. Scheint, als wäre Hank heute Abend allein, was bei dem Wetter auch sinnvoll ist. Draußen heult der Wind immer lauter. Ich wundere mich, dass Hank heute überhaupt geöffnet hat. Andererseits wohnt er über der Bar und ist schnell zu Hause, wenn er den Laden schließt. Und im Moment hat er immerhin noch Strom.

Nachrichten folgen auf die Wettervorhersage. Ich richte mich auf, als Alfonso Morales im Fernsehen gezeigt wird, wie man ihn gerade in Handschellen aus Dorseys Wagen holt. Er hält den Kopf gesenkt und vergräbt das Kinn im Kragen seiner Jacke, um das Gesicht vor den Kameras zu verbergen.

»Heute Nachmittag haben Beamte des Suffolk County Police Departments eine beeindruckende Festnahme auf der Harald-Farms-Plantage in Aquebogue durchgeführt«, berichtet ein Reporter. »Alfonso Morales, ein Angestellter der Gärtnerei, versuchte vor den Polizeibeamten zu flüchten und schwang dabei eine Pistole. Eine zufällig anwesende Einwohnerin, Mary Cassevetes, konnte den Vorfall mit ihrem Handy filmen.«

Das Bild wechselt zu einer verwackelten, herangezoomten Aufnahme, wie Morales durch das Feld hinter der Verkaufshalle rennt. Überrascht sehe ich, dass mich die Kamera eingefangen hat, wie ich hinter dem Truck auf dem Parkplatz kauere. Mein Gesicht liegt im Schatten, man erkennt mich nicht. Doch da bin ich, in den Lokalnachrichten. Ich erschaudere, stelle mir Lightmans Reaktion vor, wenn er es herausfände. Ich höre geradezu, wie er mich durchs Telefon anbrüllt: *Wieso spielst du da draußen auf dieser Farm auf einmal Räuber und Gendarm? Du bist im verdammten Fernsehen! Warum schickst du Dmitri Nowak nicht einfach eine verdammte Weihnachtskarte mit deiner Adresse, dann weiß er, wo er dich umlegen lassen kann?*

Bevor ich Morales umwerfe, endet das Video. Der Reporter erscheint wieder auf dem Bildschirm. »Sie haben gerade eine Liveaufnahme vom heutigen Nachmittag gesehen, als sich Polizeibeamte auf der Harald-Farms-Plantage in Aquebogue einem bewaffneten Verdächtigen nähern, der in Verbindung mit den Morden an zwei jungen Frauen hier im Suffolk County gesucht wird.«

Es ist so weit. Die Medien haben die beiden Morde miteinander verknüpft. Ria Sandoval ist nicht länger ein ungeklärter Fall. Sie ist ein Opfer in einer Reihe von Morden.

Hank kommt mit meinem Macallan. »Wilde Geschichte, was?« Er nickt Richtung Fernseher. »Hast du davon gehört? Gestern Morgen haben sie eine junge Frau gefunden, die im Shinnecock County Park vergraben und total zerstückelt war. Und jetzt haben sie den Täter offensichtlich festgenommen.«

»Deshalb bin ich hier.«

Hank hebt die Augenbrauen. »Ach ja?«

»Dorsey hat mich als Beraterin hinzugezogen. Dad hat zum Zeitpunkt seines Todes an dem Vermisstenfall gearbeitet.«

»Klingt so, als kämen sie der Lösung näher.«

»Doch da ist noch ein anderer Fall. Letzten Sommer hat man ein Teenagermädchen in Pine Barrens verscharrt aufgefunden. Sie hieß Ria Sandoval.«

»Ja, ich erinnere mich. Ihre Freundin arbeitet hier, Luz Molina.«

»Es sieht so aus, als könnte es derselbe Täter sein.«

»Ach, du Scheiße.« Hank schüttelt den Kopf. »Luz wollte heute früher gehen, und ich habe ihr ein bisschen die Hölle deswegen heiß gemacht. Mir war nicht klar, was gerade los ist.«

»Um wie viel Uhr ist sie gegangen?«

»Um vier? Sie kommt immer um zwölf Uhr mittags und bleibt, bis wir schließen.«

»Ich glaube nicht, dass sie wegen Morales früher gegangen ist, wenn dich das tröstet. Er wurde erst nach fünf festgenommen. Wie lange arbeitet sie schon hier?«

»Etwa ein Jahr. Sie ist ein gutes Mädchen. Fleißig. Ich hätte sie wirklich nicht so anschnauzen sollen, weil sie früher gehen wollte. Normalerweise ist sie verlässlich. Ich hatte nur schlechte Laune wegen des Sturms.«

»Du sagst, sie arbeitet seit einem Jahr hier? Sie hat also gleich angefangen, nachdem man Rias Leiche gefunden hat?«

»Ja.« Er sieht zu dem Gast am anderen Ende der Bar, der den Kopf in die Hände gestützt hat und gleich einzuschlafen scheint. Hank senkt die Stimme. »Unter uns, Dorsey hat mich gebeten, ob ich sie nicht einstellen könnte. Luz war in diese Escort-Sache verwickelt, und nach allem, was mit ihrer Freundin passiert ist, hatte sie eine Höllenangst. Sie hat Dorsey leidgetan. Hat gefragt, ob ich ihm einen Gefallen tun und sie beschäftigen könnte. Schwarz, du verstehst schon. Sie brauchte das Geld.«

»Was erledigt sie für dich?«

»Putzt, bedient. Letzte Woche hat sie die Sturmfenster eingesetzt. Was gerade so anfällt.«

»Woher kennt sie Dorsey?«

»Über die Ermittlungen, schätze ich. Moment mal, war das der Typ, der in ihrer Straße wohnt, gegenüber von ihr? Der Landschaftsgärtner? Dorsey hat mir von ihm erzählt. Er hat mir einmal ein Foto gezeigt und gesagt, ich solle die Augen nach ihm aufhalten.«

»Genau. Alfonso Morales.«

»Ich fasse es nicht. Dieses verdammte Tier. Wenn sie ihn letzten Sommer weggesperrt hätten, wäre das Mädchen vielleicht noch am Leben.« Seine Wangen färben sich rot. »Entschuldige, versteh das bitte nicht falsch. Ich bin mir sicher, dass dein Dad alles in seiner Macht Stehende getan hat, um den Kerl zu schnappen.«

»Kein Problem. Hör mal, weißt du, wo ich Luz finden kann? Ich würde gern mit ihr sprechen.«

»Klar. Ich habe ihre Adresse irgendwo im Büro.« Er schenkt mir nach. »Es ist wirklich ungemütlich da draußen. Wenn ich du wäre, würde ich noch eine Weile bleiben. Es ist sinnlos, in der Nacht bei diesem Wetter zu fahren. Und ganz bestimmt nicht nach Brentwood. Dort ist es nach Einbruch der Dunkelheit nicht sicher.«

Siebzehn

Ich fahre direkt von Hank nach Brentwood. Zwei Streifenwagen parken vor Morales' Haus. Die blinkenden roten Lichter machen mich nervös. Ich verberge mein Gesicht so gut wie möglich unter der Kapuze des Regenmantels und husche zu Luz' Eingangstür.

Sie ist da, beobachtet vom Fenster aus die Polizei. Mich. Ich klingele und warte. Sie verschwindet. Nichts passiert. Dann höre ich Schritte, Schlösser werden aufgeschlossen. Luz öffnet die Tür. Ein Windstoß weht ihr das Haar aus dem Gesicht. Sie ist barfuß, trägt nur Schlafanzughosen und ein hellrosa Sweatshirt. Sie verschränkt die Arme vor der Brust, ihr ist kalt. Sie sieht so jung aus. Ein verängstigtes Kind mit großen Augen. Im Haus weint ein Baby.

»Sind Sie Luz?«, frage ich.

Sie nickt stumm.

»Mein Name ist Nell Flynn. Ich bin vom FBI. Ich würde Ihnen gern ein paar Fragen zu Ihrer Freundin stellen. Ria Sandoval.«

Ich zeige ihr meinen Ausweis. Sie liest ihn genau und sieht dann über meine Schulter zu Morales' Haus. »Haben sie ihn verhaftet?«

»Ja, heute Nachmittag.«

Sie kaut nachdenklich an ihrer Lippe. »Was wollen Sie dann von mir?«

Regen fließt an meiner Kapuze entlang nach unten und sammelt sich auf dem rissigen Zement unter meinen Füßen. Ich zittere in der Kälte. Meine Schulter brennt wie Feuer. Luz weicht keinen Schritt zur Seite. Sie ist misstrauisch, mir gegenüber und der Polizei noch mehr. Langsam geht es mir ähnlich.

»Wir ermitteln in einem Serienmord«, erkläre ich. »Es geht nicht nur um Ria. Gestern hat man eine weitere Leiche im Shinnecock County Park gefunden.«

»Davon habe ich gehört.«

»Ein junge Frau namens Adriana Marques. Morales ist in beiden Mordfällen verdächtig. Die Polizei befragt ihn gerade.«

Ria reißt die Augen auf, die Farbe weicht aus ihrem Gesicht. »Adriana? Aus Riverhead?«

»Kannten Sie sie?«

»Oh mein Gott«, flüstert sie.

»Das tut mir sehr leid. Ich wusste nicht, dass Sie beide kannten.«

»Die Polizei glaubt, dass er auch Adriana umgebracht hat?«

»Das ist eine Theorie. Es würde uns helfen, wenn ich Ihnen einige Fragen zu Ria stellen könnte. Ich versuche zu verstehen, wie die Fälle zusammenhängen.«

Sie sieht mich voller Angst an. »Wie ist sie gestorben? Genauso wie Ria?«

»Ähnlich.«

Sie krümmt sich, und einen Moment denke ich, sie muss sich übergeben. Sie schließt die Augen, schlägt die Hand vor den Mund.

Ich blicke über die Schulter zu den Streifenwagen auf der

anderen Straßenseite. Zwei Männer in SCPD-Westen kommen aus Morales' Haus. Ich drehe mich wieder um und hoffe, dass sie mich nicht bemerken. »Dürfte ich wohl reinkommen?«

Luz öffnet die Augen. »Sie haben gesagt, Sie sind vom FBI? Nicht der Polizei? Ich will nicht noch mal mit der Polizei reden.«

»Das müssen Sie auch nicht. Alles, was Sie sagen, bleibt unter uns.«

»Wenn ich Ihnen etwas Wichtiges erzähle, etwas, das Ihnen bei Ria und Adriana weiterhilft, können Sie dann mich und meinen Bruder hier rausbringen?«

»Wohin wollen Sie?«

»Egal. Nur weg von hier. Runter von der Insel. Irgendwohin, wo es sicher ist. Ich kann nicht mit Ihnen sprechen, bevor ich nicht weiß, dass uns danach nichts passiert.« Sie sieht mich aus großen Augen flehend an.

»Okay«, sage ich langsam. »Ich werde tun, was ich kann, damit Sie und Ihr Bruder Schutz bekommen.«

»Nein, Sie müssen es versprechen. Wir müssen hier weg.«

»Ich verspreche es. Wenn nötig, kommen Sie ins Zeugenschutzprogramm. Sie haben mein Wort.«

Sie runzelt die Stirn, überlegt, sagt schließlich: »Okay, reden wir. Aber nicht hier. Meine Familie ist zu Hause. Sie schlafen.«

»Es ist schon spät. Ich kann morgen noch mal vorbeikommen.«

»Nein.« Sie nickt in Richtung der Streifenwagenlichter. »Wir unterhalten uns besser jetzt.«

Schließlich setzen wir uns in den Truck und fahren herum. Es ist schon beinahe Mitternacht. Fast alles ist geschlossen.

Luz will nicht riskieren, mit mir gesehen zu werden, weshalb wir im Wagen bleiben und den Highway entlang nach Osten fahren. Einen Moment lang scheint sie erleichtert, von zu Hause weg zu sein. Sobald wir ihre Straße hinter uns lassen und die Streifenwagen außer Sicht geraten, entspannt sie sich.

»Wollen Sie Musik hören?« Ich deute auf das Radio. Regen trommelt auf das Wagendach, und die Scheibenwischer kämpfen gegen die Wassermassen. Luz beugt sich vor und schaltet das Radio ein. Sie probiert ein paar Sender, Rap, Pop, Klassik, und entscheidet sich schließlich für 103.9, die Lokalnachrichten.

»Und genau das ist mein Problem«, ertönt eine aufgeregte Männerstimme. »Wenn man Suffolk County als Ganzes betrachtet, sind Gewaltverbrechen auf dem Vormarsch. Klammert man dagegen die Viertel mit vorwiegend Latino-Bewohnern aus – Brentwood zum Beispiel –, ist es eigentlich ein sehr friedliches County.«

»Aber was sollen wir tun?«, fragt eine andere Stimme. »Teilen wir das County auf? Sollen wir Menschen deportieren? Viele Countys haben vermögende und weniger vermögende Viertel. Sehen Sie sich zum Beispiel nur Manhattan an.«

»Das stimmt, aber das County erstreckt sich über eine riesige Fläche. Eine einzige Polizeieinheit ist für den gesamten Ostteil der Insel zuständig. Und wenn die Beamten ihre ganze Zeit und Ressourcen auf ein paar bestimmte Viertel konzentrieren müssen …«

»Aber die Polizei ist ja gar nicht in diesen Vierteln unterwegs. Man könnte sogar sagen, dass sie einen überproportionalen Teil ihrer Zeit und ihrer Energie auf die reichen Gebiete des Countys verwenden. An der Highschool von

Brentwood kommt es dagegen jede zweite Woche zu Schießereien, und niemand tut etwas dagegen.«

»Ich glaube, wenn man alle illegalen Einwanderer im Suffolk County abschieben würde, dann sähe es schon anders aus.«

Ich will das Radio ausschalten, doch Luz kommt mir zuvor.

»Sie wohnen bei Ihrem Onkel, nicht wahr?«, frage ich so locker wie möglich.

Sie nickt schweigend.

»Wie alt ist Ihr Bruder?«

»Miguel ist vierzehn. Wird nächsten Monat fünfzehn.«

»Miguel ist ein hübscher Name. So hieß mein Großvater.«

Sie dreht sich zu mir. »Ernsthaft?«

»Ja. Miguel Santos. Aus Juárez, Mexiko. Meine Großmutter war schwanger, und sie wollten, dass meine Mom hier geboren wird, weshalb sie über die Grenze gekommen sind und nie mehr zurückgeblickt haben.«

»Und hat es geklappt?«

»Ja, sie kam in Texas auf die Welt. Als sie ein Teenager war, sind sie nach Central Islip gezogen. Nur ein paar Blocks von hier entfernt.«

»Ohne Scheiß?« Luz schlägt die Hand vor den Mund. »Entschuldigung. Ich … Ich hätte Sie nur nicht für eine Latina gehalten.«

»Die wenigsten tun das. Mit Flynn als Nachnamen …« Ich zucke mit den Schultern.

»Ihre Großeltern sind also geblieben?«

»Das sind sie. Sogar länger als vorgesehen. Ihre Visa sind irgendwann abgelaufen, und sie haben sich nie um eine Aufenthaltsgenehmigung gekümmert. Das war letztendlich aber auch egal. Mein Großvater war stolzer Amerikaner. Im Vorgarten wehte die Flagge. Und jedes Jahr am vierten Juli gab es ein Barbecue.«

Luz sieht in den Regen und knabbert an einem Hautfetzen an ihrem Fingernagel. Ich würde ihr am liebsten die Hand auf die Schulter legen und ihr sagen, dass alles in Ordnung kommt, aber ich kann es ihr nicht versprechen. Meine Großeltern lebten und starben in einer anderen Zeit. Sie hatten kein leichtes Leben. Wirklich nicht. Beide hatten zwei Jobs, manchmal auch drei. Keine Krankenversicherung, keine Ausbildung, kein Sicherheitsnetz. Geld war nie genug da. Manchmal hatten sie nicht genug zu essen. Aber die Gefahr einer Deportation war nicht so groß wie bei Luz.

»Ria war aus San Salvador. So haben wir uns angefreundet.«

»Kannten Sie sie schon früher, in El Salvador?«

»Nein, wir haben uns in der Schule kennengelernt. Ich wusste, dass sie in derselben Straße wohnte. Sie war anders. Echt klug. Wir waren fleißig, wollten genug Geld verdienen, um hier rauszukommen.«

»Das verstehe ich. Meine Mom hat tagsüber Häuser geputzt und ist abends zur Schule gegangen. Man tut, was man tun muss.«

»Das hat Ria auch immer gesagt.«

»Im Polizeibericht steht, dass Ria Geld als Escort verdient hat. Adriana Marques auch. Sie wissen nicht zufällig etwas darüber, oder?«

Luz schweigt.

»Beide haben zuerst auf Craigslist und Backpage Anzeigen geschaltet. Doch damit haben sie aufgehört, nachdem sie Giovanni Calabrese getroffen hatten.«

Immer noch Stille.

»Sie wissen nicht zufällig, wo ich ihn finden kann?«

»Er hat sie nicht umgebracht, wenn Sie das glauben.«

»Woher wissen Sie das?«

»Weil ich Gio kenne. Ria war ihm wichtig. Adriana auch. Und sie haben ihm viel Geld eingebracht.«

»Weil er sie zu den Aufträgen gefahren und wieder abgeholt hat?«

Sie seufzt. »Nicht nur das. Vor Gio hat Ria im Internet inseriert. Sie traf sich mit den Kunden dann im Hotel oder bei ihnen zu Hause. Manchmal auch nur im Auto. Das war gefährlich. Doch Gio hat darauf geachtet, dass ihr nichts passiert. Er hat nicht zugelassen, dass jemand sie schlecht behandelt, und er hat immer dafür gesorgt, dass sie bezahlt wird. Irgendwann hat Gio dann nur noch für ein paar bestimmte Kunden gearbeitet. Seine Mädchen hat er sehr genau ausgewählt. Die Kunden wollen Frauen mit Klasse. Dafür bezahlen sie auch gern. Adriana und Ria haben ihm am meisten eingebracht.«

»Was ist in der Nacht passiert, als sie verschwunden ist? Er hat sie auf dem Parkplatz eines Motels abgesetzt. Das klingt für mich nicht besonders sicher.«

»Das war nicht seine Schuld, sie wollte es so. Ich war an dem Abend bei ihr. Wir sollten auf einer Party in Southampton für einen unserer Stammkunden arbeiten. Doch in letzter Minute hat sie einen Anruf erhalten. Ein Typ, den sie auf einer Party kennengelernt hatte. Er sagte, er wolle sie privat treffen.«

»Moment, Sie waren auch im Wagen?« Ich versuche, nicht zu aufgeregt zu klingen.

»Ja.« Eine Träne rollt über ihre Wange. »Ich habe es bisher noch niemandem erzählt, weil ich keinen Ärger bekommen wollte. Ich weiß sowieso nichts. Ich habe nicht gesehen, mit wem sie sich getroffen hat. Sie ist auf dem Parkplatz ausgestiegen, wir sind gefahren, und ich habe sie nie wiedergesehen.«

»Schon gut. Es ist nicht Ihre Schuld.«

»Ich hätte sie dort nicht allein lassen dürfen.«

»Das konnten Sie nicht wissen.«

Sie schüttelt den Kopf. »Gio war es nicht recht. Er wollte, dass sie mit uns zu der Party fährt. Wir hatten beide das Gefühl, dass etwas nicht stimmt. Ich kann es nicht erklären. Irgendwas hat mir Angst gemacht.«

»Wo hat die Party stattgefunden.«

»In Southampton, im Haus dieses reichen Typen. Er veranstaltet viele Partys, und Gio bringt ihm immer Mädchen. Und wir werden sehr gut bezahlt. Tausend Dollar für einen Abend.«

»Wissen Sie seinen Namen?«

Sie schüttelt den Kopf.

»Wenn ich Ihnen das Haus zeige, würden Sie es erkennen?«

Sie sieht mich mit großen Augen an. »Ich will da nicht wieder hin.«

»Keine Angst. Ich fahre nur daran vorbei, und Sie deuten darauf. Okay? Es ist niemand zu Hause, das verspreche ich.«

Luz weint leise, ihre Wangen glänzen feucht. »Nach Rias Tod habe ich ihnen gesagt, dass ich dort nie wieder hingehen werde.«

»Wem haben Sie das gesagt, Luz?«

»Gio. Und den anderen.«

»Können Sie mir die Namen sagen?«

Sie schüttelt den Kopf.

»Was ist mit Glenn Dorsey, Luz? Ich weiß, dass er Ihnen den Job bei Hank beschafft hat.«

»Ich kann nicht darüber reden.«

»Luz, hören Sie mir zu. Zwei von Gios Mädchen sind tot. Wenn die Polizei da mit drinhängt, muss ich es wissen. Nur so kann ich dafür sorgen, dass Sie und die anderen, die für ihn arbeiten, nicht in Gefahr sind.«

»Sie müssen Miguel und mich hier rausbringen. Schwören Sie.«

»Das werde ich auch. Aber bitte, helfen Sie mir. Helfen Sie mir, und ich helfe Ihnen.«

Sie wendet den Kopf zu mir, und wir sehen einander in die Augen. »Vor zwei Jahren hat Glenn Dorsey Ria festgenommen. Sie hatte online inseriert. Als er sie aufs Revier gebracht hat, hat er sie vor die Wahl gestellt: Entweder übergibt er sie der Einwanderungsbehörde, oder sie arbeitet ab jetzt für Gio.«

Hitze schießt mir ins Gesicht, und ich trete unwillkürlich auf die Bremse. »Wie bitte? *Dorsey* hat den Kontakt zwischen Ria und Gio hergestellt? Sind Sie sicher? Glenn Dorsey.« Mir stockt der Atem, als ich seinen Namen sage. Ich denke daran, wie er auf dem Parkplatz den Arm um mich gelegt hat, nachdem wir die Asche meines Vaters verstreut hatten. Ich habe meinen Kopf an seine Schulter gelegt und mir gewünscht, dass wir in Kontakt bleiben. Ich habe ihm gesagt, dass ich ihn liebe.

Galle steigt mir in die Kehle. Die Vorstellung, dass Dorsey Schmiergelder von einem Zuhälter einsteckt, war schlimm genug. Doch mir wäre im Traum nicht eingefallen, dass er selbst ein Zuhälter sein könnte, der es auf junge Frauen abgesehen hatte, die keine Wahl hatten, außer ihm zu gehorchen.

»Ja, ich bin mir sicher. So sind die meisten von uns zu dem Geschäft gekommen.«

»Und Gio bezahlt Dorsey, damit der ihm Nachschub liefert?«

»Dorsey macht *alles*«, erwidert sie, die Augenbrauen vielsagend hochgezogen. Sie wirkt frustriert, als wäre ich zu langsam von Begriff. »Dorsey beschafft die Mädchen. Er sorgt dafür, dass wir keinen Ärger bekommen. Er sorgt auch für die Security auf den Partys. Einige Kunden sind echt hohe Tiere. Sie mögen es, wenn Polizei dabei ist. Dann haben sie das Gefühl, als könnten sie sich alles erlauben.« Sie verzieht angewidert die Lippen.

»Sind daran noch andere Cops beteiligt?«

»Klar.«

»Kennen Sie ihre Namen?«

Sie überlegt. »Es waren einige. Ron irgendwas. Er ist ab und zu dabei. Und DaSilva. Klein, kräftig, mit rotem Gesicht. Er hat die Security auf den Partys übernommen und war echt arschig zu uns. Hat uns immer irgendwie bedroht, verstehen Sie? Als ob es ihm gefällt, wenn wir Angst haben.«

»Erinnern Sie sich noch an jemand anderen?«

»Da war noch ein Typ, seinen Namen weiß ich nicht mehr. Groß, still. Hatte ein Motorrad.«

»Marty Flynn.«

»Genau, das könnte hinkommen. Er war ab und zu dabei.«

Ich biege in die Meadow Lane ein. Die meisten Häuser liegen im Dunkeln. Der Wind heult und zerrt an dem Truck, aber der Regen hat nachgelassen. In der Ferne sehe ich die Lichter auf der Ponquogue Bridge. Am Ende der Straße liegt der Shinnecock County Park wie ein weit aufgerissenes schwarzes Maul.

»Hier ist es.« Luz richtet sich auf. »Das ist die Straße.«

Wir fahren bis ans Ende und halten an. Ich deute auf Meachems Anwesen. Ein Blitz erhellt das Haus.

»Das da?«, frage ich.

»Ja, das ist es. Der Mann, der die Partys veranstaltet, wohnt dort.«

»Danke, Luz, Sie haben mir sehr geholfen. Darf ich Sie noch um etwas bitten?«

»Klar.«

»Sie müssen mich Calabrese vorstellen.«

»Was? Warum?«

»Er wird nicht erfahren, dass ich vom FBI bin, versprochen. Ich muss in sein Büro und herausfinden, wer ihn bezahlt und wen er wiederum bezahlt.«

»Wie soll ich das machen? Ich habe ihn seit einem Jahr nicht gesehen.«

»Sagen Sie ihm, eine Freundin hätte Interesse, für ihn zu arbeiten. Eine Freundin, die ganz dringend Geld braucht.«

Sie sieht mich zweifelnd an. »Ich weiß nicht. Er ist echt wählerisch bei seinen Mädchen. Die meisten sind jung.«

»Sie stellen mich ihm vor. Den Rest erledige ich.«

Sie zieht die Knie an die Brust und schweigt.

»Wenn ich ihn treffe, sind Sie und Miguel schon weg von der Insel, das verspreche ich. Sobald das Treffen steht, setze ich euch beide in ein Flugzeug.«

»Können Sie das denn?«

»Das kann ich«, antworte ich und versuche, zuversichtlicher zu klingen, als ich es bin. »Und das werde ich.«

Sie nickt langsam. »Okay, ich mache es. Aber Sie müssen eins verstehen: Wenn Sie mich hierlassen, werden sie mich töten, genau wie die anderen.«

»Ich weiß. Sie werden uns beide umbringen. Deshalb müssen wir schlau und schnell sein. Wir jagen sie, bevor sie uns jagen.«

Achtzehn

Als ich nach Hause zurückkomme, ist die Dune Road wieder befahrbar. Strom habe ich noch keinen, weshalb ich mich vor das Feuer lege. Auch wenn ich völlig erschöpft bin, will ich mich zwingen zu arbeiten, Unterlagen zu lesen. Doch bald schon falle ich in unruhigen Schlaf voller sonderbarer und gewalttätiger Träume.

Schließlich wache ich von meinem eigenen Schrei auf. Ich habe schon wieder von meiner Mutter geträumt. Wir waren am Strand, nur sie und ich. Der Himmel war dunkel, das Meer aufgewühlt und mit Schaumkronen. Es war kalt, zu kalt für den Strand. Der Sand unter meinen Füßen fühlte sich wie Eis an. Ich weiß nicht, warum wir dort waren, und ich wollte wieder ins Haus. Meine Mutter trug einen Badeanzug und lief aufs Wasser zu. Ich rief ihr nach, warnte sie, sie sollte nicht hineingehen. Sie würde vor Kälte sterben, die Strömung sie hinabziehen. Ich schrie, doch der Wind riss meine Worte fort. Sie drehte sich zu mir um, lachte. Dann stürzte sie sich mit einem Hechtsprung ins Wasser und verschwand in einer riesigen, schäumenden Welle.

Ich setze mich auf, finde mich auf der Couch wieder. Das Wohnzimmer ist eiskalt, das Feuer erloschen. Meine nackten Füße ragen unter der Decke hervor. Ich ziehe sie an mich und reibe sie mit den Händen warm. Als ich die Arme ausstrecke, pocht meine Schulter vor Schmerzen. Die Kontoauszüge meines Vaters sind auf dem Boden verstreut. Ich muss eingeschlafen sein, während ich sie gelesen habe. Ich sammele sie auf, sortiere sie so gut wie möglich. Bis spät in die Nacht habe ich sie überprüft, und sie scheinen zu seinem Gehalt beim Police Department zu passen. Es gibt keine verdächtigen Transaktionen. Keine großen Ein- oder Auszahlungen. Das einzig Ungewöhnliche war das Apartment in Riverhead, dessen Miete von einem anderen Konto gezahlt wurde. Wenn er Schwarzgeld von Giovanni Calabrese oder sonst jemandem bezogen hatte, dann ist auf diesen Seiten nichts davon zu erkennen. Wahrscheinlich hatte er deshalb das Offshore-Konto. Es ist Zeit, dem Ganzen auf den Grund zu gehen.

Nachdem ich Kaffee aufgesetzt habe, hole ich Justin Morans Visitenkarte hervor und wähle seine Nummer.

»Hier spricht Nell Flynn«, sage ich, als er sich meldet. »Martin Flynns Tochter. Sein Anwalt, Howard Kidd, hat mir Ihre Kontaktdaten gegeben.«

»Geht es ihm gut?«

»Er ist tot.«

»Mein herzlichstes Beileid, Ms. Flynn. Wie kann ich Ihnen helfen?«

»Sagen Sie's mir. Ich hatte noch nie ein Offshore-Konto. Können Sie mir eine Kontoübersicht oder so etwas schicken? Oder mir sagen, wie ich das Konto auflösen kann?«

»Ich fürchte, Sie müssen persönlich erscheinen, wenn Sie Geld abheben wollen.«

»Auf den Kaimaninseln?«

»Ja. Uns ist Sicherheit sehr wichtig, Ms. Flynn. Sicherheit und Diskretion.«

»Das weiß ich zu schätzen. Aber Sie können nicht von mir erwarten, dass ich zu Ihnen fliege, und dann liegen vielleicht gerade mal fünfzehn Dollar auf dem Konto. Das wäre Zeitverschwendung.«

Moran überlegt. »Ich verstehe«, sagt er. »Machen wir es so: Ich werde Ihnen einige Fragen stellen – nach der Sozialversicherungsnummer zum Beispiel – und verifizieren, dass Sie tatsächlich Mr. Flynns Tochter sind. Und dann beantworte ich Ihnen gern Ihre Fragen zu dem Konto. Hilft Ihnen das?«

»Klingt gut.«

»Also dann.« Moran stellt mir einige oberflächliche, aber persönliche Fragen, die ich alle beantworte. Ich muss seinen Test bestanden haben, denn plötzlich sagt er: »Gut, das reicht. Was wollen Sie zu Ihrem Konto wissen?«

»Wie viel Geld liegt darauf?«

»Im Moment einhundertvierzigtausend Dollar.«

»Wow. Das wäre den Flug wahrscheinlich wert.«

»In der Tat. Am Monatsanfang werden immer zehntausend Dollar eingezahlt. Wenn Sie also noch ein paar Tage warten, beläuft sich der Betrag auf einhundertfünfzigtausend Dollar.«

»Von woher kommt das Geld? Vom Konto meines Vaters?«

»Nein, von einer Firma namens GC Limited. Das Konto wurde vor vierzehn Monaten eröffnet, und seither sind jeden Monat zehntausend Dollar eingegangen.«

»GC, haben Sie gesagt?«

»Ja.«

»Ich sollte die Firma kontaktieren. Wenn mein Vater für sie gearbeitet hat, sollten sie von seinem Tod erfahren.«

»Ich weiß nicht, ob ich Ihnen diese Informationen geben darf.«

»Mr. Moran, ich will jetzt nicht ins Detail gehen müssen. Aber mein Vater ist tot. Ich bin seine Begünstigte. Ich verstehe es so, dass Sie jetzt für mich zuständig sind.«

»Ich verstehe«, antwortet er knapp. »Die Bank muss aber trotzdem bestimmte Vorschriften befolgen.«

»Außerdem bin ich FBI-Agentin, Mr. Moran. Vielleicht hat mein Vater das mal erwähnt. Das Bureau hat auch bestimmte Richtlinien. Eine davon besagt, dass seine Agenten kein Geld auf Offshore-Konten bunkern dürfen. Wir können das also einfach unter uns klären, oder wir können meinen Boss einschalten, die Leitung des Bureaus sowie die IRS und diverse Zwangsvorladungen verschicken. Sie können mir aber auch einfach einen Kontoauszug zukommen lassen mit den Informationen zu der Firma, die jeden Monat Geld überweist. Danach lösen wir gemeinsam das Konto auf, und alles bleibt unter uns. Es liegt an Ihnen. Mir wäre der einfache Weg lieber, der für uns beide sehr viel angenehmer sein würde.«

Moran räuspert sich. »Ja, Ihr Vater hat Ihren Beruf erwähnt. Danke, dass Sie mich noch einmal daran erinnern. Wie soll ich Ihnen die Unterlagen zukommen lassen?«

»E-Mail wäre mir am liebsten, ich gebe Ihnen die Adresse. Natürlich werde ich die Informationen streng vertraulich behandeln.«

»Innerhalb der nächsten Stunde haben Sie alles. Rufen Sie mich dann an, und wir lösen das Konto auf.«

Ich beende das Gespräch und schalte den Fernseher ein.

Luz hat gesagt, sie würde heute Kontakt zu Calabrese aufnehmen, aber es ist noch früh am Morgen. Wahrscheinlich schläft sie. Und er auch. Ich muss Geduld haben. Das ist nicht gerade meine Stärke.

Das Fernsehprogramm kann mich auch nicht ablenken. Alfonso Morales' Geständnis ist die große Meldung der Lokalnachrichten; ich muss keine Minute warten, bis ein Sprecher die Neuigkeit verkündet. Morales wird gezeigt, wie er mit Handschellen aus einem Streifenwagen aussteigt, umringt von diversen Polizisten. Er geht gebückt und ignoriert die Kamerablitze und die Rufe der Reporter. Jemand von der Polizei muss die Medien informiert haben. Bei gewöhnlichen Verbrechern veranstalten sie nicht so einen Zirkus.

»Wir berichten live vom Polizeihauptquartier in Yaphank.« Die Kameras sind auf die Stufen zum Gebäude gerichtet, vor dem Glenn Dorsey an einem Podium steht. Seine Beamten sind hinter ihm aufgereiht wie Bodyguards. Bei ihrem Anblick zucke ich zusammen. Das sind die Kollegen meines Vaters, seine Freunde, Männer, die ich mein ganzes Leben lang gekannt habe. Männer, die für mich einmal Familie gewesen waren.

»Der heutige Tag ist ein Beweis für die Arbeit des Suffolk County Police Departments«, verkündet Glenn. »Unsere Beamten haben schnell und effektiv gearbeitet und konnten Mr. Morales innerhalb von vierundzwanzig Stunden in Gewahrsam nehmen. Mr. Morales hat die Morde an zwei jungen Frauen gestanden; Ria Sandoval, deren Leiche man letzten Sommer in Pine Barrens gefunden hat, sowie Adriana Marques, deren sterbliche Überreste vor zwei Tagen im Shinnecock County Park entdeckt wurden. Wir betrauern heute den Verlust zweier junger Menschen. Doch gleichzeitig ehren wir die Arbeit unserer Polizeibeamten und wissen, dass wir uns auf ihre Kompetenz verlassen können. Sie dürfen jetzt Fragen stellen.«

Dorsey lässt den Blick über die Reportermenge schweifen und deutet auf einen Mann in der ersten Reihe.

»Ist Mr. Morales US-Bürger?«

»Nein, das ist er nicht.«

»Was ist mit den Opfern? Befanden sie sich legal im Land?«

»Adriana Marques war US-Bürgerin, Ria Sandoval nicht.«

»Stimmt es, dass das Suffolk County Police Department eine Geständnisquote von vierundneunzig Prozent hat?«, fragt Ann-Marie Marshall von weiter hinten. Beim Klang ihrer Stimme erstarre ich.

Dorsey runzelt die Stirn. »Ich weiß nicht, wie genau diese Statistik ist. Aber wir haben eine ordentliche Geständnisquote, und darauf bin ich stolz.«

»Sie ist bedeutend höher als der landesweite Durchschnitt und übertrifft bei Weitem vergleichbare Countys wie Nassau und Westchester.«

»Wenn das zutrifft, dann ist es das Verdienst unserer Detectives. Nächste Frage.«

»Oder es ist ein Hinweis, dass Ihre Detectives die Geständnisse mit unzulässigen Methoden erzielen«, fährt Marshall laut genug fort, dass die Menge verstummt. »Erst letztes Jahr haben Detectives der Mordkommission ein schriftliches Geständnis auf Englisch von einem gewissen Hector Dominguez eingereicht, einem Mann, der nur Spanisch spricht und dem man weder rechtlichen Beistand noch einen Dolmetscher angeboten hat …«

»Sie zeichnen ein völlig falsches Bild vom Dominguez-Fall«, fällt Dorsey ihr ins Wort. »Die Berichterstattung Ihrer Zeitung war fehlerhaft und hätte beinahe vor Gericht geendet. Es hat keinen Einfluss auf Mr. Morales' Geständnis gegeben, das er vollständig und aus freiem Willen abgelegt hat und bei dem ich persönlich anwesend war. Mr. Morales hatte Schuldgefühle und wollte gestehen. Das war's. Also, wenn es Ihnen nichts ausmacht …«

»Was ist mit Sean Gilroys Geständnis aus dem Jahr 1997?«, ruft Ann-Marie Marshall. »Da waren Sie auch dabei, nicht wahr? Und in beiden Fällen existierten forensische Beweise, aufgrund derer der Verdächtige das Verbrechen nicht begangen haben konnte, dessen er beschuldigt wurde. In beiden Fällen wurden diese Beweise von Ihrem Department bewusst ignoriert.«

»Keine weiteren Fragen.« Dorsey tritt so abrupt vom Mikrofon zurück, dass er es mit einem lauten Krachen umwirft. Die Kamera folgt Dorsey, wie er mit steifem Rücken davongeht. Danach zeigt das Bild die Reporter, die sich aufgeregt über den hitzigen Austausch unterhalten.

Ich schalte den Fernseher aus und klappe den Laptop auf. Justin Morans E-Mail ist bereits eingetroffen. Ich klicke auf den Anhang und schicke ihn auf den Drucker, der nebenan im Büro ratternd zum Leben erwacht. Während ich auf den Ausdruck warte, gebe ich Sean Gilroys Namen in eine Suchmaschine ein. Nachdem ich drei Artikel von Ann-Marie Marshall über Gilroys Geständnis überflogen habe, finde ich, wonach ich gesucht habe. Am Ende des letzten Artikels zitiert Marshall Glenn Dorsey: »Der Junge hatte Schuldgefühle. Manche wollen einfach gestehen, wissen Sie?«

Ich greife nach meinem Handy und wähle die Nummer der Zentrale der *Newsday*.

»Mein Name ist Nell Flynn«, sage ich. »Ich muss so schnell wie möglich mit Ann-Marie Marshall sprechen.«

Eine Stunde später treffen wir uns in einem Café auf der Main Street in Riverhead. Es ist klein und einfach, mit einer staubigen Fensterfront direkt am Parkplatz. An der Tür hängt ein »Geschlossen«-Schild. Ich spähe durch das Glas. Eine Frau wischt gerade den Tresen. Als sie mich sieht, hält sie inne und bedeutet mir, hereinzukommen.

Ich drücke die Tür auf, deren Angeln protestierend quietschen. Die Sitznischen sind groß und mit einem wachsartigen, senfgelben Material bezogen. Auf dem Fernseher über dem Tresen laufen stumm die Lokalnachrichten. Sonst ist niemand zu sehen; ich schaue auf die Uhr, ob ich mich nicht in der Zeit geirrt habe. Bin ich überhaupt am richtigen Ort? Die Frau hinter dem Tresen deutet auf die letzte Sitznische.

»Setzen Sie sich doch.«

Ich nicke zum Dank. Zu meiner Überraschung ist Ann-Marie Marshall bereits da. Sie lächelt mir zu, die roten Lippen entblößen perfekte weiße Zähne.

»Habe ich Sie erschreckt?«

»Nein«, sage ich, auch wenn das nicht stimmt. »Netter Ort für ein Treffen. Sehr verschwörerisch.«

Sie zuckt mit den Schultern. »Ich habe meine Verstecke. In meinem Beruf ist es manchmal gar nicht so einfach, einen ruhigen Ort zum Reden zu finden.«

»Das Gefühl kenne ich.« Ich rutsche ihr gegenüber auf die Sitzbank und mustere ihre Tasse mit dampfendem schwarzem Kaffee. Es ist kalt hier drin, und ich verschränke die Arme vor der Brust. Ich wünschte, ich hätte mehr Kleidung mitgebracht. Ursprünglich wollte ich nur ein paar Tage bleiben, doch jetzt bin ich schon fast zwei Wochen hier, und mein eines Paar Jeans und die alten Sweatshirts meines Dads reichen nicht. Die Bedienung kommt mit einem Bleistift hinter dem Ohr zu uns.

»Was darf ich Ihnen bringen?«

»Kaffee wäre toll, danke.«

»Wie trinken Sie ihn?«

»Schwarz ist okay. Und heiß, bitte.«

»Kommt sofort.« Sie verschwindet und kommt umgehend mit einer Tasse und der Kanne zurück. Sie schenkt noch Ann-Marie nach, bevor sie uns wieder allein lässt.

»Ich bin froh, dass Sie angerufen haben«, sagt Ann-Marie, entleert ein Päckchen Zucker in ihre Tasse und rührt um. »Ich hatte in den letzten Jahren schon öfter daran gedacht, mich bei Ihnen zu melden. Aber ich war mir nicht sicher, ob Ihnen das recht wäre.«

»Nein, ich hätte nichts von Ihnen hören wollen. Ganz ehrlich, ich habe Sie immer gehasst.«

Sie lächelt unbeeindruckt. »Dann ist es ja gut, dass ich es gelassen habe. Und warum haben Sie mich angerufen?«

»Ich habe Sie bei der Pressekonferenz mit Glenn Dorsey gesehen. Sie haben Sean Gilroy erwähnt. Und damit den Fall meiner Mutter.«

Ihr Gesicht wird hart. »Wenn Sie sagen wollen, dass ich den Fall ruhen lassen soll, dann hätten Sie das auch am Telefon tun können. Und ich hätte Ihnen dieselbe Antwort gegeben wie dem SCPD: Ich werde unter gar keinen Umständen aufgeben.«

»Das sollen Sie auch nicht. Im Gegenteil.«

Das überrascht sie. »Sie wollen etwas über den Gilroy-Fall erfahren?«

»Sie haben gesagt, es gäbe forensische Beweise, die Gilroys Geständnis widerlegen.«

»Das stimmt. Im Obduktionsbericht steht, dass der Angreifer Ihrer Mutter Linkshänder war. Gilroy ist beidhändig. Er schreibt mit links, übt Sportarten aber mit der rechten Hand aus. Es liegt also nahe, dass er jemanden auch mit rechts erstochen hätte.«

»Das ist Spekulation.«

»Ja. Aber der forensische Pathologe hat mir zugestimmt. Praktischerweise ist sein Bericht kurz nach dem Prozess verschwunden. Und dann hat er sich in Florida zur Ruhe gesetzt. Oder zumindest hat man mir das erzählt. Auf jeden Fall ist er nicht mehr erreichbar. Das passiert ziemlich oft bei Leuten im Suffolk County. Sie verschwinden einfach.« Sie spreizt die Hände wie ein Zauberer.

»Gilroys Fingerabdrücke waren auf der Mordwaffe«, sage ich. »Waren die Abdrücke von seiner rechten oder der linken Hand?«

»Seiner linken. Hören Sie, ich bezweifle nicht, dass er das Messer mit seiner linken Hand aufgehoben hat. Das hat er zugegeben. Aber vielleicht war das erst, nachdem er die Leiche gefunden hatte. Sie wissen, dass er seine Aussage einmal zurückgezogen hat? Er hat gesagt, er hätte sie durch das Fenster gesehen, und da sei sie schon tot gewesen. Er sei dann ins Haus eingebrochen, um ihr zu helfen.«

»Und Sie glauben das.«

»Ich weiß nicht, was ich glauben soll. Ich weiß immer noch

nicht, wer Ihre Mutter umgebracht hat. Aber ich glaube nicht an Gilroys Geständnis, es steckt voller kleiner Widersprüchlichkeiten. Der zeitliche Ablauf passt nicht richtig zusammen. Er konnte nicht erklären, wie er an das Messer gekommen war, und er hat gesagt, dass er einmal aus Versehen auf sie eingestochen hätte, dabei wurden mehrere Hiebe gegen sie ausgeführt. Ich glaube, man hat ihn zu dem Geständnis gezwungen und dann alle Beweise, die dagegen sprachen, verschwinden lassen. Vielleicht war Gilroy tatsächlich der Mörder. Doch der Fall war nie so sauber und eindeutig, wie Glenn Dorsey allen weisgemacht hat.«

»Aber warum? Was für ein Motiv könnte Dorsey haben, Sean Gilroy den Mord anzuhängen?«

Marshall seufzt. »Ich wüsste da ein paar. Und Sie sicher auch.«

»Sie glauben, mein Vater hat sie umgebracht.«

»Das wissen Sie wahrscheinlich besser als ich. Sie waren schließlich sein Alibi.«

Ich verlagere mein Gewicht auf der harten Bank und frage mich, ob dieses Treffen ein Fehler war. »Bei so etwas hätte ich nicht gelogen.«

»Er war Ihr Vater. Sie waren jung. Vielleicht wussten Sie gar nicht, dass er weg gewesen war.«

»Wir haben in einem Zwei-Personen-Zelt geschlafen, dreißig Meilen von unserem Haus entfernt. Ich hätte gemerkt, wenn er weggegangen wäre. Und er hätte mich nicht in der Nacht mitten im Wald allein zurückgelassen.«

»Schon gut.« Ann-Marie hebt die Handflächen. »Hören Sie, Nell. Darf ich Sie so nennen? Ich sage nicht, dass Gilroy Ihre Mutter *nicht* umgebracht hat. Er kann durchaus der Täter gewesen sein. Aber ihm steht trotzdem ein faires Gerichtsverfahren zu. Ich glaube, man hat ihn so lange eingeschüchtert, bis er gestanden hat. Man hat ihn wahrscheinlich auch nicht richtig über seine Rechte aufgeklärt. Ich glaube, dass die Beweise manipuliert wurden, um den Fall so schnell wie möglich als gelöst zu präsentieren. Und Gilroy hatte weder damals noch heute die Möglichkeiten und die geistigen Fähigkeiten, um sich zu verteidigen. Dorsey hat beschlossen, dass er der Täter ist, und hat dafür gesorgt, dass er dafür verurteilt wird. Darauf kommt es mir an. Damals wie heute.«

»Sie glauben also, das SCPD ist korrupt.«

»Ja, das glaube ich. Gilroy ist kein Einzelfall. Seit Jahrzehnten ist das ein chronisches, systemisches Problem im Suffolk County. Ich habe mich mit Männern unterhalten, die während der Befragung mit Telefonbüchern geschlagen und deren Hoden gequetscht wurden. Weil das keine Spuren hinterlässt, verstehen Sie? Ich habe im Vertrauen mit Officern im Nassau County gesprochen, die sagen, es sei ein offenes Geheimnis, dass die Cops im Suffolk County tun, was sie wollen. Sie seien totale Cowboys, die sich bei Drogenrazzien am Stoff bedienen, sich von Gangs und Drogendealern schmieren lassen, damit diese ungestört ihren Geschäften nachgehen können, und die ständig Leuten etwas anhängen würden. Alle sagen, seit Glenn Dorsey Chief ist, sei es noch schlimmer geworden.«

»Warum hat man dann nicht ermittelt? Wenn es so ein offenes Geheimnis ist.«

Ann-Marie sieht mich an, als wäre ich etwas langsam von Begriff. »Man *hat* ermittelt. Ich weiß von zwei internen Verfahren. Einmal unter Governor Baldacci in den Neunzigern. Der Untersuchungsausschuss hat weitverbreitetes Fehlverhalten sowohl bei Mord- als auch bei Drogenermittlungen festgestellt. Das ist ein direktes Zitat, Sie können es nachrecherchieren. Zwei Detectives aus dem Bericht kamen schließlich ins Gefängnis. Detective McCrary, weil sie bestechlich war, und Moynahan, weil er einen Verdächtigen während einer Befragung angegriffen hat. Vielleicht sind Sie zu jung, um sich noch an die beiden zu erinnern?«

Ich öffne den Mund, weiß jedoch keine Antwort. Ich erinnere mich dunkel. Maureen McCrary war nach dem Tod meiner Mutter oft bei uns und hat Aufläufe vorbeigebracht. Dabei trug sie viel blauen Lidschatten und ein bisschen zu kurze Röcke. Sie flirtete mit Dad und ignorierte mich nach Kräften. Eines Abends, als sie uns Lasagne und eine Flasche Wein gebracht hatte, fragte ich sie, wo ihr Mann sei. Dad schickte mich in mein Zimmer. Später erzählte er mir, dass die McCrarys sich scheiden lassen würden und Mr. McCrary weggezogen sei, und dass ich nicht so unhöflich zu Gästen sein solle. Dann sagte er, er fände Maureen genauso nervig wie ich und sei dankbar für meine Frage, weil sie jetzt nämlich nicht mehr wiederkäme. Das war auch tatsächlich Maureens letzter Besuch. Ab und zu sahen wir sie danach an Feiertagen in der Kirche oder beim jährlichen Fundraiser des SCPD. Sie winkte uns dann zu, kam aber nicht zu uns. Irgendwann heiratete sie einen Polizisten aus Westchester, und ich sah sie nie wieder.

»Wann war die zweite Ermittlung?«

»Vor zwei Jahren. Governor Franklin hat nach dem Debakel um Hector Dominguez eine Untersuchung des SCPD angeordnet.«

»Was ist dabei herausgekommen?«

Sie zuckt mit den Schultern. »Keine Ahnung. Entweder

laufen die Ermittlungen noch, oder Dorsey hat einen Weg gefunden, alles still unter den Teppich zu kehren. Es ging das Gerücht, dass die DEA das SCPD im Auge behalten sollte. Eine Quelle hat mir verraten, dass sie jemanden ins Department eingeschleust haben, der das Drogendezernat überwacht. Doch bis jetzt ist nichts dabei herausgekommen.«

»Sie glauben also, dass dasselbe jetzt bei Alfonso Morales passiert: ein erzwungenes Geständnis, schlampige Ermittlungen.«

»Definitiv. Und Sie glauben das auch. Sonst würden Sie jetzt nicht hier sitzen und mit mir reden.«

»Aber warum jetzt? Wenn sie Leuten sonst so schnell etwas anhängen, warum haben sie Morales dann nicht schon letzten Sommer verhaftet?«

»Das weiß ich nicht. Hören Sie, ich habe Freunde beim Department, die sagen, dass Ihr Dad und Dorsey sich wegen des Pine-Barrens-Falls darüber gestritten hätten, wie man damit umgegangen war. Dorsey wollte Morales verhaften, doch Ihr Vater hat gesagt, es gäbe nicht genug Beweise. Danach haben sie kaum noch miteinander gesprochen. Hat ganz schön für Spannungen gesorgt drüben im Hauptquartier. Doch jetzt ist Ihr Vater tot, und Dorsey kann alles so angehen, wie er es gewohnt ist.«

Ich lehne mich zurück. Der Kunststoff unter mir klebt an meiner Kleidung. Ich sehe aus dem Fenster zum Pick-up meines Dads, der im hellen Nachmittagslicht glänzt und definitiv eher rot als weinrot aussieht.

Plötzlich kommt mir ein Gedanke, und ich setze mich auf. »Sie glauben also, dass mein Vater den Pine-Barrens-Fall aufklären wollte?«

»So habe ich es gehört.«

»Er wollte ihn nicht unter den Teppich kehren, so wie Dorsey jetzt?«

»Genau.« Ann-Marie sieht mich erwartungsvoll an.

»Und Sie haben gesagt, es gäbe einen Kontakt bei der Polizei? Eine Quelle im SCPD?«

»So habe ich es gehört, aber ich konnte es nie verifizieren.«

»Ich muss los«, sage ich und ziehe ein paar Dollar aus meiner Tasche. »Verzeihen Sie. Mir ist nur gerade etwas eingefallen. Ich melde mich.«

Sie packt meinen Arm und hält mich auf. »Reden Sie mit Milkowski, ja?«, sagt sie rasch.

»Der Gerichtsmedizinerin? Warum?«

»Reden Sie einfach mit ihr. Sie glaubt nicht, dass Morales der Mörder ist. Der Killer ist Linkshänder, doch die Person, die die Leichen zerstückelt hat, war Rechtshänder. Sie glaubt, dass ein anderer Adriana erschossen und Morales sich vielleicht um die Beseitigung der Leiche gekümmert hat. Das hat sie mir im Vertrauen erzählt. Sie hat Angst vor Glenn Dorsey. Sie braucht Hilfe, Nell. Wenn sie ihre Ergebnisse offen vertritt, wird sie Schutz benötigen. Vielleicht können Sie dafür sorgen.«

»Schreiben Sie darüber eine Story?«

»So was in der Art. Hoffentlich bringt man mich deswegen nicht um.« Sie hebt den Arm und macht der Bedienung ein Zeichen wegen der Rechnung. »Was genau haben Sie eigentlich vor? Ermitteln Sie privat? Wenn ich die Frage stellen darf.«

»So was in der Art. Wir reden, ja?« Ich lege meine Visitenkarte auf den Tisch und verlasse eilig das Café durch die quietschende Tür.

Neunzehn

Elena Marques' Haus liegt nur eine kurze Fahrt über die Pulaski Street entfernt. Ich fahre so schnell ich kann und parke direkt vor dem Haus, wie am Tag zuvor, eile die Treppe hinauf und klingele. Während ich warte, sehe ich, wie ein Wagen auf der anderen Straßenseite anhält. Der Fahrer schaltet den Motor aus, steigt aber nicht aus, sondern gibt vor, sich in eine Zeitung zu vertiefen. Doch ich weiß, dass er mich beobachtet.

Die Tür wird geöffnet. Elena sieht noch erschöpfter aus als bei unserem letzten Gespräch. Sie lächelt matt.

»Agent Flynn. Kommen Sie rein.« Sie winkt mich ins Haus. Als sie sich umdreht, werfe ich einen Blick über die Schulter und sehe gerade rechtzeitig, wie der Mann im Auto ein Kameraobjektiv auf uns richtet. Ich schließe rasch die Tür hinter uns.

»Geht es Ihnen gut?«, fragt Elena mich. Mir wird bewusst, dass ich schwitze. Ich wische mir die Stirn mit dem Ärmel ab.

»Alles okay, vielen Dank.« Ich klinge schärfer als beabsichtigt. »Wie geht es Ihnen? Das ist viel wichtiger.«

Sie zuckt mit den Schultern. »Ich habe in den Nachrichten gehört, dass Alfonso Morales verhaftet wurde.«

»Ja, das wurde er.«

»Stimmt es, dass er den Mord an Adriana gestanden hat? Und an dem anderen Mädchen im letzten Sommer?«

»So habe ich es gehört, aber ich weiß es nicht sicher.«

»Sie waren nicht dabei?«

»Ich bin keine Polizistin, Elena. Ich habe nur bei den Ermittlungen geholfen.«

»Und jetzt ist es vorbei.« Sie sieht mich ausdruckslos an, als ob sie darauf wartet, dass ich sie enttäusche. »Das war's.«

»Für mich ist es nicht vorbei, noch lange nicht. Können wir uns unterhalten?«

»Worüber?«

»Ich glaube, Ihre Schwester war da in etwas Großes verwickelt, und einige sehr mächtige Leute haben sie ausgenützt. Ich will sichergehen, dass alle, die Ihrer Schwester etwas angetan haben, ihre gerechte Strafe bekommen. Nicht nur ihr Mörder, sondern auch diejenigen, die sie vor ihrem Tod ausgebeutet haben. Aber dafür brauche ich Ihre Hilfe.«

Elena setzt sich schweigend auf die Couch. »Warum tun Sie das?«

»Was?«

»Das hier. Mit mir reden. Es ist nicht Ihr Fall. Sie sind kein Cop. Warum ist Ihnen Adriana dann so wichtig?«

Ich setze mich neben sie auf das Sofa. »Allen sollte es wichtig sein. Ihre Schwester war ein Mensch. Sie hat es verdient, auch so behandelt zu werden.«

Elena legt ihre Hand auf meine und drückt sie. Als ich aufblicke, sehe ich Tränen in ihren Augen. »Danke«, flüstert sie. »Dass Sie das sagen.«

»Ich muss ehrlich zu Ihnen sein. Mein Vater war Polizist hier im Suffolk County. Sein Name war Martin Flynn. Er war nach Adrianas Verschwinden hier und hat ihr Handy mitgenommen. Ein silbernes Klapphandy? Prepaid?«

Elena zieht ihre Hand zurück und setzt sich aufrecht hin, die Augen groß vor Angst. »Ja, das stimmt. Flynn … Das war Ihr Vater?«

Ich nicke. »Aber ich glaube, dass er vielleicht versucht hat, Adriana zu beschützen.«

»Vor wem?«

»Ihre Schwester hat zu einem Prostitutionsring gehört, lauter junge Mädchen, die für Giovanni Calabrese arbeiten. Der Mann, den Sie in dem weißen Escalade gesehen haben. Calabrese bezahlt die Beamten des Police Departments, damit sie wegschauen. Gegen das Department wird gerade ermittelt. Ich glaube, mein Vater war der Maulwurf. Und ich glaube, Ihre Schwester und Ria Sandoval haben ihm dabei geholfen.«

»Das Police Department ist für ihren Tod verantwortlich?«, fragt sie ungläubig.

»Es wäre möglich. Oder vielleicht auch Calabrese. Oder James Meachem, der bei ihm Stammkunde ist. Und Adrianas Leiche wurde in der Nähe seines Hauses gefunden.«

»James Meachem. Der Mann mit dem Haus in der Meadow Lane?« Elena wird blass. »Oh Gott. Dann ist das alles meine Schuld.«

»Nein, Elena, bitte glauben Sie das nicht.«

»Doch, das ist es. Sie verstehen nicht. Ich habe für ihn gearbeitet. Einmal habe ich Adriana mitgenommen, damit sie mir hilft. So muss es angefangen haben.«

»Okay.« Ich atme tief durch und versuche, die Fassung zu bewahren. »Erzählen Sie von Anfang an. Woher kennen Sie James Meachem?«

»Ich habe jahrelang die Ferienhäuser der Sommergäste geputzt«, beginnt Elena langsam. »Unser Team wurde eingesetzt, wohin wir gerufen wurden. Im Sommer hatten wir immer am meisten zu tun. Zwischen Memorial und Labor Day haben wir dreißig Dollar die Stunde verdient. Ich habe sechs Tage die Woche gearbeitet, oft auch sieben. Manchmal waren wir den ganzen Tag in einem Haus. Zwölf, vierzehn Stunden. Die Häuser waren so groß. Acht, zehn Schlafzimmer. So viel Wäsche. Strandtücher, Bettwäsche. Und das ganze Silber, *Diós mío.* Wissen Sie, wie es ist, Silberbesteck für Dinnerpartys mit achtzig Gästen zu polieren? Und so dünne Kristallgläser, dass ich Angst habe, sie würden in meinen Händen zerbrechen. Ich werde nie verstehen, warum reiche Menschen nicht einfach Silber und Gläser kaufen können, die man in die Spülmaschine stecken kann! Es ist fast, als gefiele es ihnen, wenn wir auf Händen und Knien ihre Böden schrubben.«

Ihre Augen glänzen tränenfeucht, als ob sie sich an etwas Schmerzliches erinnert, das sie am liebsten vergessen würde. Ich nicke, dränge sie, weiterzusprechen.

»Die Arbeit war hart, aber so viel besser bezahlt als das Putzen im Krankenhaus, ehrlich. Abends kam ich nach Hause, und mir hat alles wehgetan. Mein Rücken, die Beine, die Hände. Aber wenn Gladys – sie hat unsere Truppe organisiert – angerufen hat, hatte ich immer Zeit.

Einmal sollten wir ein Haus in der Meadow Lane putzen. Eine der anderen Frauen konnte nicht, weshalb Gladys mich gefragt hat, ob ich eine Aushilfe wüsste. Ich habe Adriana gesagt, dass sie damit ein bisschen Taschengeld verdienen könne. Sie war erst fünfzehn und hatte Sommerferien. Sie freute sich über das Geld. Das Haus war unglaublich. Ganz viel Glas, mit Blick aufs Meer. Der Besitzer war nicht da, er sollte am nächsten Tag kommen. Eine Französin hat uns reingelassen, Manon hieß sie. Ich hielt sie für die Verwalterin, war mir aber nicht sicher. Sie hat uns gesagt, was wir tun sollen. Sie war sehr unnachgiebig und wollte, dass alles blitzsauber und perfekt ist. Eine Kollegin hat sie angeschrien, weil ihr nicht gefallen hat, wie sie das Bett gemacht hat. Wegen der weißen Teppiche mussten wir barfuß arbeiten.

Die ganze Zeit kamen ständig Leute und haben etwas geliefert, weiße Orchideen und Kisten mit Champagner. Es sah aus, als würde eine große Party stattfinden. Gladys hat mich und Adriana nach oben geschickt. Wir sollten die ganze Kleidung dämpfen und bügeln. Teure Kleider und Nachthemden und Unterwäsche. Die Französin hat uns dabei beaufsichtigt, und dann hat sie alles auf Kleiderstangen gehängt, wie in einem Kaufhaus. Alles war neu, in Säcken von Bergdorf Goodman und Barneys verpackt. Ich dachte, vielleicht sind es Geschenke für die Frau des Besitzers oder die Freundin.

Die Frau hat Adriana die ganze Zeit angestarrt, während wir gearbeitet haben. Ich wurde nervös, ich dachte, vielleicht sieht sie zu jung aus, und das ist ein Problem. Aber dann hat sie Adriana gefragt, ob sie eines der Kleider anprobieren könnte. Sie hat dieses wunderschöne Kleid hochgehalten – es war aus Seide und auf einer Seite schulterfrei –, und Adriana hat es genommen und wollte ins Badezimmer gehen, um sich umzuziehen. Die Frau hat sie aufgehalten und gesagt, sie müsse nicht schüchtern sein, sie könne sich vor uns umziehen.

»Also hat Adriana ihre Sachen ausgezogen. Ich glaube, es war ihr peinlich, weil sie einen alten BH trug und eine nicht dazu passende Unterhose. Als sie nackt war, hat sie dann das Kleid übergezogen, und die Frau hat gelächelt. Adriana auch. Die Frau hat ihr gesagt, sie sähe wie Aphrodite aus, die griechische Göttin der Schönheit. Sie hat Adriana gefragt, ob sie schon mal übers Modeln nachgedacht hätte. Adriana hat gesagt, nein, hätte sie nicht. Die Frau ging zu ihr, stellte sich hinter sie, und beide schauten in den Spiegel. Sie hat Adrianas Haar im Nacken zu einem Knoten gedreht und gesagt: ›Siehst du, wie elegant du bist? Du siehst aus wie Helena von Troja. Wie Leda.‹ Und ab da hat sie sie so genannt. Leda.«

Ich verziehe das Gesicht. »Leda ist eine Figur aus der griechischen Mythologie und wurde vergewaltigt. Zeus hat sich in einen Schwan verwandelt und sie missbraucht.«

Elena beißt sich auf die Lippe, ihre Nasenflügel blähen sich.

»Haben Sie sie noch mal gesehen? Die Frau?«

»Sie hat meiner Schwester eine Visitenkarte gegeben und gesagt, sie solle sie anrufen, wenn sie doch mal als Model arbeiten wolle. Sie hat gesagt, sie arbeite in der Unterhaltungsbranche und sei immer auf der Suche nach neuen Gesichtern. Als wir das Haus verlassen hatten, habe ich Adriana gesagt, sie solle sich von ihr fernhalten.«

»Erinnern Sie sich noch an ihren Nachnamen?«

»Nein, tut mir leid. Ich habe seit Jahren nicht an sie gedacht.«

»Haben Sie Mr. Meachem je getroffen?«

»Nein. Wir haben das Haus ein paarmal geputzt, aber immer vor Mr. Meachems Ankunft und nach seiner Abreise.

Ihn selbst habe ich nie gesehen. Die Französin hat danach auch nie wieder mit mir oder Adriana gesprochen.«

»Sie glauben nicht, dass Ihre Schwester sie angerufen hat?«

»Nein, zumindest dachte ich das. Aber jetzt bin ich mir nicht mehr so sicher. Oh Gott. Dieses Haus. Es steht gleich an den Dünen, nicht wahr? Wo man ihre Leiche gefunden hat ...«

»Ja.«

»Glauben Sie, er hat sie getötet? James Meachem?«

»Ich weiß es nicht. Aber er organisiert junge Escorts für seine Partys. Er ist ein Sexualtäter, und ich will dafür sorgen, dass er nie wieder einem Mädchen wehtut.«

Elena nickt stumm. Eine Träne rollt über ihre Wange und tropft auf den Teppich.

Ich hole das Foto von Dad und Glenn Dorsey aus meiner Handtasche und gebe es ihr. Ich tippe mit dem Finger auf das Gesicht meines Vaters. »Elena, ist das der Polizist, der bei Ihnen war, nachdem Sie Adriana als vermisst gemeldet hatten?«

Sie betrachtet ihn aufmerksam. »Ja, das ist er.«

»Könnten Sie einen Blick nach draußen werfen? Vor dem Haus steht ein Wagen.«

Sie steht auf und geht zum Fenster. Als sie hinaussieht, weiten sich ihre Augen vor Angst.

»Ist das ...?«

»Das ist der Pick-up meines Vaters. Der Mann auf dem Foto.«

»Das ist der rote Truck. Der vor Adrianas Tod vor dem Haus stand.«

»Sind Sie sicher? Schauen Sie noch mal hin. Es ist wichtig.«

Elena dreht sich wieder zum Fenster und legt eine Hand auf die Scheibe. »Ja, das ist er. Er stand genau an dieser Stelle. Ich bin mir sicher. Als ob er uns beobachten würde.«

»Ich habe nur noch eine letzte Frage.« Ich hole das Polaroidfoto aus meiner Tasche und gebe es ihr. »Das ist Adriana, richtig?«

»Ja.« Sie nickt und berührt mit dem Finger ihre Schwester auf dem Bild. »Das ist sie. Woher haben Sie das?«

»Ich habe es bei den Sachen meines Vaters gefunden. Kennen Sie die andere Frau?«

Elena überlegt mit gerunzelter Stirn. »Sie heißt Maria«, sagt sie schließlich. »Maria Cruz. Sie hatten zusammen in St. Mary's ihre Kommunion. Sie war nett.«

»Ich versuche, sie zu finden. Sie wissen nicht zufällig, wo sie ist?«

»Nein, keine Ahnung. Ich habe sie schon lange nicht mehr gesehen. Ich hoffe, es geht ihr gut.«

»Das hoffe ich auch.«

Zwanzig

Im Freien höre ich eine Nachricht von Luz ab.

»Ich konnte mit Gio reden«, hat sie mir auf die Mailbox gesprochen. »Er hat mir gesagt, ich soll heute oder morgen mit meiner Freundin vorbeikommen. Er hat gesagt, dass er immer nach Nachschub sucht. Geben Sie mir Bescheid, was Sie jetzt machen wollen.«

Ich rufe Sarah Patel an.

»Luz kann mich heute zu Calabrese bringen«, erzähle ich ihr. Der Wagen steht immer noch auf der anderen Straßenseite, der Fahrer versteckt sich weiterhin hinter seiner Zeitung und beobachtet mich über den oberen Rand hinweg. Ich merke mir das Kennzeichen: HB-778.

»Nell, du darfst da nicht reingehen, du bist zu nah dran. Was, wenn Calabrese dich erkennt?«

»Warum sollte er das?«

»Er kennt deinen Vater. Und was, wenn du für ihn auf eine Party gehen sollst? Das kannst du nicht machen. Dort wird es vor Cops wimmeln.«

Da hat sie recht.

»Also, was jetzt?«

»Kann Luz das übernehmen? Wir würden sie verkabeln und auf die Party gehen lassen.«

»Das ist zu riskant. Sie ist doch fast noch ein Kind.«

»Heute schaffe ich es nicht mehr, jemanden zu dir hochzuschicken, das wird zu eng.«

»Warum kann ich sie nicht begleiten? Einfach, um ihn mal kennenzulernen. Sie kann ihm später immer noch sagen, dass ich meine Meinung geändert habe.«

»Ich finde, das ist keine gute Idee.«

Ich seufze. »Okay, ich denke noch mal darüber nach. Aber wir müssen schnell handeln.«

»Überstürz nichts, okay? Geh keinen unnötigen Risiken ein.«

»Das mache ich doch nie«, antworte ich, auch wenn es alles andere als die Wahrheit ist.

Ich lege auf und gehe mit langen Schritten über die Straße, den Blick geradeaus gerichtet, die Schultern trotz Schmerzen gestrafft. Ich bewege mich rasch, aber nicht zu hektisch, werde ihn nicht meinen Schweiß sehen lassen. Zum Abschied habe ich Elena noch gesagt, sie solle die Tür absperren und mich anrufen, wenn sie etwas beunruhigt. Als ich zu dem Truck blicke, wünsche ich mir, ich könnte auch jemanden anrufen.

Das Handy klingelt, als ich gerade losfahre. Lee ist der Anrufer. Ich beiße die Zähne zusammen und überlege, ob ich das Gespräch annehmen soll oder nicht. Ich weiß immer noch nicht, was ich von ihm halten soll. Einerseits glaube ich nicht, dass er mich in den Fall hineingezogen hätte, wenn er gewusst hätte, dass die Spuren zum Department zurückführen. Andererseits ist Dorsey sein Boss. Vielleicht hat Lee mich die ganze Zeit im Auge behalten, genau wie der Typ in der Limousine.

Schließlich siegt die Neugier, wie immer.

»Lee, was gibt's?« Ich stelle das Handy auf Lautsprecher und biege in die Pulaski Street. Der Wagen folgt mir sofort. An einer gelben Ampel gebe ich Gas, fordere ihn heraus. Er beschleunigt, um mich nicht zu verlieren, was ein entgegenkommendes Fahrzeug mit lautem Hupen quittiert.

»Wo bist du, Nell?«

»In Riverhead. Warum?«

»Morales hat beide Morde gestanden.«

»Das habe ich gehört. Solltest du nicht irgendwo feiern?«

»Dorsey organisiert für heute Abend etwas bei Hank, um fünf. Du sollst auch kommen.«

»Großartig. Kann's kaum erwarten.«

»Wir müssen uns wirklich unterhalten.«

»Ich werde heute Abend da sein.«

»Können wir uns vorher treffen?«

»Ich bin gerade etwas beschäftigt, um ehrlich zu sein.« Ich werfe einen Blick in den Rückspiegel. Der Wagen folgt mir immer noch, obwohl ich mit Bleifuß fahre. Der Tacho zeigt fast achtzig Sachen in einer Fünfundvierziger-Zone an, und möglicherweise ist mir ein Cop auf den Fersen. Wahrscheinlich sollte ich besser nicht telefonieren.

»Ich habe die Kleider aus Adrianas Schrank überprüft.«

»Ach ja?«

»Eine Frau namens Manon Boucher hat sie gekauft. Sie arbeitet für James Meachem.«

»Mhm.«

Mit diesem Arschloch an meiner Stoßstange kann ich mich nicht auf Lees Worte konzentrieren. Ich überlege. Es könnte einer von Dorseys Männern sein, der mich überwacht. Oder aber auch Giovanni Calabrese oder jemand, der für ihn arbeitet. Vielleicht überprüft er seine Mädchen, bevor er sie zum Arbeiten schickt. Möglicherweise ist es auch einer von Dmitri Nowaks Handlangern, der beenden will, was wir vor einem Monat angefangen haben, aber das bezweifle ich. Nowak ist ein ausgebildeter Killer. Wenn er mich töten wollte, dann wäre ich schon längst tot. Ich würde ihn auch nicht kommen sehen.

»Ich habe auch etwas über die junge Frau herausgefunden, die du erwähnt hast. Maria Cruz.«

»Ach ja? Weißt du, wo sie ist?«

»Ich glaube, in Miami. Lass uns darüber sprechen, wenn wir uns sehen.«

»Gut. Dann bis später bei Hank.«

»Okay. Alles in Ordnung? Du klingst angespannt.«

Während er spricht, kreuze ich von der Mittelspur zur Ausfahrt nach Hampton Bays, schiebe mich vor einen SUV und schramme um Haaresbreite an seinem Kotflügel vorbei. Um mich herum wird wild gehupt, doch das ist mir egal. Es muss mir egal sein. Wenn mich mein Verfolger auf einem leeren Straßenabschnitt erwischt, kann alles passieren. Als ich auf den Kreisverkehr einbiege, sehe ich, wie der Wagen hinter mir vorbeifährt und der Fahrer sich abrupt nach mir umdreht. Ich lächele und winke ihm zu. Er wird mich wieder aufstöbern, das ist mir klar. Aber im Moment bin ich ihn los, und das ist ein gutes Gefühl.

»Ja, alles in Ordnung«, sage ich und atme langsam aus. »War nur ein langer Tag.«

»Für uns beide.«

»Hör mal, du musst mir noch einen Gefallen tun.«

»Um was geht es?«

»Ein Wagen ist mir schon den ganzen Tag gefolgt. Vielleicht ist es ja auch nichts, aber ich würde gern sicher sein. Könntest du das Nummernschild für mich überprüfen? Ein New Yorker Kennzeichen, HB-778.«

»Klar, das erledige ich sofort. Bis später.«

Ich biege auf den Hof vor Ty Haines' Werkstatt ein, schalte den Motor aus und bleibe still sitzen, lausche dem Dröhnen des Verkehrs auf dem Sunrise Highway. Mein Herz klopft wild, und erst nach einer Minute kann ich die Finger vom Lenkrad lösen. Für den Moment zumindest habe ich meinen Verfolger abgehängt. Wahrscheinlich wird er mich bald wieder gefunden haben. Und dann ist er vielleicht angriffslustiger.

Es gibt diverse Werkstätten in der Stadt, doch Ty Haines ist der Einzige, dem Dad seine Motorräder anvertraut hat. Wie mein Vater ist Ty ein ehemaliger Marine und sammelt Motorradklassiker. Er geht mit ihnen genauso sorgfältig um, wie es mein Vater getan hat; er behandelt sie mit einer Zärtlichkeit, die man nur als Liebe bezeichnen kann. Wenn mein Vater Probleme hatte, ein Ersatzteil zu finden oder etwas allein zu reparieren, brachte er das Bike zu Ty. An manchen Samstagen habe ich ihn begleitet und den beiden zugesehen, wie sie in fast vollkommenem Schweigen an dem Motorrad herumgeschraubt haben, und mich mit dem beschäftigt, was ich in der Werkstatt so gefunden habe.

Ty ist im hinteren Raum, wo er gerade unter dem Fahrgestell eines Vintage Aston Martins liegt. Ich warte, bis er hervorgerollt ist, um ihn nicht zu erschrecken. Als er mich sieht, strahlt er.

»Ah, da bist du ja«, sagt er und kommt auf die Beine. Er breitet die Arme aus und drückt mich lange an sich. »Es ist wirklich schön, dich zu sehen. Mann, wann war das letzte Mal … Vor zehn Jahren?«

»Das kommt hin. Ich freue mich auch, dich zu sehen. Danke, dass du das für mich tust.«

»Machst du Witze? Für dich tue ich alles.«

»Passt es gerade?«

»Ja, ich wollte dich sowieso heute anrufen. Komm mit. Ich will dir etwas zeigen.«

Ich folge Ty an einer Reihe von Autos vorbei zur Hintertür der Werkstatt und auf einen kleinen Hof, auf dem mit Planen abgedeckte Ersatzteile lagern. Am Rand des Grundstücks steht ein Schuppen, der mit einem Vorhängeschloss gesichert ist. Ty schließt auf und winkt mich hinein. Ein Lichtstrahl fällt durch das kleine, schmutzige Fenster und wird von dem silbernen Motorrad meines Vaters zurückgeworfen. Es liegt auf der Seite auf einer Plane, wie ein Patient auf einem OP-Tisch.

»Ich will nicht um den heißen Brei herumreden, Nell.«

»Das finde ich gut.«

»Ich bin kein Experte für Kriminaltechnik, aber für mich sieht es so aus, als hätte jemand die Bremsleitungen deines Dads durchgeschnitten.«

»Bist du dir sicher?«

Ty verzieht das Gesicht, und ich weiß die Antwort. »Es ist ein sauberer Schnitt. Warte, ich zeige es dir.« Er geht in die Hocke und bedeutet mir, es ihm gleichzutun. »Siehst du die Stelle hier?«

»Ja.«

»Bremsen versagen normalerweise, wenn sie wegen schlechter Pflege rostig werden. Jetzt kennen wir beide aber deinen Dad. Seine Bikes waren immer tadellos in Ordnung. In der Bremsflüssigkeit ist auch kein Rost zu finden. Alles hat perfekt funktioniert, bis auf die sauber durchtrennten Leitungen.«

Ich starre auf die Bremse. Sie sieht aus, als hätte man einen Knochen entzweigebrochen. Ty muss es mir nicht erklären, ich kann es selbst sehen. Der Schnitt war mit Absicht gesetzt. Um meinen Vater umzubringen.

»Hast du eine Ahnung, wer so etwas tun könnte?«, fragt Ty.

»Ich hätte da ein paar Ideen.« Ich richte mich auf. »Hör zu, kann das unter uns bleiben? Erzähl niemandem, dass sein Bike hier ist, okay?«

»Natürlich, von mir erfährt niemand etwas. Deshalb liegt es auch hier im Schuppen.«

»Macht es dir etwas aus, es noch ein, zwei Tage länger zu behalten?«

»Überhaupt nicht. Hier kommt außer mir niemand rein.« Er verschränkt die Arme vor der Brust und sieht mich mit gerunzelten Augenbrauen an. »Kommst du klar? Vielleicht solltest du einen der Kumpel deines Dads bei der Polizei benachrichtigen.«

»Nein, keine Sorge. Das muss ich allein klären.«

»Hör zu. Wer sich auch immer an der Harley zu schaffen gemacht hat, hat es ernst gemeint, also sei vorsichtig. Pass auf dich auf. Ich will nicht, dass dir etwas zustößt.«

»Da wären wir schon zwei.«

Auf dem Weg zum Truck wähle ich Luz' Nummer. Ich habe keine Zeit zu verlieren.

»Rufen Sie Giovanni an«, bitte ich sie. »Sagen Sie ihm, dass wir morgen vorbeikommen.«

»Okay«, antwortet sie. Ich höre Angst in ihrer Stimme. »Und wie geht es dann weiter?«

»Sie müssen mich nur vorstellen, das ist alles. Um den Rest kümmere ich mich. Wenn ich mich mit ihm treffe, sind Sie und Ihr Bruder schon auf dem Weg in den Zeugenschutz.«

»Seien Sie vorsichtig. Gio ist jähzornig. Ihn will man nicht wütend machen.«

Ich schiebe das Handy zwischen Ohr und Schulter und überprüfe meine Waffe. »Verstanden. Aber, Luz, mich auch nicht.«

Einundzwanzig

Der Parkplatz vor Hanks Bar ist beinahe leer. Ich stelle mich neben Dorseys Jeep und warte, in der Hoffnung, dass Lee bald auftaucht. Es ist ein paar Minuten nach fünf. Vielleicht ist er schon drinnen. Ich verstaue meine Pistole im Handschuhfach, werfe einen letzten Blick aufs Handy und steige aus. Mein Atem gefriert in der kalten Abendluft. Ich schlage den Kragen hoch und vergrabe die Hände in den Taschen. In der Ferne höre ich ein Motorboot in der Bay und das Rauschen des Verkehrs auf der Ponquogue Bridge.

In der Bar brennt Licht. Musik ist keine zu hören, zumindest nicht hier draußen, und wenn Gäste da sind, dann sehr wenige. Ich drücke die Tür auf und lasse den Blick durch den Raum schweifen. Er ist leer, nur in der hinteren Nische sitzen zwei Männer und haben die Köpfe zusammengesteckt.

Sie sehen zu mir, als ich eintrete. Dorsey und DaSilva. Die beiden stehen auf, um mich zu begrüßen. Ich hoffe, dass wenigstens Hank hinter der Bar steht, doch außer uns ist niemand hier. Die Bar ist bis auf die Männer und mich leer.

»Hallo, Nell, schön, dass du kommen konntest«, sagt Dorsey. Er klingt freundlich. Trotzdem ist irgendetwas komisch an ihm. Als er mit gezwungenem Lächeln auf mich zukommt, verkrampft sich mein Magen vor Angst.

»Kann ich dir etwas zu trinken holen? Die Bar ist offen.«

»Bin ich zu früh? Oder zu spät?«

»Weder noch. Du bist genau pünktlich.«

»Wo ist Hank?«

»Unterwegs. Wir haben ihn gebeten, uns heute Abend allein zu lassen. Die anderen Jungs kommen sicher bald.«

Ich überlege, wie weit es zu meinem Truck ist und von dort aus auf die Straße. Ich würde nicht weit kommen. Der Parkplatz ist leer und umgeben von Booten auf Trockendocks. Wenn Dorsey mich hier und jetzt erschießen will, dann kann er das. Sehr wahrscheinlich wird es niemand hören.

DaSilva steht am hinteren Ende des Tresens, die muskulösen Arme vor der Brust verschränkt. Mit seinem stumpfen, stets geröteten Gesicht und dem finsteren Blick sieht er immer aus, als wäre er auf Streit aus. Von Dads Freunden war er der Einzige, der länger im dritten Revier geblieben ist. Vielleicht gefiel ihm die Gewalt. Vielleicht hasste er die Einwohner. Selbst als Kind war mir klar, dass meine Mutter ihn nicht mochte, oder besser gesagt, dass die beiden einander nicht ausstehen konnten. Ich denke daran, wie Luz das Gesicht bei seinem Namen verzogen hat.

»Setz dich«, sagt DaSilva, mehr ein Befehl als ein Angebot. »Wir müssen uns unterhalten.«

Ich gehorche. Ich wollte niemanden aufbringen, indem ich bewaffnet auftauche, aber jetzt fürchte ich, dass das eine dumme Entscheidung war. Andererseits sind sie sowieso in der Überzahl. Selbst wenn ich eine Pistole hätte, würde sie mir wahrscheinlich nicht helfen. Ob Lee wohl noch kommt? Er könnte sich verspäten. Oder er hat mich verraten. Meine Wangen brennen, als ich über die Möglichkeit nachdenke. Ich hatte immer das Gefühl, dass mit Lee etwas nicht stimmt; wie er mich so schnell in den Fall hineingebracht und versucht hat, sich mit mir anzufreunden. Es ist meine Schuld. Ich hätte es besser wissen müssen. Im Moment sollte ich überhaupt niemandem vertrauen.

»Was kann ich dir bringen?«, fragt Dorsey hinter der Bar.

»Nichts, danke.«

»Ach, komm schon, Nell. Trink wenigstens was mit uns. Wir feiern.«

»Okay. Dann einen Macallan, pur.«

»Genau wie dein Vater.«

»Ich habe gehört, dass er in letzter Zeit trocken war.«

Dorsey lacht. »Wer hat dir das erzählt?«

»Hank. Er hat auch gesagt, dass Dad in der Nacht seines Todes nüchtern war.« Ich sehe zu DaSilva. »Er hätte sich an dem Abend mit dir treffen sollen, nicht wahr? Aber du bist nicht gekommen?«

»Nein, davon weiß ich nichts. Muss eine Verwechslung gewesen sein.« DaSilva runzelt die Stirn. Eine Ader pocht an seiner linken Schläfe. Er ist kein guter Schauspieler.

»Nun, ich habe mir jedenfalls ein paar Gedanken zu dem Ganzen gemacht.«

»Was für Gedanken?«

»Also, wenn er nicht betrunken war, dann war es vielleicht gar kein Unfall.«

»Was soll das heißen?«

»Das heißt, dass ihm jemand vielleicht die Bremsleitungen durchgeschnitten hat.«

»Wer sollte so was tun?«

»Alle Cops haben Feinde.«

DaSilva schluckt. »Das stimmt. Aber die Nacht war neblig. Und es war spät. Die Kurve, in der er verunglückt ist, ist gefährlich. Man sollte da wirklich mal ein Schild aufstellen. Sie kann einen ziemlich böse überraschen, wenn man nicht aufpasst.«

»Klar. Ein Schild.«

Dorsey durchbricht die angespannte Stimmung, indem er meinen Drink vor mir abstellt und sich wieder in die Nische zu DaSilva setzt.

»Prost«, sage ich und hebe mein Glas. Ich sehe Dorsey in die Augen, als er mir zuprostet und mit mir anstößt. »Auf Dad.«

»Auf Marty.«

»Dein Dad hat ein Jahr lang an dem Pine-Barrens-Fall gearbeitet. Er wäre stolz auf dich.«

»Warum?«

»Weil du bei der Verhaftung von Morales geholfen hast. Du hast beendet, was er angefangen hat.«

»Habe ich das? Er hat nicht geglaubt, dass Morales der Täter ist.«

Dorsey schüttelt den Kopf. »Das stimmt nicht. Er hat es nur nicht beweisen können.«

»Was hast du heute bei Elena Marques' Haus gemacht?«, fragt DaSilva ungeduldig. Er hat sich verraten, aber das ist ihm egal. Alarmglocken läuten in meinem Kopf. Angespannt setze ich mich aufrechter hin.

»Elena hat mir erzählt, dass ein Cop sie an dem Tag besucht hat, an dem sie Adriana als vermisst gemeldet hat. Dieser Cop hatte denselben Nachnamen wie ich. Flynn. Also, was glaubt ihr, warum mein Vater dort war?«

DaSilva wirft Dorsey einen Blick zu. Beide rutschen bei dieser Information unruhig hin und her.

»Sie war erst einen oder zwei Tage verschwunden; es gab keinen Grund anzunehmen, dass sie tot sein könnte. Außer er wusste, dass sie tot war. Deshalb habe ich mich gefragt, ob er sie vielleicht umgebracht hat.«

»Das geht jetzt aber zu weit«, knurrt Dorsey und hält warnend einen Finger hoch.

»Während ich mit seinem Truck herumgefahren bin, ist mir klar geworden, dass Elena vor ihrem Haus vielleicht gar nicht Morales' Pick-up gesehen hat. Sondern Dads. Und vielleicht war das auch derselbe Truck, der auf dem Motelparkplatz gesehen wurde, als Ria Sandoval verschwand. Ich bin zu Elena gefahren, um ihr den Wagen zu zeigen, zu sehen, ob sie ihn erkennt.«

Dorseys Gesicht ist starr vor Wut. Seine Hände auf der Tischplatte sind zu Fäusten geballt, die Knöchel leuchten weiß. Er sieht aus, als wolle er mich schlagen. Instinktiv drücke ich mich gegen die hölzerne Rückenlehne. Wenn er es tut, bin ich erledigt. Gegen ihn und DaSilva habe ich keine Chance. Und trotzdem kann ich mich nicht zurückhalten. Ich habe sie überrascht, und das ist im Moment mein einziger Vorteil.

»Elena hat gesagt, dass Dad Adrianas Handy mitgenommen hat, als er bei ihnen zu Hause war. Das Telefon ist nicht bei den Beweismitteln, das habe ich überprüft. Warum sollte er es mitnehmen? Außer er wollte etwas vertuschen. Deshalb habe ich ein wenig nachgeforscht. Es hat sich herausgestellt, dass Giovanni Calabrese meinen Vater geschmiert hat. Derselbe Typ, der auch Rias und Adrianas Zuhälter war. Zehntausend im Monat, direkt auf ein Offshore-Konto eingezahlt. Seht ihr, worauf ich hinauswill?«

»Du weißt nicht, wovon du redest«, sagt Dorsey.

»Das Konto auf den Kaimaninseln gehört jetzt mir, versteht ihr. Und um ehrlich zu sein, freue ich mich über das Geld. Aber ich will gern wissen, wofür er es bekommen hat. Wenn Dad die beiden getötet hat, dann darf ich das Konto nicht behalten. Ein paar moralische Grundsätze habe ich schon.«

»Morales hat die beiden umgebracht. Ende der Geschichte.«

»Wollt ihr nicht wissen, was Elena zu dem Truck gesagt hat?«

»Nein!«, brüllt Dorsey und schlägt mit der Faust auf den Tisch. Selbst DaSilva zuckt zusammen. »Es ist mir scheißegal, was Elena Marques angeblich gesehen hat. Dein Vater hat Adriana Marques nicht umgebracht, und auch nicht Ria Sandoval. Warum sollte er auch? Das ist doch verrückt.«

»Nun, genau das war meine Frage. Und nur der Vollständigkeit halber, es war sein Truck, den sie vor ihrem Haus gesehen hat. Er hat Adriana beobachtet, bis er starb. Und Dad war natürlich Linkshänder. Und ein ausgezeichneter Schütze. Von meinem Standpunkt aus ist er der wahrscheinlichste Verdächtige.«

»Und was für ein Motiv soll er gehabt haben? Die Mädchen haben ihm Geld eingebracht!« Die Worte strömen aus seinem Mund, bevor er sich zurückhalten kann. Unsere Blicke treffen sich. Er hat es vermasselt, und das weiß er.

Verdammte Scheiße. Dorsey hat gerade zugegeben, dass mein Vater darin verwickelt war. *Ich muss das aufzeichnen.* Doch ich habe zu viel Angst, nach meinem Handy zu greifen. Eine falsche Bewegung, und es ist aus.

»Was war Morales' Motiv?«, frage ich und versuche, cool zu bleiben.

»Morales ist ein jähzorniges, brutales Schwein.«

»Komm schon. Wir beide wissen, dass Dad auch furchtbar cholerisch war. Und er hatte viel zu verlieren. Vielleicht hatten die Mädchen wegen Calabreses Geschäften auspacken wollen. Das hätte für ganz schön viel Ärger gesorgt. Oder vielleicht haben sie ihn einfach nur an meine Mutter erinnert? Seien wir mal ehrlich und geben zu, dass keiner von uns genau weiß, was damals wirklich passiert ist.«

Dorsey springt auf und beugt sich über den Tisch, sieht aufgebracht auf mich hinab. »Es reicht«, zischt er. »Du bist doch völlig verrückt. Martin Flynn war ein guter Mann und ein guter Cop. Einer der besten.«

»Hast du es nicht satt, ihn zu decken? Im Ernst. Du hast es Sean Gilroy vor einundzwanzig Jahren angehängt. Und jetzt Morales? Wofür das alles? Was hat es jetzt noch für einen Sinn, da Dad tot ist?«

»Du solltest mir verdammt noch mal dankbar sein für das, was ich für deinen Vater getan habe.«

Ich öffne den Mund. Mir stockt der Atem. »Was hast du getan?«, flüstere ich. »Das ist alles, was ich wissen will. Hast du ihn gedeckt? Hast du Gilroy und Morales reingelegt, weil du ihn beschützt hast? Ich werde es niemandem erzählen, ich schwöre es. Aber ich muss wissen, wer mein Vater war. Was ist damals mit meiner Mutter passiert? Verdiene ich nicht, es zu erfahren?«

Ich schlage die Hände vors Gesicht, weil ich die Tränen nicht mehr zurückhalten kann. Meine Schultern beben. Die Männer merken, dass es keine Show ist. Ich spüre, wie die

Spannung abnimmt, wie die Luft, die aus einem Ballon entweicht.

Dorsey lenkt ein. »Vince, lass mich und Nell bitte kurz allein, ja?«

DaSilva zögert.

»Bitte.«

»Bist du sicher, Chief?«

»Das bin ich. Warte draußen auf mich, in Ordnung?«

DaSilva holt einen Zahnstocher aus seiner Tasche und schiebt ihn zwischen die Zähne. »Klar, Boss.« Dorsey steht auf und bringt ihn zur Tür. Ich spüre seinen Blick auf mir, doch ich sehe nicht zu ihm hoch. Stattdessen wische ich mir die Augen mit dem Sweatshirtärmel ab und schiebe die Hände tief in die Taschen. Ich umfasse mein Handy. *Jetzt. Ich muss es jetzt tun.*

Ich warte, bis die Tür wieder ins Schloss gefallen ist. »Könnte ich wohl noch einen Drink haben?«

»Klar.« Dorsey geht zur Bar. »Macallan?«

»Lieber Wasser. Vielen Dank.« Ich hole mein Handy hervor und tue so, als würde ich es auf neue Nachrichten überprüfen. Stattdessen aktiviere ich die Aufnahmefunktion und schiebe es wieder in die Tasche.

Dorsey kommt zurück, stellt das Wasser vor mir ab und setzt sich wieder. »Schau mich an, Nell.«

Ich gehorche. Dorseys Blick wird weich. Er lächelt. »Du erinnerst mich so sehr an Marty.«

»Das höre ich oft. Wahrscheinlich heißt das nichts Gutes.«

Er lacht. »Doch. Er war unglaublich starrköpfig, aber ein guter Kerl. Wahrheit und Gerechtigkeit und all das waren ihm wichtig.«

»Hat er sie umgebracht? Meine Mutter?«

Seufzend faltet er die Hände auf dem Tisch und schließt kurz die Augen. »Ich weiß es nicht, Nell. Und das ist bei Gott die Wahrheit. Der einzige Mensch, der weiß, was in dieser Nacht wirklich passiert ist, bist du.«

»Ich war sieben Jahre alt.«

»Das ist mir klar. Niemand wirft dir vor, wenn du gelogen hast, um ihn zu beschützen. Oder vielleicht hast du auch nicht gewusst, was passiert ist. Du warst jung, es war spät. Du warst verwirrt. Auch das ist verständlich.«

»Ich weiß es wirklich nicht. Ich kann mich nicht erinnern. Und glaub mir, ich habe es versucht.« Das habe ich noch nie jemandem erzählt, jedenfalls nicht so ausführlich. Tränen laufen mir übers Gesicht und fallen in dicken, heißen Tropfen auf den Tisch. »Ich glaube nicht, dass er unser Zelt verlassen hat. Aber du weißt, wie es ist, wenn man sich nur lange genug etwas einredet und es irgendwann glaubt?«

Dorsey streckt eine Hand nach mir aus, die Handfläche nach oben. Ich sehe sie an, ihn, dann lege ich meine Hand in seine. Er drückt sie, und mich überläuft ein Schauder.

»Ja«, sagt er. »Ich weiß.«

»So geht es mir mit dem Wochenende damals.«

»Das ist okay, Süße. Ich weiß. Als wir mit dir auf dem Revier gesprochen haben, war mir klar, dass du unsicher warst, was genau passiert war. Ich fürchtete, dass Marty etwas Dummes getan haben könnte. Du weißt, dass sie ihn verlassen wollte, oder?«

»Nein«, erwidere ich überrascht. »Das wusste ich nicht.«

»Scheiße, tut mir leid. Ich hätte nichts sagen sollen …«

»Erzähl mir einfach die Wahrheit. Das ist alles, was ich will. Einfach nur einen Abschluss.«

Dorsey nickt und starrt ins Leere. »Deine Mutter hatte jemanden kennengelernt«, sagt er schließlich. »Einen Cop. Sie hat es Marty erzählt. Sie waren nicht glücklich miteinander, Nell. Schon jahrelang nicht mehr. Sie haben nicht zueinandergepasst. Sie war so leidenschaftlich, und er … Nun, du weißt, wie er war. Er war nicht gerade ein Vorzeigeehemann, um die Wahrheit zu sagen. Er hat sie nicht betrogen, das nicht. Aber er hat die ganze Zeit die Arbeit an die erste Stelle gesetzt. Er hat wichtige Sachen wie ihren Geburtstag vergessen. Oder deinen Geburtstag.«

»Das weiß ich noch«, antworte ich leise.

»Aber das hatte er wohl nicht erwartet. Wahrscheinlich hatte er den Kopf in den Sand gesteckt. Marisol hat ihm gesagt, dass sie ihn verlassen wollte, und da ist er durchgedreht. Ist ins Büro gestürzt und hat herumgebrüllt, wir hätten ihn alle betrogen, alle müssten es doch gewusst haben. Ich glaube, er hat sich überrumpelt gefühlt und es an allen in seiner direkten Umgebung ausgelassen. Er hat direkt neben meinem Schreibtisch ein Loch in die Wand geschlagen. Danach haben wir uns große Sorgen um ihn gemacht. Er ist für ein paar Tage verschwunden, und ich war mir nicht sicher, ob er zurückkommen würde. Erinnerst du dich daran?«

Ich schüttele den Kopf. Nein, das weiß ich nicht mehr. Doch tief in meiner Erinnerung bewegt sich etwas. Eine Tür wird zugeschlagen. Meine Eltern streiten im Erdgeschoss. Das Motorrad meines Vaters wird gestartet und rast die Straße entlang. Es wird still im Haus, und ich höre nur noch das Flüstern meiner Mutter am Telefon und das Zirpen der Grillen draußen im Garten.

»Natürlich ist er nach ein paar Tagen wieder zurückgekommen. Er hat mir erzählt, dass er mit dir an dem folgenden Wochenende Campen gehen wollte. Damit Marisol Zeit für sich hat, um in Ruhe über alles nachzudenken. Ich hielt das für eine gute Idee. Alle mussten sich erst mal beruhigen. Doch dann … Du weißt schon. An dem Wochenende wurde sie ermordet. Und natürlich habe ich überlegt, ob er es wohl getan haben könnte. Ob er dazu fähig gewesen wäre. Und auch wenn es mir Angst eingejagt hat – die Antwort war Ja. Ich traute ihm diese Art Wut zu.«

»Hast du ihn gefragt?«

»Natürlich. Ich habe gesagt: ›Marty, ich werde dich das nur einmal fragen.‹ Er hat mir geradewegs in die Augen gesehen und mir geschworen, dass er es nicht getan hat. Ich wollte ihm unbedingt glauben. Er war mein bester Freund. Und Marisol, deine Mum … Sie war …« Tränen glänzen in seinen Augen.

Plötzlich verstehe ich.

»Hast du sie geliebt?«, frage ich leise.

»Sehr.«

»Hat sie dich auch geliebt?«

»Ich glaube schon. Ja, doch, das hat sie.«

»Und deshalb hast du dich verantwortlich gefühlt.«

»Natürlich habe ich das. Dein Dad hat nie gewusst, dass sie ihn für mich verlassen wollte. Sie hat es nicht übers Herz gebracht, es ihm zu sagen. Ich auch nicht. Deshalb war es meine Schuld. Alles war meine Schuld. Wenn wir nicht … Wenn ich einfach nicht …« Er schüttelt den Kopf und kann nicht weitersprechen.

Ich glaube ihm. »Es bringt nichts, sich Vorwürfe zu machen«, sage ich weich.

»Ich sage dir was, Nell. Ich habe ihm in die Augen gesehen und ihn gefragt, ob er Marisol umgebracht hat, und ich habe gedacht, ich werde ihn töten, wenn er ihr auch nur ein Haar gekrümmt hat. Ich habe diese Frau geliebt. Auch ich war am Boden zerstört. Aber er hat es verneint. Und ich habe ihm geglaubt. Ich glaube ihm immer noch.«

»Und Gilroy?«

»Eine Nachbarin von gegenüber – die den Notruf gewählt hat – hatte gesehen, wie Gilroy euer Haus verlassen hat. Wir fuhren direkt zu ihm. Der Junge war über und über mit ihrem Blut beschmiert. Er trug Kleidung von deinem Vater. Er konnte nicht erklären, warum er bei euch gewesen war und warum seine Fingerabdrücke auf dem Messer waren. Habe ich ihn bei der Befragung unter Druck gesetzt? Ja. Aber nur, weil ich gewusst habe, dass er es getan hat, und es endlich abschließen wollte. Um Martys willen. Um deinetwillen. Es musste einfach vorbei sein. Das verstehst du doch, oder?«

Dorsey wirkt müde. Er kneift sich in den Nasenrücken, massiert die Stelle zwischen den Augenbrauen. »Ich habe getan, was ich für richtig hielt«, sagt er, eher zu sich als zu mir. »Und zu der Entscheidung stehe ich.«

»Und was ist mit Morales? Ist er unser Mörder?«

»Dein Dad war es ganz sicher nicht, so viel steht fest. Hör mal, die Sache mit Calabrese. Dein Dad hat das Geld gebraucht. Er hatte ein paar finanzielle Probleme und musste Schulden abzahlen. Er hat mich um Hilfe gebeten, und die habe ich ihm gewährt. Er hätte die beiden nicht getötet, das hätte nur unnötig Ärger verursacht.«

»Hast du Morales auch unter Druck gesetzt, Glenn?«

»Ich fasse die hart an, die es auch verdienen.«

»Bist du sicher, dass Morales der Täter ist? Du klingst nämlich nicht so.«

»Er hat etwas damit zu tun, da bin ich mir ganz sicher. Vielleicht hat er sie nicht erschossen, aber zerhackt hat er sie ganz bestimmt.«

»Wer hat sie dann deiner Meinung nach erschossen? Morales kann es nicht gewesen sein, dafür ist er zu klein. Und kein Linkshänder. Du musst doch einen Verdacht haben.«

»Ich weiß es nicht. Vielleicht war es Calabrese. Wir haben läuten gehört, dass gegen das Department ermittelt wird. Deshalb waren alle etwas nervös. Calabrese hat den Laden fest im Griff. Ich weiß nicht, was Marty nach ihrem Verschwinden bei Adrianas Familie gemacht hat, aber ich habe nicht ein einziges Mal gedacht, dass er sie umgebracht haben könnte. Und ich will verdammt sein, wenn ich zulasse, dass irgendwer – vor allem du – seinen Namen in den Schmutz zieht.«

Ich hebe die Hände. »Ich will niemandes Namen in den Schmutz ziehen. Besonders nicht Dads. Ich wollte nur wissen, was mit meiner Mutter passiert ist. Und das weiß ich jetzt. Also danke für deine Ehrlichkeit.«

»Das ist Lees Schuld. Er hätte dich nicht in diese Sache hineinziehen sollen.«

»Hat Lee auch mit Calabrese zu tun?«

Dorsey schnaubt. »Ach was. Der Junge ist ein Pfadfinder. Hör zu, Calabrese würde seine Geschäfte in jedem Fall machen, mit oder ohne uns. Das muss dir klar sein. Was bedeutet es schon, wenn er uns ein paar Dollar zusteckt, damit wir nicht so genau hinschauen? Wem schadet das schon? Dein Dad hat sein Leben in Ordnung gebracht und wollte auch etwas von dem Geld für dich beiseitelegen.«

Ich hole scharf Luft. Das Handy hat sein Geständnis mitgeschnitten.

»Ich verstehe«, sage ich langsam und versuche, mir nichts anmerken zu lassen. »Und ich beschwere mich auch gar nicht.«

»Wir arbeiten uns den verdammten Hintern ab. Und werden beschissen bezahlt.«

»Ihr verdient was Besseres.«

»Darauf kannst du einen lassen. Glaubst du, es ist einfach, ein Department zu leiten? Die ganze Zeit hören Leute auf, weil sie von ihrem Gehalt nicht leben können. Wie kann man von einem jungen Kerl verlangen, jeden Tag sein Leben aufs Spiel zu setzen, wenn er sich kaum die Raten für sein Haus leisten kann? Suffolk County ist so verflucht teuer. Menschen mit normalen Jobs können hier nicht mehr leben. Und die ganzen reichen Säcke wollen, dass wir ihnen zu Diensten sind. Aber wo sollen wir wohnen? Wo können unsere Kinder zur Schule gehen? Man ist uns was schuldig, so sehe ich das. Ich versuche nur, es meinen Jungs ein bisschen leichter zu machen.«

Ich denke an Luz' Haus in Brentwood. Elena, die gegenüber dem Friedhof von Riverhead wohnt. Adriana und Ria, die ihren Körper verkauft haben, damit ihre Familien etwas zu essen haben. Wut steigt in mir auf. Am liebsten hätte ich Dorsey den Hals umgedreht. Ich will ihm so wehtun, wie er den jungen Frauen wehtut. Er verdient es.

»Die Welt ist nicht fair«, antworte ich stattdessen.

»Ja, das ist sie nicht. Ich bin dafür verantwortlich, dass meine besten Männer versorgt sind. Dann bleiben sie auch. Und alle sind glücklich.« Dorsey schüttelt den Kopf, als könne er diese Ungerechtigkeit nicht fassen. »Wie auch immer, es ist vorbei. Wir haben deinen Dad begraben. Lass ihn in Frieden ruhen.« Er steht auf. »Ich sollte nach Hause fahren, und du auch.«

Ich erhebe mich ebenfalls. Meine Beine zittern. Dorsey legt eine Hand auf meinen Ellenbogen. Nur mit äußerster Selbstbeherrschung zucke ich nicht zurück.

»Pass auf dich auf, Nell. Ich möchte nicht, dass dir etwas zustößt. Ich habe schon genug Menschen verloren, die mir wichtig waren.«

»Ich glaube, ich sollte nach D. C. zurückfahren.«

Dorsey nickt. »Das verstehe ich. Es ist sicher am besten so. Ich liebe dich, Süße. Vergiss das nicht.«

DaSilva ist weg, der Parkplatz leer. Der Motor des Trucks stottert, als ich den Zündschlüssel drehe. Panisch schalte ich ihn wieder aus. Einen Moment sitze ich wie gelähmt da, konzentriere mich auf meine Atmung und versuche, mich zu beruhigen. In meinem Kopf dreht sich alles. Die Erkenntnis, dass Glenn Dorsey meine Mutter geliebt hat – und sie ihn vielleicht auch – erschüttert mich bis ins Mark. Und doch ergibt es irgendwie Sinn. Dorsey war immer da. Selbst wenn Dad nicht zu Hause war, hat Glenn meiner Mutter die Einkäufe aus dem Auto geladen oder den Boiler für sie repariert. Nach ihrem Tod hat er wie ein zweiter Vater über mich gewacht. Ich dachte immer, ich – wir – waren ihm so wichtig, weil er Dads bester Freund war. Jetzt wird mir klar, dass ich falschlag. Meine Mutter hat er mehr geliebt.

Wieso wusste Dad das nicht? Hatte er je einen Verdacht, dass Dorsey etwas für meine Mutter empfand? Hat er je auf einer Party gesehen, wie die beiden miteinander gelacht haben, und sich danach Fragen gestellt? Hat er je gesehen, wie meine Mutter sich auf die Zehenspitzen gestellt und Dorsey auf die Wange geküsst hat? Wie ihre Lippen einen winzigen Moment zu lange auf seiner Haut lagen?

Ich kann kaum glauben, dass Dad nicht gemerkt haben soll, was zwischen den beiden vorging. Dad entging nie etwas. Er konnte stundenlang in einem Versteck sitzen und das Gehölz beobachten, bevor er ein Reh mit einem einzigen, wohlplatzierten Schuss erledigte. Wegen seiner Intuition war er ein hervorragender Jäger und ein ebenso guter Detective. Wieso hatte sie ihn zu Hause also so fürchterlich im Stich gelassen? Doch andererseits – wenn er davon gewusst hatte, wie hätte er dann so viele Jahre mit Dorsey zusammenarbeiten können, ohne ihn umbringen zu wollen? Beide waren unerbittlich und aufbrausend. Wäre die Anspannung zwischen den beiden nicht irgendwann in Gewalt umgeschlagen?

Vielleicht ist aber auch genau das passiert. Vielleicht hat Dorsey Dads Bremsleitungen selbst durchgeschnitten. Ich stelle mir vor, wie mein Vater sich zu seiner letzten Fahrt auf das Motorrad setzt. Hatte er Zeit zu begreifen, was geschehen war? Wusste er, was ihm bevorstand?

Ich hole tief Luft und drehe den Zündschlüssel erneut. Dieses Mal springt der Motor sofort an. Dennoch schnürt mir die Angst die Kehle zu. *Atme,* befehle ich mir, *atme,* und unterdrücke die aufsteigende Panik.

Als ich die Ponquogue Bridge überquere, rufe ich Lee an. Ich habe immer noch das Gefühl, dass er mich absichtlich dorthin gelotst hat, und das macht mich wütend. Doch noch wütender bin ich auf mich, weil ich ihm vertraut habe.

Vielleicht hat er seine Finger nicht in Calabreses Geschäften, aber irgendetwas über sich selbst verheimlicht er mir. Angesichts der Tatsache, dass ich heute Abend wegen seiner verdammten Ermittlungen fast umgekommen wäre, ist er mir jetzt ein paar Antworten schuldig.

»Nell?«

»Wo warst du?«, frage ich scharf.

»Ich bin zu Milkowski gefahren. Sie war nicht im Labor, weshalb ich zu ihr nach Hause …«

»Nur ich, Dorsey und DaSilva waren da. Nicht unbedingt die Feier, die ich mir vorgestellt hatte. Du hast mich mit ihnen allein gelassen. Ich schwöre bei Gott, Lee, ich dachte, sie würden mich umbringen.«

»Es tut mir leid. Ich …«

»Dorsey hat alles gestanden. Dass er mit Calabrese zusammenarbeitet. Wie er ein Geständnis aus Morales herausgepresst hat. In seiner Welt heiligt der Zweck die Mittel.«

»Nell.«

»Ich habe alles aufgezeichnet. Du sollst den Mitschnitt bekommen, falls mir etwas zustößt, okay? Ich weiß, dass du mich wahrscheinlich für paranoid hältst, aber ich habe ein schlechtes Gefühl bei der Sache. Die Bremsleitungen am Motorrad meines Dads wurden durchgeschnitten. Sein Tod war kein Unfall.«

»Nell, sei still. Bitte. Hör mir zu. Jamie Milkowski ist tot.«

»Was?« Ich trete auf die Bremse, und die Räder quietschen lautstark auf dem Asphalt. Rasch lenke ich den Wagen an den Straßenrand und halte an. »Seit wann?«

»Ein paar Stunden. Unfall mit Fahrerflucht, nicht weit von ihrem Büro entfernt.«

»Verdammte Scheiße. Sie haben sie auch beseitigt, nicht wahr?«

»Ich glaube schon. Sie und Dorsey haben sich heute Morgen angeschrien. Sie hat gesagt, Morales wäre auf gar keinen Fall der Schütze, und Dorsey würde ihren Bericht unter den Teppich kehren. Sie hat ihm gesagt, sie würde die Presse einschalten.«

»Oh mein Gott. Das hat sie auch. Sie hat heute mit einer Journalistin gesprochen.«

»Mit wem?«

»Ann-Marie Marshall. Du musst überprüfen, ob es ihr gut geht.«

»Nell, wo bist du? Ich mache mir Sorgen. Ich kann dich abholen.«

»Ich bin gerade auf die Dune Road eingebogen und in ein paar Minuten zu Hause.«

»Wir treffen uns dort.«

»Es ist alles in Ordnung, Lee.«

»Nein, das ist es nicht. Wir müssen dich heute noch aus Suffolk County herausbringen. Jeder, der mit diesem Fall zu tun hat, stirbt auf einmal.«

Zweiundzwanzig

Zu Hause verschließe ich alle Türen und Fenster, überprüfe meine Smith & Wesson und lege für alle Fälle eine zweite geladene Waffe in den Nachttisch. Als ich das Knirschen von Rädern in der Einfahrt höre, spähe ich durch einen Schlitz zwischen den Vorhängen hinaus. Mein Puls verlangsamt sich etwas, als ich Lee erkenne.

»Du siehst echt beschissen aus«, begrüße ich ihn, als ich die Tür öffne. Sein Gesicht ist angespannt, dunkle Ringe zeichnen sich unter seinen Augen ab. Er trägt ein SCPD-Sweatshirt mit einem Kaffeefleck auf der Vorderseite und hält zwei große Pappbecher in den Händen. Ich bin mir nicht sicher, ob er geschlafen oder geduscht hat, seit wir uns das letzte Mal gesehen haben.

»Du siehst auch nicht gerade frisch aus.«

»Die letzten Tage waren anstrengend. Vielen Dank, dass du mich in den ganzen Mist reingezogen hast.«

»Tut mir leid. Geteiltes Leid ist halbes Leid.« Er reicht mir einen Becher mit Kaffee. »Ich dachte mir, du könntest auch einen brauchen.«

»Ich wollte dir Scotch anbieten, aber das hier ist wahrscheinlich eine bessere Idee.«

»Behalten wir lieber erst mal einen klaren Kopf.«

»Komm, wir setzen uns raus.« Ich führe Lee auf die Veranda Ich habe keinen Anlass zu glauben, dass wir im Haus abgehört werden könnten, aber so funktioniert mein misstrauischer Kopf nun mal. Außerdem hat es zu regnen aufgehört. Die Stühle sind noch feucht, aber das ist okay. Ich atme die frische, kühle Luft ein. Eine Gänseformation zieht über uns über den blaugrauen Dämmerungshimmel. Ich schalte das Außenlicht an und suche die Marsch nach Reihern ab, sehe jedoch keinen. Bald ist Oktober, der Höhepunkt der Hurrikansaison. Die Zugvögel machen sich auf den Weg.

»Also, das Wichtigste zuerst. Ich habe das Kennzeichen überprüft«, beginnt Lee. »Hast du eine Erklärung, warum dich Vince DaSilva quer durch die Stadt beschattet?«

»Vielleicht solltest du ihn das fragen.«

»Keine gute Idee. Ich bin gerade so eine Art Persona non grata im Büro.«

»Du? Der Held seiner Heimatstadt?«

»Dorsey hat seine ganz eigene Meinung zu dem Fall, falls du es noch nicht bemerkt hast.«

»Und du stimmst ihm nicht zu?«

Lee trinkt ein paar große Schlucke Kaffee, bevor er antwortet. »Dein Dad hat nicht geglaubt, dass Morales der Täter ist. Ich persönlich gehe davon aus, dass er involviert war, aber nur als Arbeitskraft. Jemand hat ihn dafür bezahlt, dass er die Leichen beseitigt.«

»Aber er hat gestanden. Fall abgeschlossen. Zumindest hat Dorsey mir das vorhin so gesagt.«

Lee seufzt. »So einfach ist es nicht.«

»Der Fall ist also nicht abgeschlossen?«

»Nein. Für mich nicht. Wenn ich dir jetzt etwas erzähle, versprichst du, dass es unter uns bleibt?«

Unsere Blicke treffen sich. »Ich habe niemanden, dem ich es erzählen könnte.«

»Ich weiß nicht, was in dem Verhörraum passiert ist. Nur Dorsey und Morales waren anwesend, die Kamera war ausgeschaltet.«

»Absichtlich?«

»Ja, Dorsey hat die Übertragung selbst unterbrochen. Und mir dabei direkt in die Augen gesehen. Als ob er mich herausfordert, dagegen zu protestieren.«

»Und – hast du?«

»Natürlich nicht. Er ist der verdammte Chief. Was hätte ich denn sagen sollen? ›Hey, Chief, das verstößt gegen die Vorschriften‹?«

»Hatte Morales Rechtsbeistand?«

»Nein. Entweder hat er nie darum gebeten, oder wenn doch, dann hat Dorsey seine Bitte ignoriert. Ich weiß nur, dass sie weniger als eine Stunde da drin waren. Und als sie rauskamen, hatte Dorsey ein unterschriebenes Geständnis von Morales, dass dieser Adriana und Ria umgebracht hat.«

»Himmel. Glaubst du, er hat es aus ihm herausgeprügelt?«

»Schlimmer. Ich glaube, er hat ihn dafür bezahlt.«

Ich setze mich aufrechter hin. »Du denkst, Morales nimmt bewusst die Schuld auf sich?«

»Weniger als eine Stunde, Nell. Es dauert länger, ein verdammtes Geständnis zu formulieren. Das hier war getippt, unterschrieben, besiegelt und eingereicht. Ich glaube, das war alles vorbereitet und abgekartet.«

»Warum dann der Showdown auf der Farm? Morales war bewaffnet. Jemand hätte verletzt werden können.«

»Alles abgesprochen. Irgendeine Frau war gerade da und hat ganz zufällig alles gefilmt? Komm schon, Nell. Denk mal darüber nach.« Er verschränkt die Arme und wirft mir einen Blick zu.

Ich lehne mich zurück. »Oh mein Gott. Beinahe hätte ich auf ihn geschossen, weißt du. Ich hätte Morales töten können.«

»Umso besser, wenn du es getan hättest. Problem gelöst.«

»Aber warum? Warum sollte Morales zustimmen, zwei Morde auf sich zu nehmen? Entweder wird er abgeschoben, oder er verbringt den Rest seines Lebens im Gefängnis.«

»Ich weiß es nicht. Entweder hat ihm jemand Unmengen Geld bezahlt oder seiner Familie die Einbürgerung ermöglicht. Ich kann mir nur diese beiden Möglichkeiten vorstellen.«

»Komm schon. Dorsey hat Einfluss, aber so viel auch wieder nicht. Und reich ist er auch nicht.«

»Er nicht. Aber die Menschen, die er deckt, sind es.« Lee sieht zu mir. »Ich weiß, dass du von Giovanni Calabrese und seinem Deal mit gewissen Angehörigen des Departments weißt. Calabrese hat Einfluss. Und seine Kunden sind stinkreich, sehr mächtig und haben allen Grund, dafür zu sorgen, dass die ganze Operation nicht auffliegt.«

Ich hebe die Augenbrauen. »Mir war nicht klar, dass du weißt, dass Cops auf Calabreses Gehaltsliste stehen.«

»Ich weiß es schon eine ganze Weile.«

»Warum hast du es mir nicht gesagt?«

»Ich musste erst entscheiden, ob ich dir vertrauen kann.«

»Du hast immer wieder mit dem Finger auf Morales gezeigt. Warum?«

»Weil ich glaube, dass er beteiligt war, zumindest als Totengräber. Aber ich habe auch mitgespielt und getan und gesagt, was Dorsey von mir wollte. Nur so konnte ich an dem inneren Kreis dranbleiben. Und das war von Anfang an mein Ziel. Das Department zu überprüfen.«

»Moment mal. Willst du mir damit sagen, dass du die ganze Zeit gegen das SCPD ermittelt hast?«

Lee lächelt leicht und nickt. »Ich bin einer von euch«, antwortet er. »Auf Gedeih und Verderb.«

»Von euch?«

Lee lacht. »Ich bin vom FBI. Seit zwei Jahren schon, DEA. Ich gehöre zu einer Operation, die das Bureau gemeinsam mit der Drogenvollzugsbehörde ins Leben gerufen hat, um die Rauschgiftgeschäfte von Dorsey und seinen Männern zu untersuchen. Ich bin ihr ›Mann in Havanna‹, oder besser gesagt, ihr Mann in Yaphank.«

»Verarsch mich nicht!« Ich lache laut auf. Lee wirkt verletzt. »Tut mir leid. Ich lache nicht über dich. Ich … Ich kann es nur einfach nicht glauben.«

»Was glauben? Dass ich ein Federal Agent bin und nicht irgendein Kleinstadtcop?« Lee runzelt die Stirn.

»Nein, so habe ich es nicht gemeint. Ich … Hör zu, ich bin bei der BAU. Es ist mein verdammter Job, Menschen zu lesen, ein Profil zu erstellen. Ich hatte die ganze Zeit den Eindruck, dass du nicht so richtig zur Mordkommission passt. Dass du, keine Ahnung, etwas zu streberhaft bist? Zu intellektuell?«

»Vielen Dank auch.«

»Aber ich hätte niemals gedacht, dass du der Maulwurf sein könntest.«

»Ich bezeichne mich lieber als undercover.«

»Du weißt, was ich meine. Warum hast du es mir nicht gleich am Anfang gesagt?«

»Weil Dorsey dein verdammter Patenonkel ist! Denk mal darüber nach, Nell. Ich hatte gehofft, dass du auf meiner Seite bist, aber ich konnte nicht automatisch davon ausgehen. Ich hätte nie gedacht, dass alles so schnell eskaliert. Und du hast mich etwas aus dem Konzept gebracht, als du angefangen hast, deinen eigenen Vater zu verdächtigen. Diese Möglichkeit hatte ich nie auch nur in Betracht gezogen.«

»Was also war dann Dads Rolle in Calabreses Ring? Sag die Wahrheit.«

Lee schüttelt den Kopf. »Das war mein bester Durchbruch. Totaler Zufall. Ich wusste, was Dorsey und DaSilva trieben. Drogen, Prostitution, sie hatten ihre Hände überall drin. Dein Dad wollte damit nichts zu tun haben, und Dorsey hat das respektiert. Sie haben einander in Ruhe gelassen.

Letzten Sommer hat dein Dad Maria Cruz kennengelernt. Sie war eine von Calabreses Mädchen. Jung, vielleicht neunzehn Jahre alt. Ich habe nie durchgeblickt, was für eine Beziehung sie zueinander hatten. Ich wollte nicht fragen, und er hat es nie von sich aus angesprochen. Ich wusste es nur, weil ich sie einmal zusammen gesehen habe und neugierig wurde. Deinem Vater schien sie sehr wichtig zu sein. Er wollte sie aus diesem Leben rausholen, hat ihr eine Wohnung gemietet, sie dazu gebracht, dass sie sich am Community College einschreibt. Und dann war er endgültig auf dem Kriegspfad.«

»Was meinst du damit?«

»Er hat das ziemlich genial aufgezogen. Zuerst dachte ich, er hätte eine Art Zusammenbruch. Er war viel abends unterwegs und hat betont auffällig Zeit mit den Jungs verbracht. War ständig am Feiern. Und er hat im großen Stil mit dem Glücksspiel angefangen.«

»Das klingt tatsächlich nach einem Zusammenbruch.«

»War es aber nicht. Das war alles nur Show. Ich habe ihn genau beobachtet. Er hat überhaupt nichts getrunken, sondern einen Drink bestellt, ihn ein bisschen hin und her geschwenkt und dann zu Cola gewechselt. Er hat gespielt, ja, aber nie viel und auch nie so, dass es außer Kontrolle geriet. Er hat das alles nur gemacht, damit er einen Grund hatte, sich an Dorsey und seine Leute anzunähern. Irgendwann hat er Dorsey erzählt, er hätte ordentlich Spielschulden angehäuft und bräuchte dringend Geld. So hat Dorsey ihn dann in die Truppe aufgenommen.«

»Hat Dad dir das alles erzählt?«

»Nein. Ich war nur dieser nervige Neuling, den er als Partner plötzlich am Hals hatte. Aber ich habe ihn beobachtet. Und mir zusammengereimt, was er vorhatte.«

»Und was war das?«

»Er hat Beweismaterial zusammengetragen. Ich schätze, er hat Gespräche mitgeschnitten, Fotos gemacht, Material gesammelt. Und er hat auf die Mädchen aufgepasst, dafür gesorgt, dass ihnen nichts passiert. Ein paar hat er zum Reden gebracht. Ria war eine davon. Als sie ermordet wurde, ist er völlig ausgeflippt. Ich glaube, er hat sich verantwortlich gefühlt. Er war besessen davon, den Mord an ihr aufzuklären.«

»Oh mein Gott!« Ich schlage mit der Handfläche gegen

meine Stirn. »Jetzt ergibt alles Sinn. Deshalb ist er Adriana gefolgt.«

»Genau. Er wusste, dass Morales nicht dahintersteckt, sondern wahrscheinlich nur die Leichen beseitigt und dem wahren Mörder geholfen hat. Er dachte, es sei Dorsey oder Calabrese oder einer der Kunden gewesen. Aber er konnte es nicht beweisen. Also blieb er dran. Und dann verschwand Adriana, und zwei Wochen später war er tot.«

»Deshalb wolltest du unbedingt in sein Arbeitszimmer.«

»Das will ich immer noch.«

»Da drin ist nichts. Er muss es vor seinem Tod ausgeräumt haben.«

»Ein Blick hinein könnte sich immer noch lohnen.«

Ich stehe auf. »Na gut. Aber ich werde den Scotch aufmachen, wenn es dir recht ist.«

»Was immer dafür nötig ist.«

»Hey.« Ich packe ihn am Arm und zwinge ihn zum Stehenbleiben. »Ist deine Mom wirklich krank? Ich dachte, du wärst hierher zurückgezogen, um bei ihr zu sein.«

Lee errötet. »Ja, das ist sie. Aber um ehrlich zu sein, ist es auch eine verdammt gute Deckung. Die DEA hat mich direkt nach dem Jurastudium angeheuert. Einer meiner Professoren hat mich rekrutiert. Dann erfuhren wir von den Vorgängen hier, und es erschien uns eine gute Möglichkeit, jemanden ins Department einzuschleusen. Dorsey ist einer der größten Vermittler für Drogen und Opioide im Staat New York. Achtzig Prozent der Scheiße, die da draußen im Umlauf ist, ist auf dem Markt, weil er entweder von jemandem Schweigegeld bekommt oder selbst damit Geschäfte macht. Er ist einer von den Bösen, Nell. Und sein Team ist nichts anderes als ein Kartell.«

Ich nicke langsam. »Und was ist mit mir? Wolltest du einfach nur in Dads Büro?«

»Statt was? Dir an die Wäsche?«

»Nein!«, erwidere ich empört, bevor ich seinen Witz verstehe. »Fick dich.«

»Nein, hör zu. Ich hatte gehofft, du könntest eine Partnerin sein. Ich bin seit zwei verdammten Jahren hier, Flynn. Es war ziemlich trostlos. Dorsey und seine Truppe lassen niemanden in ihren Kreis. Ich dachte, ich könnte mich einschleimen, aber das war nicht so einfach.«

Ich muss lachen. »Weil du so charmant bist?«

»Nun – ja. Und ich bin von hier. Ich dachte, sie würden mich als einen der Ihren sehen.«

»Aber das haben sie nicht.«

»Es dauert lange, bis Dorsey einem vertraut. Mir wurde klar, dass ich am besten weiterkomme, wenn ich mich mit jemandem anfreunde, der ihm nahesteht. Ich dachte, als man mich mit deinem Dad zusammengesteckt hat, wäre das mein Weg hinein. Aber dann ist er gestorben. Also ja, ich war ziemlich einsam, bis du gekommen bist.«

»Sie haben ihn umgebracht, Lee. Ich weiß es. Wer sonst sollte die Motorradbremsleitungen durchschneiden?«

»Nun, um ehrlich zu sein, dein Dad war ein ganz schönes Arschloch. Ich schätze mal, er hat sich im Lauf der Zeit eine Menge Feinde gemacht.«

»Bitte bleib ernst.«

Lee steht auf. »Ich würde auf Dorsey oder Calabrese setzen. Komm, zeig mir sein Büro. Die Dreckskerle schnappen wir uns.«

Dreiundzwanzig

»Ich habe es dir doch gesagt. Hier ist nichts.«

Lee geht noch einmal durch Dads Büro. Fast eine Stunde sind wir schon hier und haben nichts gefunden, was uns weiterbringen könnte.

»Was ist mit der Wohnung in Riverhead?«, fragt Lee zum zweiten Mal.

»Wir können noch einmal nachschauen. Aber ich habe auch da nichts gefunden. Außerdem glaube ich nicht, dass er dort Beweismaterial versteckt hätte. Es hätte Maria in Gefahr gebracht.«

Lee schüttelt frustriert den Kopf. »Ich habe es vermasselt. Ich hätte ehrlich mit ihm sein sollen. Wir hätten zusammenarbeiten können.«

»Lass das. Gib dir nicht die Schuld.«

»Ich habe es ein paarmal versucht, ein bisschen was preisgegeben. Ihm gezeigt, dass wir auf derselben Seite sind. Aber er wollte einfach nichts davon wissen.«

»Dad war kein guter Teamplayer.«

Lee seufzt. »Ich weiß. Aber ich hätte ihm reinen Wein einschenken können.«

»Das wäre ein großes Risiko gewesen. Wenn er es Dorsey erzählt hätte, wären zwei Jahre Undercoverarbeit umsonst gewesen, und du wärst vielleicht auch noch getötet worden.«

»Ich weiß.«

Wir schweigen.

»Wir haben Dads Kontoauszug von den Kaimaninseln. Das reicht, um die Einsicht in Calabreses Finanzen zu erzwingen. Und ich treffe mich morgen mit ihm. Luz Molina bringt mich zu ihm.«

»Das ist viel zu riskant, für dich und für Luz.«

Ich schlucke angestrengt. Ich weiß, dass er recht hat, aber ich bin verzweifelt. »Dorsey hat mir geradezu sein Herz ausgeschüttet, nicht nur wegen der erzwungenen Geständnisse, sondern auch dass er Geld von Calabrese nimmt. Das allein reicht, um die beiden hochzunehmen.«

»Aber reicht es auch für eine Geschworenenjury?«

»Vielleicht. Keine Ahnung. Vielleicht auch nicht.«

»Was ist mit Luz? Wenn sie aussagen würde …«

»Sie wird nicht als Zeugin auftreten. Sie ist noch so jung und illegal im Land. Die Verteidigung würde sie im Zeugenstand vernichten.«

»Dorsey ist so ein Wichser.« Lee sieht mich finster an. »So ein Mädchen auszubeuten.«

»Wir müssen sie hier rausholen, bevor wir irgendwen verhaften. Ich habe ihr versprochen, dass wir sie in den Zeugenschutz nehmen.«

»Und das werden wir auch. Aber wir haben nicht viel Zeit. Vierundzwanzig Stunden vielleicht, und das war's. Dorsey bereut wahrscheinlich in diesem Moment euer kleines Gespräch.«

»Ich weiß, daran habe ich auch gedacht.«

»Dann lass uns Sarah Patel anrufen. Und Lightman. Wir stellen ein Team auf die Beine, und morgen gehen wir rein und sammeln alles beim SCPD und bei Calabrese zusammen.«

»Wir wissen immer noch nicht, wer Adriana und Ria umgebracht hat.«

»Wir könnten Morales unter Druck setzen. Oder …«, Lee schnippt mit den Fingern, »… wir überprüfen sein Konto, sehen nach, wer ihn bezahlt hat.«

»Da überlassen wir aber immer noch viel dem Zufall. Das gefällt mir nicht. Wir haben nur eine Chance, die Büros zu durchsuchen. Wir sollten uns verdammt sicher sein, dass wir genug Beweise gegen die Kerle haben, bevor wir loslegen.«

Lee geht zu der Landkarte und betrachtet sie aufmerksam. »War die schon immer hier?«

Ich trete neben ihn, und unsere Schultern berühren sich. »Nein. Ich meine, als ich ein Kind war, hing sie nicht hier. Warum?«

Lee hebt die Hand und reißt die Karte von der Wand.

»Was zum T…« Ich verstumme.

Ein in die Mauer eingelassener Safe kommt zum Vorschein.

»Du weißt nicht zufällig die Kombination?«, fragt Lee leise.

»Ich habe eine Ahnung.« Ich tippe den Geburtstag meiner Mutter in das Nummernfeld, dieselbe Zahlenkombination wie an seinem Aktenschrank. Nach einer Sekunde ertönt ein ratterndes Geräusch. Ich lege meine Hand auf den Griff und ziehe die Safetür auf.

»Verdammte Scheiße«, sagen wir beide gleichzeitig.

Im Safe lagern ein Laptop, ein Notizbuch, Akten, Fotos und ein Aufnahmegerät.

»Wir rufen Sarah sofort an«, sagt Lee. »Wir müssen ein Team darauf ansetzen. Heute noch.«

Vierundzwanzig

»Das muss ich dir lassen, Flynn. Irgendwie hast du es geschafft, in eine der größten Razzien der Geschichte des Bureaus zu stolpern, obwohl du doch eigentlich krankgeschrieben bist.«

Lightman hat das Handy auf Lautsprecher gestellt. Er und sein Team aus BAU-Agents sind gerade mit einem Privatjet auf dem Weg von D.C. hierher und sollen in einer Stunde landen. Wir haben die ganze Nacht die Fotos durchgesehen, die Audiodateien abgehört und all die anderen Beweise gesichtet, die mein Vater gegen Dorsey, DaSilva, Anastas und einige andere Angehörige des SCPD gesammelt hatte, ebenso wie gegen Giovanni Calabrese und seine Mitarbeiter, die den Prostitutionsring am Laufen halten. Wir haben ganze USB-Sticks voll mit Fotos von Meachems Partys, die die Karrieren und Ehen von Männern auf der ganzen Welt beenden werden. Sarah durchsucht parallel in Miami Beweismaterial. Stapelweise Finanzunterlagen müssen überprüft werden. Selbst mit einem ganzen Team dauert das Tage, wenn nicht gar Wochen. Doch im Moment haben wir genug, um die Hälfte der Detectives von Suffolk County zu verhaften und Giovanni Calabrese für immer hinter Gitter zu bringen.

Ich habe auch arrangiert, dass Luz und ihr Bruder Miguel in den Zeugenschutz kommen. Nach den Razzien, die Lee und ich überwachen werden, nehme ich ihre Aussage auf und setze sie dann am Gabreski Airport in Westhampton in ein Privatflugzeug. Sehr wahrscheinlich werde ich sie nie wiedersehen. Die Vorstellung macht mich ein wenig traurig. In der kurzen Zeit, die wir uns kennen, ist sie mir ans Herz gewachsen. Ich will mich um sie kümmern, weil das bisher niemand getan hat.

»Ich habe dir doch gesagt, dass ich nicht auf einer Couch liegen und über meine Kindheit reden werde«, antworte ich Lightman. Er lacht. Er ist immer noch wütend auf mich, das merke ich, aber im Moment lässt er es gut sein. Dieser Fall ist zu groß für ihn, als dass er mir wegen der Vorschriften einen Einlauf verpassen würde.

»Glaub bloß nicht, dass du Maloney umgehen kannst«, sagt er. »Du bist immer noch beurlaubt.«

»Komm schon«, schaltet sich Lee ein. »Ich will nicht respektlos sein, aber Nell hat hier eine der korruptesten Polizeieinheiten der Geschichte auffliegen lassen. Sie hat in einer Woche geschafft, was mir in zwei Jahren nicht gelungen ist.«

»Mein Junge, das sagt mehr über dich aus als über Nell«, erwidert Lightman trocken.

Lee läuft rot an, und ich kann mein Gelächter nicht unterdrücken.

»Ach, halt die Klappe«, murmelt Lee, doch auch er grinst.

»Wie lange müssen wir warten?«, frage ich, stehe auf und gehe zum Fenster. Theoretisch ist es Morgen, draußen ist es allerdings noch dunkel. Ich habe weder geschlafen noch gegessen, doch mein Körper pulsiert vor nervöser Energie.

»Wir beginnen mit dem Landeanflug und dürften bald auf dem Boden sein. Um acht Uhr sind wir an beiden Adressen.«

Ich will jetzt etwas tun. Jedes Auto, das auf der Dune Road

vorbeifährt, jagt mir einen Schauder über den Rücken. Jedes Geräusch aus dem Marschland vor dem Haus lässt meine Hand zur Pistole zucken. Drei Stunden liegen noch vor uns; eine Ewigkeit. Trotzdem weiß ich, wie viel Glück wir haben, in so kurzer Zeit ein so großes Team mobilisieren zu können. Und im Moment behandelt mich Lightman immerhin so, als wäre ich wieder mit an Bord. Wenn heute alles glattläuft, wird er gar keine andere Wahl haben, als mich wieder einzusetzen. Verdammt, er sollte mich wahrscheinlich sogar befördern.

Sarah meldet sich. »Ihr haltet durch?«, fragt sie. Ich höre die Müdigkeit in ihrer Stimme.

»O ja!« Lee reibt die Hände gegeneinander. »Darauf habe ich seit zwei Jahren gewartet.«

»Da musste nur noch Nell kommen und die Arbeit für dich erledigen.«

Lee lacht. »Sam, wenn du sie bei der BAU nicht brauchen kannst, hätten wir bei der DEA genug Arbeit für sie.«

»Oder hier unten in Miami«, fügt Sarah hinzu. »Die Einheit zur Bekämpfung von Menschenhandel könnte deine Berufung sein, Nell.«

»Nach heute werde ich wohl erst mal Urlaub einreichen.«

»Okay. Der Landeanflug auf den Gabreski Airport beginnt«, verkündet Lightman. »Ich bin aus der Leitung. Mag einer von euch uns empfangen und auf den neuesten Stand bringen?«

»Ich werde hinfahren«, sagt Lee. Er dreht sich zu mir, legt mir eine Hand auf den Arm. Er lächelt sanft, seine Finger verstärken ihren Druck. Mein Herz zieht sich ein klein wenig zusammen. »Du kommst klar?«

»Natürlich. Fahr nur. Und ruf mich an, wenn es losgehen kann.«

»Hey, Nell?«

»Ja?«

»Tut mir leid, dass ich dich *Kleine* genannt habe.«

»Schon okay.«

»Nein, ist es nicht. Ich lasse mir etwas Besseres einfallen. Abgemacht?«

»Abgemacht.«

Er zwinkert, und ich drehe mich weg, damit er nicht sieht, wie ich erröte.

Lee geht aus dem Büro, und kurz darauf höre ich, wie die Haustür geöffnet und geschlossen wird. Stille kehrt ein. Ich setze mich gerade wieder in Bewegung, als ein ohrenbetäubender Knall ertönt und mich nach hinten wirft.

Das Bürofenster zerspringt, kalte Luft strömt in den Raum, zusammen mit dem beißenden Gestank nach Rauch. Ein Stück Papier schwebt an mir vorbei.

Ich brauche ein paar Sekunden, bis ich aufstehen kann. Mein Kopf schwirrt vor Geräuschen und Lichtern, die Knie geben beinahe unter mir nach. Ich sehe nach unten auf meine Hände. Eine Glasscherbe hat sich in meine Handfläche gebohrt. Unter Schmerzen ziehe ich sie heraus und wische mir das Blut an der Hose ab.

Mit der Pistole im Anschlag gehe ich zum Fenster. Auf dem rechten Auge sehe ich nur verschwommen. Vorsichtig betaste ich es – es ist zugeschwollen. Als ich den rauchenden schwarzen Haufen in der Einfahrt sehe, entfährt mir ein Schrei. Vor meinem Haus klafft ein Krater, in dem die schwelenden Überreste von Lees Wagen liegen.

Lee ist tot, das weiß ich sofort.

Fünfundzwanzig

Ein, aus.

Ein, aus.

Ein, aus.

Ich befehle mir, zu atmen, als ich das Haus durch die Hintertür verlasse. Meine Füße sinken in den nassen Binsenschneiden ein. Ich habe so viel Beweismaterial wie möglich in einen Rucksack gestopft: Fotos, Audiodateien, Finanzunterlagen. Außerdem habe ich zwei Waffen dabei: eine an meiner Hüfte, die andere am Fußknöchel. Ich muss so schnell wie möglich vom Haus weg. Dads Truck, der gegenüber von Lees Wagen steht, ist garantiert auch mit einer solchen Autobombe versehen, die meine Einfahrt gerade in eine Mondlandschaft verwandelt hat. Wer auch immer sie angebracht hat, wird sicher nachsehen, ob er Erfolg hatte. Vielleicht werde ich gerade in diesem Moment beobachtet. Wenn sie wissen, dass ich am Leben bin, bin ich so gut wie tot. Wenn nicht, habe ich ein schmales Zeitfenster zur Flucht, bevor sie zurückkommen.

In weniger als fünf Minuten habe ich das Naturschutzgebiet durchquert, das an mein Haus grenzt. Es ist der längste und härteste Lauf meines Lebens. In der Marsch habe ich keine Deckung. Nur dichtes, starres Gestrüpp und Löcher voll schlammigem Wasser. Der Rucksack schlägt beim Laufen schwer gegen meinen Rücken. Die Schnürsenkel an meinem linken Schuh lösen sich, und nur mit Mühe rutscht er mir nicht vom Fuß. Meine Lungen brennen, ich ringe angestrengt nach Atem. Der Geruch nach Asche hängt schwer in der Luft.

Auf halbem Weg durch die Marsch hat ein Auto auf der Dune Road eine Fehlzündung. Ich werfe mich in den Matsch und liege ein paar Sekunden still da. Ein Reiher erhebt sich in die Lüfte und breitet über mir die Flügel aus. Es wird langsam hell, ein schlechtes Zeichen. Eine Rauchwolke steigt vor meinem Haus auf. Es riecht nach geschmolzenem Metall und verbranntem Gummi. Irgendjemand wird es bemerken und die Polizei informieren. Schon bald werden Streifen- und Krankenwagen in diese Ecke der Dune Road rasen. Vielleicht sind sie sogar schon auf dem Weg.

Ich stehe auf, renne weiter. Als ich das andere Ende des Naturschutzgebietes erreiche, hole ich dankbar Luft. Dann zwänge ich mich durch die Hecke des angrenzenden Grundstückes und komme hinter der Garage heraus. Es scheint niemand zu Hause zu sein. Die Fenster sind dunkel, und es stehen keine Autos in der Einfahrt. Ich schiebe das Garagentor hoch und lausche, doch keine Alarmanlage ertönt. In der Garage steht ein alter Kombi, der Schlüssel liegt auf dem Fahrersitz.

Ich atme zitternd aus. Dem Himmel sei Dank. Meine Chancen, das hier zu überleben, sind gerade gestiegen.

Ich schlüpfe auf den Fahrersitz und stecke den Schlüssel in die Zündung. Beim Zurechtschieben des Rückspiegels erhasche ich einen Blick auf mein Gesicht. Das rechte Auge ist lila und geschwollen, wie nach einem Boxkampf. Aus einem

Schnitt am Haaransatz quillt dunkles Blut. Bisher hatte ich ihn noch gar nicht bemerkt. Ich berühre ihn vorsichtig und zucke zusammen, als ich eine Glasscherbe in der Haut spüre. Mit den Fingern taste ich meinen Kopf ab und finde auch da geronnenes Blut. Ich höre ein dumpfes Klingeln in den Ohren, und allmählich wird mir schwindelig. Licht blitzt vor mir auf. Ich schließe die Augen und zwinge mich, nicht das Bewusstsein zu verlieren.

Dann reiße ich die Augen wieder auf. Ich muss los. Im Rückspiegel suche ich die Glasscherbe und ziehe sie mit den Fingernägeln laut stöhnend heraus. Mit dem Ärmel tupfe ich das Blut ab, das jetzt stoßartig aus der Wunde strömt. Ich muss es stoppen. Ich ziehe den Pullover aus und reiße einen Ärmel ab, den ich mir fest um den Kopf binde. Tränen steigen mir in die Augen, Lichter explodieren, der Schmerz macht mich fast blind, doch ich schiebe den Schalthebel auf »Fahren«. Ich habe keine Zeit, mir um ein paar Wunden und Prellungen Gedanken zu machen. Lee ist tot. Wenn ich nichts unternehme, bin ich es auch bald.

Bevor ich auf die Straße einbiege, ziehe ich die SCPD-Baseballkappe, die Lee mir am Tatort gegeben hatte, über meinen provisorischen Druckverband. Mein Kopf zerplatzt fast vor Schmerzen, aber wenigstens ist mein Gesicht zum Teil verdeckt. Außerdem fahre ich ein fremdes Auto. Ich muss den Nachbarn eine Dankeskarte schicken, wenn das alles hier vorbei ist. *Danke, dass ich Ihren Wagen stehlen durfte. Lassen Sie sich die Flasche Scotch schmecken.*

Ich bin fast auf der Westhampton Bridge, als ich Sirenen höre. Mein Puls wird schneller. Ich muss mich zwingen, nicht weiter zu beschleunigen. Die Geschwindigkeitsbegrenzung beläuft sich hier auf quälende fünfunddreißig Meilen die Stunde. Ich setze den Blinker und biege auf die Brücke, als ein Krankenwagen an mir vorbei Richtung Dune Road rast.

Mein Handy vibriert auf dem Beifahrersitz. Ich beuge mich zur Seite und stelle es auf Lautsprecher.

»Nell!«, brüllt Sarah. »Wo zur Hölle ist Lee? Alle sind am Boden und warten auf ihn. Wir können loslegen. Ich habe ihn angerufen, aber er nimmt nicht ab.«

»Er ist tot.« Ich bringe die Worte nur mühsam heraus.

»Er ist *was?* Was ist passiert?«

Ich kann nicht antworten, meine Sicht verschwimmt. Ich blinzele dagegen an, doch es sind keine Tränen, es ist Blut. Ich überfahre eine rote Ampel und merke kaum, was ich tue. Ich sollte rechts ranfahren. Doch dann höre ich wieder die Sirenen – vielleicht nur einen oder zwei Blocks entfernt – und fahre auf die Stadt zu.

Einatmen. Ausatmen.

»Eine Autobombe. In meiner Einfahrt.«

»Wo bist du? Bist du verletzt?«

»Ich bin in Westhampton Beach, keine zehn Minuten vom Flughafen entfernt. Aber ich muss nach Brentwood und Luz holen.«

»Du fährst direkt zum Flughafen, hast du mich verstanden? Ohne Umweg. Sam ist dort, er wird sich um dich kümmern. Ich schicke jetzt die Teams raus. Wir müssen anfangen.«

»Ruf Luz an und vergewissere dich, dass sie in Sicherheit ist. Sie ist eine Hauptzeugin, Sarah. Sie werden hinter ihr her sein und sie finden.«

»Ich kümmere mich um sie. Bleib du einfach am Leben.

Verstanden, meine Liebe?« Sie brüllt mich an, und doch höre ich sie kaum. Ich gleite in einen fast traumähnlichen Zustand ab, irgendwo zwischen Wachen und Bewusstlosigkeit.

»Ich komme schon klar«, flüstere ich, bevor mir die Augen zufallen. Der Wagen kommt von der Straße ab und prallt mit voller Wucht gegen etwas. Ich höre noch, wie der Airbag sich mit einem lauten Ploppen entfaltet. Dann umfängt mich die Dunkelheit.

Sechsundzwanzig

Ich öffne die Lider. Das helle Licht brennt in meinen Augen. Stöhnend schließe ich sie wieder. Mein Körper bewegt sich. Eine Welle der Übelkeit steigt in mir auf, und ich drehe das Gesicht zu Seite, glaube, mich übergeben zu müssen.

»Nell.« Eine vertraute Stimme. »Nell! Kannst du mich hören?«

»Sam?«, krächze ich und öffne ein Auge. Alles ist verschwommen. Aber ich kann ihn hören. Er ist direkt neben mir. Ich bin so erleichtert.

»Sir, Sie müssen jetzt bitte zurücktreten«, befiehlt eine fremde Stimme. »Wir müssen sie jetzt in den OP bringen.«

»Nell! Kannst du mich hören? Ich bin hier. Du wirst wieder gesund.«

»Sam!« Ich versuche, mich aufzusetzen, doch es gelingt mir nicht. Mein Kopf ist bleischwer. Ich öffne mühsam die Augen. Ein Arzt mit Mundschutz läuft neben mir her. Die weißen Wände verschwimmen um mich herum. Wir halten an, Türen öffnen sich. Ich liege auf einer Trage, wird mir klar. Über mir ziehen Neonröhren vorüber. Ich bin in einem Krankenhaus, auch wenn ich nicht weiß, wie ich hierhergekommen bin oder wie viel Zeit vergangen ist, seit man mich aus dem gestohlenen Kombi gezogen hat. Ich erinnere mich nur noch an den Knall des Airbags und das Übelkeit erregende Knirschen von Metall.

»Ma'am.« Der Arzt klingt angespannt. »Bitte nicht bewegen. Wir bringen Sie gerade in den OP. Alles wird gut. Wir müssen Sie nur nähen. Okay? Versuchen Sie, sich zu entspannen.«

»Sam!«, rufe ich. »Wo ist Lee?«

Lightman antwortet nicht. Das muss er auch nicht. Eine leise Stimme in meinem Kopf ruft mir in Erinnerung: Lee ist tot. Lees Auto ist in der Auffahrt explodiert. Die Türen fallen hinter mir zu. Jemand justiert meine Infusion, und ich spüre, wie etwas Warmes in meine Adern tropft. Mir fallen die Augen zu, und ich sinke in einen tiefen, traumlosen Schlaf.

Siebenundzwanzig

»Sie wacht auf.«

Meine Lider öffnen sich flatternd. Ich sehe nach rechts, nach links. Lightman sitzt an meinem Bett und strahlt mich an.

Ich versuche, das Lächeln zu erwidern. Mir tut alles weh. »Wo bin ich?«

»Im Krankenhaus von Southampton. Du wurdest gerade operiert, aber du wirst wieder gesund.«

»Was ist passiert?«

»Als die Autobombe in deiner Auffahrt explodiert ist, sind die Fenster zersprungen, und du hast ein paar üble Schnitte abbekommen. Du warst mit dem Auto auf dem Weg zum Flughafen und bist ohnmächtig geworden. Du hast viel Blut verloren. Zum Glück hast du gerade mit Sarah telefoniert. Sie wusste, wo du warst. Ich habe dich persönlich geholt.«

»Wo ist Lee?« Jetzt bin ich wach und erinnere mich an alles. Die Geräusche. Den Qualm. Wie ich durch die Marsch gerannt bin. »Ist Lee …«

»Er ist tot, Nell.« Lightman legt eine Hand auf meine. »Es tut mir leid.«

»Ganz sicher?«

Er nickt, und seine Augen werden feucht. Er nimmt seine Brille ab und wischt die Tränen weg. »Es hätte dich treffen können, weißt du. Wir haben auch eine Bombe an deinem Truck gefunden.«

Ein paar Sekunden lang schweigen wir beide.

»Wir haben sie«, sagt Lightman schließlich. »Wir haben alle verhaftet.«

»Dorsey? Calabrese?«

»Ja. Und DaSilva und Anastas. Und noch ein paar andere.«

»Was ist mit Meachem?«

»Er ist nicht im Land. Wir können nicht …«

»Sag mir nicht, dass er davonkommt.«

»Das wird er nicht. Es könnte nur ein wenig dauern.«

»Was ist mit den anderen? Den Kunden? Den Männern auf Meachems Partys?«

»Wir haben viele Beweise, Nell, die wir gerade alle durchgehen. Alles zu seiner Zeit. Das Wichtigste ist, dass wir Dorsey und Calabrese geschnappt haben. Sie sind erledigt. Du musst dich jetzt ausruhen. Du hast ganz schön was durchgemacht.«

»Was ist mit Luz? Ist sie in Sicherheit?«

Lightman nickt. »Ja, das ist sie. Sie und Miguel sind vor ein paar Stunden abgeflogen. Sie kommen ins Zeugenschutzprogramm. Luz war großartig. Sie hat uns bereits enorm hilfreiche Informationen gegeben, über Calabrese, die Organisation, die Beteiligung des SCPD und die Kunden, die sie bei Meachem getroffen hat.«

Er verstummt. Ich merke, dass er etwas zurückhält.

»Was ist los?«

Er drängt die Tränen zurück. »Du hast mir einen furchtbaren Schrecken eingejagt, das ist alles. Ich bin froh, dass du wieder gesund wirst.«

»Hast du eine Ahnung, wann ich hier rauskomme?«

»Bald. Ich veranlasse, dass du mit zurück nach D.C. kommst.« Er deutet mit dem Finger auf mich, während ihm Tränen über die Wangen laufen. »Und dieses Mal gehst du zu den Therapiesitzungen.«

Ich lache. Dann umarmt er mich, und ich drücke schluchzend mein Gesicht gegen seine Brust.

»Lee war ein guter Kerl«, flüstere ich.

»Das war er.«

»Aber ich muss noch hierbleiben. Nur ein kleines bisschen noch.«

Er sieht mich verzweifelt an. »Nell …«

»Ich muss einfach noch ein paar Dinge erledigen. Nur ein paar Tage, höchstens. Nächste Woche bin ich zurück an meinem Schreibtisch.«

»Netter Versuch. Du musst immer noch die Evaluierung hinter dich bringen. Und Maloney ist bestimmt ganz begeistert, wenn er hört, was du alles getrieben hast.«

»Ach, scheiß auf Maloney. Sag ihm, es ist sinnlos, mich weiter zu beurlauben. Ich arbeite ja trotzdem.«

»Sarah hat sich Sorgen um dich gemacht und wollte herkommen.«

»Sie hat genug zu tun. Ich rufe sie an, wenn ich hier raus bin.«

»Wo willst du wohnen? Du kannst nicht im Haus deines Vaters bleiben.«

Ich zucke mit den Schultern. »Jetzt gehört es mir. Es ist Zeit, alles zusammenzupacken und mich zu verabschieden.«

Achtundzwanzig

Klopf. Klopf. Klopf.

Mit einem Hammerschlag nagele ich eine neue Schindel aufs Dach. Die Reihe ist fertig. Bleiben nur noch drei.

Ich setze mich auf die Fersen und bewundere meine Arbeit. Als ich vor einer Woche damit begonnen habe, dachte ich, ich würde nur die Lecks abdichten und verfaulte Schindeln austauschen. Doch dann hat mir die Arbeit Spaß gemacht, sie war fast schon meditativ, und ich wollte gar nicht aufhören. Ja, sie ist anstrengend. Ich arbeite eine oder zwei Stunden am Stück, dann mache ich eine Pause. Wenn ich die neuen Schindeln sehe, sie in der Hand halte und ihre sauberen, geraden Kanten spüre, ihr Gewicht – sie sind doppelt so massiv wie die alten –, denke ich, dass eigentlich das ganze Dach neu gedeckt werden müsste. Die Zeit hätte ich. Das Geld für Handwerker spare ich gern. Und ich mag die Aussicht sehr. Von hier oben kann ich über die Dünen bis zum Meer blicken. An einem klaren Tag sehe ich an der Ponquogue Bridge vorbei bis zu der felsigen Spitze des Shinnecock County Parks.

Es stellt sich heraus, dass ich ein Händchen fürs Heimwerken habe. Nach meiner Entlassung aus dem Krankenhaus habe ich neue Fenster einsetzen lassen, den Boiler und den Kühlschrank aber selbst repariert. Als Nächstes will ich die Veranda in Angriff nehmen. Die Stufen knarzen, und das Geländer wackelt. Lightman sagt, ich solle jemanden mit der Arbeit im Freien beauftragen, vor allem, weil es jetzt so kalt wird. Aber ich bin gern draußen. Es ist wie Physiotherapie für meine Schulter. Mit jedem Tag werde ich stärker.

Lightman hat dafür gesorgt, dass vor meiner Rückkehr alle Spuren von Lees Auto entfernt wurden und die Einfahrt mit frischem Schotter ausgebessert wurde. Man sieht immer noch eine flache Kuhle an der Stelle der Explosion. Ich will nichts daran ändern. Doch wenn mein Blick darauf fällt, denke ich an Lee.

Ich habe mich noch nicht entschieden, was ich mit dem Haus machen werde. Vielleicht gebe ich es zum neuen Jahr an einen Makler. Im Moment bin ich zufrieden, darin zu wohnen und es zu reparieren. Wie Dr. Ginnis sagt, ich gehe einen Tag nach dem anderen an. Wir reden meistens morgens miteinander und länger, als wir beide erwartet hätten. Er sagt mir, dass er das Beurteilungsformular jederzeit unterschreibt, wenn ich bereit bin, zur Arbeit zurückzukehren. Er drängt mich nicht. Lightman auch nicht.

Klopf. Klopf. Klopf.

Ich habe gerade mit einer neuen Reihe Schindeln angefangen, als ich ein Auto in die Auffahrt rollen höre. Ich stehe auf und beschatte die Augen gegen das Spätnachmittagslicht. Sarah Patel steigt aus einer grauen Limousine. Sie trägt schwarze Jeans und Motorradstiefel, wie bei unserer ersten Begegnung.

»Sarah!«, rufe ich und winke, als sie nach oben blickt.

»Du bist unglaublich«, sagt sie kopfschüttelnd. »Du solltest doch im Bett liegen! Was zum Teufel machst du da oben?«

»Nur ein paar Reparaturen.« Ich lache. »Bin gleich bei dir.«

Wir umarmen uns an der Haustür. Nach ein paar Sekunden schiebt sie mich ein Stück von sich.

»Wir müssen dich definitiv ein bisschen mästen. Aber alles in allem siehst du ziemlich gut aus.«

»Du auch. Du hättest nicht herkommen müssen. Bestimmt bist du total erschöpft.«

Sie verzieht das Gesicht. »Also bitte. Ich will dich schon seit Wochen besuchen. Aber diese Ermittlungen … Na, du weißt schon. Du hast wirklich die Büchse der Pandora geöffnet, meine Liebe.«

»Komm rein und setz dich. Ich will alles darüber hören. Aber zuerst habe ich etwas für dich.«

Ich mache ein Feuer im Kamin im Wohnzimmer, und wir setzen uns auf die Couch. Sarah streift ihre Stiefel ab und zieht die Füße unter sich, ich sitze am anderen Ende mit einer Decke um die Taille. Das Feuer knistert und erfüllt den Raum mit Licht und Wärme.

Ich nehme die Kette mit dem Kreuz vom Hals und gebe sie ihr. »Das hat Adriana Marques gehört. Sie trägt sie auf den Fotos, die mein Dad von ihr gemacht hat.«

Sarah lässt sie zwischen die Finger gleiten. »Sie ist hübsch«, sagt sie, versteht aber offensichtlich nicht, was sie damit anfangen soll.

»Das Kreuz ist ein Aufnahmegerät.«

»Oh!« Ihre Augen werden groß.

»Ich habe es zuerst auch nicht kapiert. Aber es hat mir keine Ruhe gelassen, warum Dad die Kette hatte. Gestern Abend ist es mir dann eingefallen. Sie hat alle ihre Termine für ihn mitgeschnitten. Schau, hier.« Ich deute auf eine kleine goldene Kugel auf der Rückseite des Kreuzes, die nicht größer als ein Stecknadelkopf ist. »Das ist es.«

»Wow. Vielen Dank. Ich gebe das so schnell wie möglich ans Team weiter.« Sie verstaut die Kette in ihrer Tasche, dann gibt sie mir eine Mappe. »Ich habe auch etwas für dich.«

»Was ist das?«

»Screenshots von einer von Meachems Partys, aus dem Video, das in seinem Haus in Palm Beach aufgenommen wurde. Da sind einige Schwergewichte dabei.«

Ich klappe die Mappe auf und blättere durch die Fotos. Ich pfeife anerkennend. »Du hast nicht übertrieben. Auf dem hier ist halb Washington.«

»Wie gesagt, die Büchse der Pandora.«

Bei einem Bild halte ich inne, auf dem eine Gruppe von Menschen am Rand des Pools beieinandersteht. Die Männer tragen Jacketts und Leinenhosen. Die Frauen – oder eher Mädchen – haben Cocktailkleider und High Heels an, ihre schlanken Körper werden von der untergehenden Sonne hervorgehoben.

Ich hole scharf Luft, als ich ein Gesicht erkenne. Meine Gedanken rasen, während ich diese neue Information verarbeite. Natürlich. Die Antwort lag die ganze Zeit vor mir. Jetzt muss ich es nur noch beweisen.

Ich schließe die Mappe.

»Gab es noch weitere Verhaftungen?«, frage ich.

»Ein paar. Der Police Commissioner unten in Palm Beach – von dem habe ich dir glaube ich erzählt. Ein paar seiner Untergebenen. Dank dir haben wir uns die Akten in Palm Beach noch mal angesehen und zwei nicht identifizierte weibliche Leichen gefunden, die auf dieselbe Art wie Ria und Adriana ermordet wurden. Beide passen perfekt zu dem Täterprofil. Wir konnten eine der Leichen einer Vermissten zuordnen, Heather Valdez, siebzehn Jahre, aus West Palm.«

»Und die andere?«

»Daran arbeiten wir noch, aber die Fallakten sind lückenhaft. Vielleicht haben wir hier kein Glück.«

»Aber wo, zum Teufel, könnte Meachem sein?«

»Keine Spur von ihm. Wir suchen noch.«

»Arschloch. Calabrese hat keine Verbindungen zu den Mädchen in Florida, oder?«

»Nein, er hat nur hier in der Gegend operiert. Es gibt einen wie ihn in Florida, einen Zuhälter namens Joe Lentz, der Meachem mit jungen Frauen versorgt hat. Er ist in Haft. Noch redet er nicht, aber warten wir es ab.«

Sie presst die Lippen aufeinander, als wäre sie tief in Gedanken versunken.

»Was ist los?«

»Du solltest mit jemandem reden. Nicht gleich sofort. Aber wenn du bereit dafür bist.«

»Klar. Um wen geht es?«

»Maria Cruz. Ich habe mich gestern mit ihr getroffen. Sie will dich kennenlernen.«

»Oh.« Ich beuge mich vor. »Natürlich. Ich kann nach Florida fliegen.«

»Nicht nötig. Sie kommt in den nächsten Tagen zurück, um ihre eidesstattliche Aussage zu machen. Sie hat uns wirklich sehr bei den Ermittlungen geholfen.«

»Sollte sie nicht im Zeugenschutzprogramm sein?«

»Wir beschützen sie. Sie ist eine Hauptzeugin gegen Dorsey und Calabrese. Ich möchte, dass du dich mit ihr triffst. Es ist wichtig. Du solltest ein paar Dinge über sie erfahren.«

»Jederzeit. Ich will sie ja auch kennenlernen. Aber erzähl mir zuerst noch alles über den Fall.« Ich stehe auf und gehe zu der Glasschiebetür. Ich sehe auf die Marsch, die sich golden vor mir erstreckt, in der Farbe von Weizen. Die Vögel sind weggezogen. Morgens wird alles von Raureif bedeckt sein.

Plötzlich fällt mir etwas ein, und ich drehe mich stirnrunzelnd um. »Habt ihr die landesweiten Datenbanken überprüft? Auf Mordopfer, die zu den Leichen in Long Island und Florida passen?«

»Zwei Agents sitzen gerade daran. Warum? Woran denkst du?«

»Wann ist Heather Valdez verschwunden?«

»Im Januar 2016.« Sarah schüttelt den Kopf. »Meachem war den ganzen Winter nicht im Land. Entweder hat jemand anderes die Drecksarbeit für ihn erledigt – was natürlich sehr gut möglich sein könnte –, oder er war es nicht.«

Ich tippe mir an die Stirn. »Ich habe eine andere Idee. Auf einem Foto habe ich jemanden erkannt. Aber ich bin mir nicht ganz sicher. Ruf deine Agents an, sie sollen sich mal einen ganz bestimmten Ort ansehen. Vielleicht ist es weit hergeholt. Aber wenn ich recht habe, kann ich dir sagen, wer die Mädchen umgebracht hat.«

Neunundzwanzig

Sarah hält in der Meadow Lane, gegenüber von James Meachems Haus. Ich sitze auf dem Beifahrersitz. Seit der Explosion kann ich nicht mehr fahren. Allein in ein Auto einzusteigen, lässt mein Herz rasen. Zum Einkaufen fahre ich mit Fahrrad und Rucksack alle paar Tage über die Brücke. Ansonsten verlasse ich mich auf meine Freunde. Hank kommt regelmäßig vorbei, ebenso Ty und Cole Haines. Ich habe auch ein paar Freunde im SCPD gefunden: Detectives, die – wie mein Dad – die Korruption verabscheut haben, die sich wie Krebs durch ihre eigene Truppe gefressen hatte.

Sarah und ich steigen aus und treffen uns auf der verlassenen Straße. Ein beißender Wind pfeift über die Felsen, die die Bay säumen. Ich schaudere in meiner dünnen Jacke. Darunter trage ich ein Sweatshirt und eine Fleeceweste. Zu wenig. Meine Finger brennen in der Kälte. Ich wünschte, ich hätte Mütze und Schal. Wenn ich noch länger hierbleibe, muss ich ordentliche Winterkleidung kaufen. Seit meiner Ankunft sind fast zwei Monate vergangen.

»Das ist es«, sage ich zu Sarah und deute auf Meachems Grundstück. »Das Horrorhaus.«

»Himmel. Das sieht schon tot und gruselig aus.«

»Und dort …« Ich zeige mit dem Finger auf die Dünen am Rand des Anwesens. »… hat man Adriana Marques' Leiche vergraben.«

Sarah verschränkt die Arme vor der Brust. »Das arme Mädchen«, sagt sie leise und sieht sich um. »Dieser Ort ist so trostlos.«

»So ist es hier um diese Jahreszeit immer. Eine Geisterstadt. Das sind alles Sommerhäuser.«

»Aber Grace Bishop ist da.«

»Sie hat mir gesagt, dass sie bis Thanksgiving bleibt. Ich könne jederzeit vorbeikommen.«

Am Tor zum Bishop-Grundstück nicke ich Sarah zu. »Ich gehe allein rein. Okay?«

»Bist du sicher?«

»Ja. Ich glaube, so ist es besser.«

Sarah zögert und nickt schließlich. »Gut. Ruf, wenn du mich brauchst.«

Am Tor drücke ich auf die Klingel. Nachdem ich meinen Namen genannt habe, schwingt das Tor auf. Ich gehe die lange Auffahrt zum Haus entlang. Es wirkt leer. Obwohl die Sonne gerade untergeht, brennt kein Licht. Als ich im Garten etwas rascheln höre, drehe ich mich um. Über die Hecke hinweg sehe ich Grace. Sie gräbt im Boden und richtet sich schließlich auf. Als sie mich entdeckt, lächelt sie.

»Hallo!«, ruft sie mir zu. Sie trägt nur einen Pullover und einen dünnen Schal, der eng um ihren Hals gebunden ist. Ihre Hände stecken in Gartenhandschuhen. In einer hält sie einen Spaten.

»Sie arbeiten ganz schön spät.«

»Ich muss den Garten für den Winter vorbereiten. Den Müden ist keine Ruhepause vergönnt.«

»Ich dachte, es hieße ›Müde macht die Arbeit, die wir liegen lassen und nicht die, die wir tun‹.«

Grace hebt eine Augenbraue. »Ach ja? Oje, dann sage ich es seit Jahren falsch. Möchten Sie reinkommen?«

»Nein, danke. Ich mag die frische Luft.«

Grace spannt kaum merkbar die Kiefermuskeln an. »Es tut mir leid wegen Ihres Partners.«

»Er war nicht mein Partner. Er war ein Freund.«

»Das ist wirklich sehr traurig. Haben die Detectives, die man verhaftet hat, dafür die Verantwortung übernommen?«

»Nein. Aber wir haben einiges an Beweismaterial.«

»Ich habe Ihnen ja gesagt, dass diese Männer korrupt sind. Sie hätten auf mich hören sollen. Natürlich war mir zu diesem Zeitpunkt noch nicht klar, dass Ihr Vater einer von ihnen war. Dass er der Detective war, der wegen Alfonso Morales hergekommen ist, nicht wahr?«

Ich nicke. »Ja, das war er. Er ist gestorben, kurz bevor man Adrianas Leiche gefunden hat.«

»Sie wollten also seinen Fall für ihn abschließen. Wie nobel.« In ihrer Stimme liegt eine Kälte, die ich bisher nicht von ihr kenne. Sie verengt die Augen, die von einem beunruhigenden Eisblau sind. Ich will den Blick abwenden, tue es jedoch nicht. Ein paar Sekunden starren wir einander schweigend an.

»Sie haben das Gefühl, als hätte ich Sie belogen«, ergreife ich das Wort.

»Niemand mag es, belogen zu werden, Ms. Flynn.«

»Das sehe ich auch so. Ich könnte argumentieren, dass ich nicht gelogen, sondern nur etwas ausgelassen habe.«

»Ist das nicht dasselbe?«

»Nein. Sie dagegen haben mich tatsächlich angelogen. Sie haben gesagt, Sie hätten Mr. Meachem nie persönlich kennengelernt, hätten keinen Umgang mit ihm.«

Sie versteift sich, und als sie antwortet, spuckt sie mir die Worte geradezu entgegen. »Ich habe auch keinen Umgang mit diesem Mann.«

»Sie nicht, das stimmt. Aber Ihr Mann. Er war tatsächlich wiederholt bei Mr. Meachem. Nicht nur hier, sondern auch in Palm Beach.«

»Das würde Eliot niemals tun.«

»Hat er aber. Und ich fürchte, wir haben Fotobeweise.«

»Sie irren sich.«

»So eine traurige Geschichte. Diese Mädchen waren sein Untergang. Eine hat versucht, ihn zu erpressen, nicht wahr? Und dann Adriana, und das war noch schlimmer. Eliot hat sie geschwängert. Das war dann schrecklich kompliziert. Nach allem, was Sie für ihn getan haben. Nach allem, was Sie ausgehalten haben, um seine Position in der Finanzwelt zu sichern. Wie konnte er Ihnen das nur antun? Und es war nicht das erste Mal, oder? Vorher hat er die Mädchen für ihr Schweigen bezahlt. Doch dieses Mal würde es wegen des Babys nicht so einfach werden.«

»Diese widerwärtige kleine Schlampe hat sich schwängern lassen«, zischt Grace. »Aber nicht von Eliot. Er kann es nicht gewesen sein. Er ist nicht zeugungsfähig. Das habe ich Ihnen anvertraut.«

»Und deshalb hat es Sie so unglaublich wütend gemacht.

Weil Ihnen klar wurde, dass Ihr Mann sehr wohl eine Frau schwängern konnte und es doch an Ihnen lag. Wollte er das Baby behalten, Grace? Wollte er Sie womöglich verlassen? Adrianas Schwester hat gesagt, dass er sie oft spätabends angerufen und versprochen hat, sich um sie zu kümmern. Sie war so glücklich vor ihrem Tod. Weil sie wusste, dass Eliot für sie da sein würde?«

Grace stößt einen markerschütternden Schrei aus und stürzt sich auf mich. Es passiert so schnell, dass ich nicht rechtzeitig reagieren kann. Sie wirft mich zu Boden und hebt den Spaten über ihren Kopf.

Ich rolle mich nach rechts, höre, wie der Spaten an meinem Ohr vorbeisaust. Er fährt tief in die Erde und bleibt dort stecken. Das ist meine Chance.

Meine Finger schließen sich um einen Stein im Boden. Mit aller Kraft hebe ich ihn hoch und schlage ihn gegen Grace' Schläfe. Das Geräusch, mit dem er auf dem Knochen auftrifft, ist widerlich.

»Du Miststück!«, kreischt sie, als ich sie überwältige und mich auf sie rolle. Sie schlägt um sich, versucht, mich von ihrem Brustkorb abzuwerfen. Sie ist groß, knapp einen Meter achtzig, und ich kann sie nur mit Mühe bändigen. Aus dem Augenwinkel bemerke ich, wie Sarah sich durch die Hecke zwängt und auf uns zurennt. Ich sehe auf, unsere Blicke treffen sich. Einen Moment wende ich meine Aufmerksamkeit von Grace ab. Da spüre ich es. Sie rammt mir eine Klinge in den Oberschenkel.

Ich falle nach hinten, Schmerz rast durch mein Bein. Grace kommt auf allen vieren und richtet sich auf den Knien auf. Wieder hebt sie das Messer, doch dieses Mal zielt sie auf mein Herz.

Ein Schuss zerreißt die Luft. Grace bricht zusammen. Sarahs Schritte werden lauter. Ich höre, wie sie über ihr Funkgerät Verstärkung anfordert. Dann kniet sie über mir, zieht mich in ihren Schoß. Grace hat sich nicht bewegt. Blut strömt aus ihrer Brust und sammelt sich im Gras unter ihr. Sie ist tot, das sehe ich an dem unnatürlichen Winkel, in dem ihr Bein unter ihr abgeknickt ist. Ich wende mich ab und atme angestrengt gegen den Schmerz an. Die Büsche hinter mir sind alle säuberlich in Jute gewickelt.

Der Himmel über uns ist schiefergrau. In der Ferne höre ich das Rufen von Gänsen, das Rauschen der Wellen am Strand. Ich sehe zu Sarah auf und lächele.

»Du kommst wieder in Ordnung«, sagt sie hektisch. »Hilfe ist schon unterwegs.«

»Ich weiß.« Meine Lider fallen zu. »Es ist vorbei. Alles wird gut.«

Dreißig

Ann-Marie Marshall sitzt in derselben Nische in dem Café, in dem wir uns vor zwei Monaten getroffen haben. Dieses Mal hat es geöffnet. Eine Gruppe Teenager drängt sich um einen Tisch. Die Stühle am Tresen sind fast voll besetzt. Als ich in die Nische rutsche, sehe ich, dass Ann-Marie mir bereits einen heißen schwarzen Kaffee bestellt hat. Ich lächele dankbar.

»Schön, Sie zu sehen«, sagt sie, und ich höre die Erleichterung in ihrer Stimme. »Ich war mir nicht sicher, ob wir das hier wiederholen würden können.«

»Ich auch nicht.«

»Nach dem Mord an Jamie Milkowski bin ich geflohen. Habe mich sofort ins Auto gesetzt und bin ohne Pause bis zu meiner Schwester in Vermont durchgefahren.«

»Kann ich Ihnen nicht verübeln. Sie wären vielleicht die Nächste gewesen.«

Sie starrt in ihren Kaffee. »Stattdessen haben sie Jagd auf Sie und Lee Davis gemacht.«

Wir schweigen. Ich höre dem lebhaften Geschnatter der Teenager in der Sitznische neben uns zu. Ihr Lachen beruhigt mich. »Wissen Sie, ob es Fortschritte im Fall Milkowski gibt?«, frage ich.

»Kaum«, sagt sie leise. »Es gab keine Zeugen. Also, jeder nimmt an, dass es Dorsey oder DaSilva war. Aber niemand kann etwas beweisen, und die beiden reden nicht mehr.«

»DaSilva hat zugegeben, die Autobomben angebracht zu haben. Vielleicht gesteht er auch noch, Milkowski überfahren zu haben.«

»Die Autobomben musste er auf seine Kappe nehmen, nachdem man eine dritte mit exakt derselben Bauart in seiner Garage gefunden hat.« Sie neigt den Kopf und sieht mich an. »Was ist mit dem Tod Ihres Vaters? Haben Sie da etwas gehört?«

»Nein. Aber ich rechne auch nicht damit.«

»Das tut mir leid. Es muss hart sein, nicht abschließen zu können.«

»Doch, das kann ich. Zumindest weiß ich, was für ein Mann er war. Ich weiß, dass er versucht hat, die Mädchen zu beschützen. Und die Männer, die ihm das angetan haben, wandern auf jeden Fall für lange Zeit hinter Gitter.«

»Darf ich einen Vorschlag machen? Und Sie denken einfach nur darüber nach?«

Ich weiß schon, was sie sagen wird. Am Telefon hat sie es bereits angedeutet, ohne es direkt anzusprechen. »Klar. Schießen Sie los.«

»In zwei Wochen bin ich im Shawangunk-Gefängnis, um Sean Gilroy zu treffen. Er hat einem weiteren Interview mit mir zugestimmt.«

»Schreiben Sie einen neuen Artikel über den Mord an meiner Mutter?«

»Nein.« Sie schüttelt entschieden den Kopf. »Ich schreibe über Polizeigewalt im Suffolk County. Über die Geständnisquote von vierundneunzig Prozent. Sean Gilroy ist ein Teil dieser Story.«

Ich schwenke nachdenklich den Kaffee in meiner Tasse. »Sie wollen also, dass ich mitkomme?«

»Das will ich nicht. Ich denke nur, dass es Ihnen helfen könnte, mit ihm zu reden. Er büßt seit zwanzig Jahren für das, was er getan hat. Ich sage nicht, dass Sie ihm vergeben sollen, aber es verschafft Ihnen vielleicht Frieden, mit ihm zu sprechen, zu sehen, wie er sich verändert hat und zu wissen, dass er alles bereut.«

Ich denke darüber nach. In Wahrheit habe ich ihm, glaube ich, schon vergeben – zumindest wie man jemandem vergeben kann, der einen geliebten Menschen getötet hat. Ich weiß nicht, ob es mir etwas bringt, wenn ich seine Entschuldigung anhöre. »Ich überlege es mir«, antworte ich schließlich. Das muss erst einmal reichen.

»Okay.« Ann-Marie nickt. »Haben Sie noch etwas über James Meachem gehört? Liegt er immer noch in irgendeinem Land in der Sonne, das nicht an die USA ausliefert?«

»Soweit ich weiß, ja.«

»Ich muss Sie das einfach fragen: Warum haben Sie Grace Bishop verdächtigt?«

Lächelnd trinke ich einen Schluck Kaffee. »Offiziell oder inoffiziell?«

»Wie Sie wollen. Ich würde Sie gern interviewen, das wissen Sie. Aber ich unterhalte mich auch gern. Ich bin einfach neugierig.«

»Mein Telefon klingelt zurzeit ständig, ich musste es ausstecken. Und auch mein Handy ist die meiste Zeit ausgeschaltet. Es war wirklich chaotisch. Bisher habe ich noch keine

Interviews gegeben. Und ich weiß nicht, ob ich das jemals tun werde. Aber falls doch, dann rede ich mit Ihnen.«

»Das weiß ich zu schätzen. Ich kann mir gut vorstellen, wie anstrengend alles für Sie war. Sie stehen im Mittelpunkt eines riesigen Politskandals.«

»Und das ist erst der Anfang. Auf Eliot Bishops Verhaftung werden noch viele weitere folgen. Meachem hatte viele Verbindungen. Jeder Politiker und jeder CEO, der je bei ihm zu Gast war, muss jetzt Angst haben.«

»Glauben Sie, Eliot Bishop war daran beteiligt?«

Ich schüttele den Kopf. »Ich weiß es nicht. Es ist nicht mehr mein Fall. Das war er eigentlich auch nie.«

»Ach was. Sie haben ihn aufgeklärt.«

»Ich habe nur einer Ahnung nachgeforscht.«

»Also, warum haben Sie sie verdächtigt?«

»Bis auf die Tatsache, dass sie groß ist, Linkshänderin, eine ausgezeichnete Schützin und im Vorstand der Preservation Society sitzt?«, frage ich trocken.

Ann-Marie lacht. »Ja, abgesehen davon.«

»Zuerst hatte ich sie überhaupt nicht im Verdacht. Ich mochte sie. Sie war sehr einnehmend. Und ich dachte, sie wollte uns helfen. Aber nachdem wir herausgefunden hatten, dass in Palm Beach auch zwei Leichen auf dieselbe Art beseitigt worden waren, hat das den Kreis der Verdächtigen auf die Personen eingegrenzt, die sich regelmäßig an beiden Orten aufhalten. Wir haben landesweite Datenbanken durchsucht und einen weiteren Fall in Texas gefunden, in der Nähe der Farm von Graces Familie. Da hat es klick gemacht. Grace hat Morales nachdrücklich verteidigt und die Aufmerksamkeit auf Meachem gelenkt. Wenn Morales wirklich nur irgendein Landschaftsgärtner war, dem sie ein paarmal über den Weg gelaufen war, warum beharrte sie dann so auf seinem guten Charakter?«

»Sie hat also Meachem dafür verantwortlich gemacht, dass er ihren Mann den Mädchen vorgestellt hat.«

»Ja. Ich glaube, für sie war er der Teufel in Menschengestalt, und er stellte eine zu große Versuchung für ihren Ehemann dar.«

»Sie hat also Adrianas Leiche mit Absicht in der Nähe von Meachems Haus vergraben lassen. Und dann hat sie sie ganz zufällig selbst entdeckt.«

»Genau. Das war sogar ziemlich clever. Sie bringt Meachem zu Fall und hat auch noch einen Sündenbock für ihre früheren Morde.«

»Sie war eine eifersüchtige Frau.«

»Ja. Und ich glaube, Adrianas Schwangerschaft hat ihr den Rest gegeben. Sie selbst war unfruchtbar. Es hat ihr also nicht gereicht, seine Affären einfach umzubringen. Sie wollte, dass die ganze Organisation ein für alle Mal auffliegt.«

Ann-Maries Augen werden groß. »Deshalb die Verletzungen an Adrianas Bauch.«

»Ja, vermutlich. Früher hat sie ihre Opfer einfach nur erschossen und dann jemanden bezahlt, der die Leichen entsorgt. Doch dieses Mal …«

»Hat ihre Wut sie überwältigt.« Ann-Marie trinkt ihren Kaffee aus. »Glauben Sie, ihr Mann hätte sie für Adriana verlassen?«

»Ich weiß es nicht. Elena Marques dachte, dass Adriana ein Verhältnis mit jemand Mächtigem oder Wichtigem hat. Sie hat sie einmal beim Telefonieren belauscht. So wie sie es beschrieben hat, klang es, als hätte er Adriana auf jeden Fall helfen wollen. Doch Grace konnte das Risiko nicht eingehen. Ihrer Ansicht nach hatte sie ihr ganzes Leben aufgegeben, um die politische Karriere ihres Mannes zu fördern. Und er hat es ihr gedankt, indem er hinter ihrem Rücken herumgevögelt hat.«

»Wissen Sie, wie viel sie Morales bezahlt hat?«

»Nein. Ihre Finanzen werden noch geprüft. Man wird sicher darauf stoßen.«

»Sind Sie froh, dass sie tot ist?«

»Nein.« Ich wende den Blick ab, sehe durch das Fenster auf die Main Street. Wenn ich den Nacken verrenke, kann ich fast die Wohnung meines Vaters sehen, die er für Maria Cruz gemietet hat. Ich drehe mich zurück zu Ann-Marie. »Das bin ich nicht. Ich hätte sie lieber vor Gericht gesehen.«

»Trotzdem ist ihr Gerechtigkeit widerfahren.«

»Vielleicht.« Ich greife in meine Tasche und ziehe die Geldbörse heraus. »Es tut mir leid, ich muss los. Ich habe noch einen Termin.«

»Bitte, das geht auf mich.«

»Sind Sie sicher?«

»Ja, natürlich.« Sie legt ihre Hand auf meine. »Ich bin so froh, dass wir uns kennengelernt haben, Nell.«

»Ich auch«, antworte ich und meine es auch so.

»Wann fahren Sie nach Hause zurück?«

»Nach D. C.?«

»Ja.«

»Ich habe mich noch nicht entschieden. Vielleicht bleibe ich noch eine Weile hier.«

Sie hebt die Augenbrauen. »Ach wirklich«, sagt sie mit leicht überraschtem Unterton. »Das ist schön zu hören.«

»Ich mag Suffolk County in der Nebensaison.«

»Das ist auch der Grund, warum ich hierbleibe«, erwidert sie und steht auf, um mich zu umarmen. »Ich würde mich freuen, wenn wir uns wieder treffen. Bleiben wir in Verbindung.«

»Definitiv.« Ich erwidere ihre Umarmung.

Einunddreißig

Ich überquere die Main Street. Ich bin zu spät, nur eine oder zwei Minuten, trotzdem klopft mein Herz wie wild. Es fällt mir schwer, schnell zu laufen; ich kann höchstens schnell humpeln. Im obersten Stockwerk des Gebäudes steht ein Officer vor Apartment 3. Er nickt mir zu und klopft an die Tür.

Es wird aufgeschlossen, die Tür geöffnet. Eine junge Frau kommt zum Vorschein. Sie trägt Jeans und einen Rollkragenpullover, und das schwarze Haar ist zu einem langen Zopf geflochten. Ihre Augen sind grün, wie meine, und wunderschön zu ihrer olivbraunen Haut und den zarten Gesichtszügen.

»Maria«, sage ich leise. »Ich bin Nell.«

»Ich weiß, wer du bist«, erwidert sie, kommt näher, als wolle sie mich umarmen, wäre sich aber nicht sicher. Ich trete auf sie zu und ziehe sie an mich.

»Ich wollte dich schon die ganze Zeit kennenlernen«, sagt sie schließlich. »Ich habe Marty darum gebeten, aber er wollte dich nicht aufregen.«

»Du hast ihn Marty genannt?« Ich lächele. Dad hat den Spitznamen immer gehasst. Nur seine engsten Freunde durften ihn so nennen.

»Ja.« Sie sieht verlegen zu Boden. »Ich meine, er war mein Vater, klar, aber ich habe von ihm erst erfahren, als ich achtzehn war. Deshalb hat es sich seltsam angefühlt, Dad zu ihm zu sagen.«

»Ich verstehe. Fürs Protokoll, ich hätte mich nicht aufgeregt. Es wäre schön gewesen zu wissen, dass ich eine Schwester habe. Oder zumindest eine Halbschwester. Es ist immer noch schön. Und richtig toll. Als Sarah es mir erzählt hat, war ich hin und weg vor Freude.«

Sie strahlt. »Da bin ich froh. Ich habe sonst keine Familie. Das bedeutet mir also viel.«

»Mir auch.«

»Dein Dad – Marty – war ein wirklich guter Mann. Er hat mir geholfen, als ich Hilfe echt nötig hatte.«

»Es freut mich sehr, das zu hören.«

»Als meine Mom krank wurde, habe ich bei Gio angefangen. Wir brauchten das Geld so dringend. Ich kannte Adriana aus der Schule. Sie war schon dabei und hat mich ihm vorgestellt. Und dann starb meine Mom, und ich hatte niemanden. Ich dachte, ich würde auch sterben. An manchen Tagen wollte ich es sogar. Nichts war mehr wichtig. Und dann ist dein Vater plötzlich aufgetaucht. Ich glaube, meine Mutter hat ihm aus dem Krankenhaus einen Brief geschickt. Sie wollte, dass er auf mich aufpasst. Es muss ein riesiger Schock für ihn gewesen sein, so von mir zu erfahren. Aber er hat sich wirklich bemüht.«

»Er wusste also überhaupt nichts von dir?«

»Nein. Sie hatten eine Affäre, das war's. Ihm kam nie der Gedanke, dass sie schwanger gewesen sein könnte. Kurz darauf ist sie nach Florida gezogen, wo wir eine Weile gelebt haben. Vor ein paar Jahren sind wir zurück in die Gegend gezogen, als sie krank wurde. Wahrscheinlich hat sie sich hier immer zu Hause gefühlt.«

»Und du? Was denkst du?«

Maria sieht sich um. »Dieses Apartment ist die hübscheste Wohnung, in der ich je gelebt habe«, sagt sie. Dann errötet sie. »Nicht nur, weil sie groß und so ist. Es ist so friedlich. Keine Männer, die bei meiner Mom herumhängen, niemand stört mich. Hier war der einzige Ort, an dem ich meine Ruhe hatte und Gio und das alles vergessen konnte.«

»Ich weiß, was du meinst.« Ich lächele, lege meine Hand auf ihren Arm. »Ich habe Gebäck aus dem Café gegenüber mitgebracht.«

»Danke. Bitte komm rein und setz dich.«

Ich folge ihr in die Wohnung und kann dabei den Blick nicht von ihr abwenden. Sie ist so hübsch, so jung. Und sie wirkt so vertraut. Sie erinnert mich an jemanden. Zuerst denke ich an meinen Vater. Sie hat seine dunklen Haare, sein ruhiges Wesen. Seine schmale Gestalt und die ausgeprägten Gesichtszüge.

Doch als sie lächelt und mich gleichzeitig schüchtern und fragend ansieht, wird mir klar, dass sie mich an mich selbst erinnert.

Wir setzen uns auf das Sofa, eines der wenigen Möbelstücke in der Wohnung. Ich stelle die Schachtel mit dem Gebäck zwischen uns. Die Nachmittagssonne wird schwächer und wirft lange Schatten über Marias Gesicht. Es scheint sie nicht zu stören. Sie lacht und beantwortet geduldig meine Fragen. Ich könnte den ganzen Abend hierbleiben, so viele Fragen habe ich.

Das mache ich natürlich nicht. Als es dunkel wird, rufe ich ein Taxi und fahre zurück in die Dune Road. Im Moment ist Maria noch im Zeugenschutz. Sie wird die nächsten Tage über ihre Aussage machen und dann irgendwann vor Gericht auftreten. Ich bin mir noch nicht sicher, wie es für mich weitergehen wird. Ich werde für sie da sein, wenn sie fertig ist. Sie ist meine Familie und ich ihre. Ich weiß nicht genau, was das bedeutet. Ebenso wenig wie sie. Aber zusammen werden wir es herausfinden.

Epilog

Am letzten Tag des Jahres verstreue ich die Asche meiner Mutter.

Ich bin allein, auch wenn Maria angeboten hat, mitzukommen. Der Tag ist kalt und klar. Die Sonne geht unter. Ich stehe auf einer Landspitze, die in die Peconic Bay ragt. Auf der anderen Seite sehe ich die North Fork von Long Island. Hinter mir liegt der Strand des Meschutt County Park.

Es ist wunderschön hier, vor allem zu dieser Jahreszeit. Die sanften Braun- und Grautöne des Bodens vermischen sich mit der grauen Weite des Wassers. Meine Mutter kam mit mir das ganze Jahr über her, um Steine zu sammeln und die salzige Luft zu atmen. Ich habe nur noch wenige Erinnerungen an sie, doch die schönsten sind von hier, von Meschutt.

Anfang des Monats hat sich Glenn Dorsey umgebracht. Er hat sich in seiner Zelle erhängt, während er auf den Prozess gewartet hat. Vince DaSilva hat sich diverser Verbrechen schuldig bekannt, von Drogenschmuggel bis zu Mord. Er wird den Rest seines Lebens im Gefängnis verbringen, ebenso wie Dorseys andere rechte Hand Ron Anastas und ihr Partner Giovanni Calabrese.

Sarah Patel erzählt mir unter der Hand, dass James Meachem eine Vereinbarung mit dem Bureau getroffen hat, dass er nicht angeklagt wird. Er hat ihnen sein Schwarzbuch übergeben, zusammen mit Hunderten Stunden Videomaterial aus seinen Häusern in Southampton, Palm Beach, New York und auf den Britischen Jungferninseln. Darauf sind diverse Politiker, CEOs und Promis zu sehen, die wissentlich Sex mit Minderjährigen haben. Laut Sarah muss sich Meachem in Florida in zwei leichten Fällen von Prostitution schuldig bekennen. Dafür wird er weniger als ein Jahr in einem Gefängnis mit niedriger Sicherheitsstufe absitzen. Manon Boucher, die Frau, die die Opfer für Meachem rekrutiert hat, wird nicht strafrechtlich verfolgt. Sie verbringt angeblich ihre Ferien auf einer Jacht vor Little Saint James, Meachems Privatinsel.

Sarah ist wieder in Miami und wurde intern auf eine Stelle befördert, die ihr nicht gefällt. Sie vermisst die Arbeit vor Ort, und ich glaube, dahin kehrt sie auch bald wieder zurück. Sie hat mich gefragt, ob ich der Einheit zur Bekämpfung von Menschenhandel in Miramar beitreten will, und ich habe zugesagt. Maria und ich sind beide bereit, Suffolk County zu verlassen. Miami scheint eine gute Lösung. Ein neuer Anfang an einem Ort, an dem Maria sich wohlfühlt. Lightman erklärt mir, dass ich die Menschen und die Lebensart in Miami hassen werde. Er sagt, im Büro laufen Wetten, wie lange ich es im Süden aushalte. Er glaubt, sechs Monate, nicht länger. Ich darf jederzeit an meinen Schreibtisch zurückkehren.

Ich rede immer noch ein paarmal die Woche mit Dr. Ginnis. Er hat mich dazu gebracht, das Haus zu verkaufen und woanders Wurzeln zu schlagen. Mit seiner Hilfe habe ich eine wohltätige Organisation gefunden, die sich um die Opfer von Zwangsprostitution und Menschenhandel kümmert und ihnen hilft, sich ein besseres Leben aufzubauen, Mädchen wie

Luz und Maria. Ich habe ihr anonym das Geld vom Offshore-Konto gespendet sowie einen Teil des Erlöses aus unserem Haus. Den Rest habe ich für Maria angelegt. Jetzt muss sie das noch nicht wissen; ich werde es ihr sagen, wenn die Zeit gekommen ist.

Ginnis hat auch angeregt, dass ich meine Mutter beerdige, bevor ich Suffolk County endgültig den Rücken kehre. Darüber bin ich froh. Ich dachte, hier mit ihrer Asche zu stehen, wäre schwer. Das ist es auch. Doch ich fühle mich auch ruhig, was ich nicht erwartet hätte. Nach all den Jahren bette ich sie endlich zur Ruhe. Ich werde nie erfahren, ob Sean Gilroy meine Mutter umgebracht hat; aber ich glaube, dass er es war, und das reicht mir, um nach vorn zu blicken. Als die Sonne hinter dem Horizont versinkt, schließe ich die Augen und verabschiede mich. Dann öffne ich die Urne und lasse den Wind ihre Asche mitreißen. Ich lasse meine Mutter gehen.

Danksagung

Für jedes Buch ist ein ganzes Dorf nötig. Ich bin all den Leuten so dankbar, die *Safe Place: Du denkst, hier bist du sicher* zum Leben verholfen haben.

Wie immer bin ich meiner außergewöhnlichen Lektorin Sally Kim zu Dank verpflichtet. Sally, du bist klug, freundlich, geduldig und immer eine Stütze. Ohne dich würde dieses Buch sicher nicht existieren.

Sallys brillantem, hart arbeitenden Team bei G.P. Putnams's Sons bin ich ebenso dankbar. Ich habe großes Glück, mit Gabriella Mongelli arbeiten zu dürfen, mit Elena Hershey, Ashley McClay, Alexis Welby, Emily Mlynek, Tom Dussel, Leigh Butler, Christine Ball, Ivan Held und noch vielen anderen. Es hat mich sehr gefreut, euch alle kennenzulernen, und ich bin so dankbar für alles, was ihr für mich und dieses Buch getan habt.

Alexandra Machinist und Josie Freedman sind zwei unermüdliche und aufmerksame Fürsprecherinnen. Ich danke euch beiden, dass ihr an *Safe Place: Du denkst, hier bist du sicher* geglaubt habt, ebenso wie allen bei ICM, die sich so fleißig für dieses Projekt eingesetzt haben.

Ohne die Weisheit und die Anleitung von Taylor Rose Berry und Robert Shumacher gäbe es dieses Buch nicht.

Danke, dass ihr eure Geschichten mit mir geteilt habt. Ich werde euch für immer dankbar sein.

Andrea Katz, Ann-Marie Nieves und Katie Taylor sind die besten Cheerleaderinnen, Lektorinnen, Betaleserinnen, Publizistinnen und Freundinnen, die sich eine Autorin nur wünschen kann. Ich danke euch für alles, was ihr für mich getan habt und für die Buchgemeinschaft generell. Ihr seid großartig.

Meiner Familie werde ich niemals angemessen danken können, für ihre beständige und vorbehaltlose Liebe und Unterstützung bei allem, was ich tue. Emma, Owen, Mom und Jonathan: Danke. Danke. Ich liebe euch alle so sehr.

CLAIRE DOUGLAS
BESTE FREUNDIN
Niemand lügt so gut wie du
THRILLER
SPIEGEL Bestseller-Autorin